少年帝王传

南宫不凡 著

少年成吉思汗

南京大学出版社

**图书在版编目(CIP)数据**

少年成吉思汗 / 南宫不凡著. — 南京：南京大学出版社，2018.5(2020.12重印)

(少年帝王传)

ISBN 978 - 7 - 305 - 19344 - 6

Ⅰ. ①少… Ⅱ. ①南… Ⅲ. ①传记小说－中国－当代 Ⅳ. ①I247.5

中国版本图书馆 CIP 数据核字(2017)第 246357 号

本书经上海青山文化传播有限公司授权独家出版中文简体字版

出版发行　南京大学出版社

社　　址　南京市汉口路 22 号　　　邮　编　210093

出版人　金鑫荣

丛书名　少年帝王传

**书　　名　少年成吉思汗**

著　　者　南宫不凡

责任编辑　李建国　官欣欣　　　　编辑热线　025 - 83685720

照　　排　南京南琳图文制作有限公司

印　　刷　南京人文印务有限公司

开　　本　880×1230　1/32　印张 13.25　字数 284 千

版　　次　2018 年 5 月第 1 版　2020 年 12 月第 2 次印刷

ISBN 978 - 7 - 305 - 19344 - 6

定　　价　35.00 元

网址：http://www.njupco.com

官方微博：http://weibo.com/njupco

官方微信号：njupress

销售咨询热线：(025) 83594756

公元 1162 年春天，一代天骄铁木真手握凝血降生在斡难河河畔的草地上，上苍注定掌握苏鲁锭长矛的战神就这样横空出世了。

幼小的他在一次部落迁徙中，勇敢地闯入泰赤乌部——这个与自己部落有着血缘关系，却彼此矛盾重重的部落，试图解除双方仇恨。

面对猜忌，铁木真能否安全回到父母的身边？

一个深秋的上午，父亲也速该带着他踏上提亲的道路。广袤无垠的大草原上，父子二人扬鞭跃马，哪里是他们要去的地方？美丽的姑娘又在何方？太斯钦慧眼识人，热情地欢迎这对远方来的父子并喝酒订亲。哪料到灾祸暗伏，就在也速该单骑回家的路上，不幸发生了，突如其来的变故顷刻之间改变了幼小铁木真的生活。

部众离散，铁木真一家被抛弃了，衣食全无，在冰天雪地中苦苦煎熬。生活的艰难抹煞了人的善良品行，为了一口果腹的饭食，兄弟拔刀相向，铁木真难容恃强凌弱的同父异母弟弟，也拔出了本该射向敌人的怒箭……

面对杀父仇人，铁木真单身赴敌营，招来强敌围困，被迫逃亡山林,九天九夜不得饮食,无奈之下,他只有冒险突围,却落入"肥可汗"设下的埋伏中……

他藏身羊毛堆中,机智地逃脱了牢笼。他的勇敢和智慧,又为他赢来了一群生死与共的朋友和勇士,他们都是谁呢?

蔑儿乞惕部掠夺了铁木真的新娘,摧毁了他的营地,他能否从绝境中重新振作起来?

一件珍贵的黑貂皮袄换来赫王的支持,可是大战在即,赫王又为什么要延误军期?

铁木真与札木合曾三度结拜,但是野心和欲望却让他们反目成仇,开始了历时数十年的争斗……

悬念丛生,精彩不断。

现在,就让我们走进历史,去探究一下他成功的秘密吧!

# 目　录

6

4

第一章　追踪溯源

# 第一节　美丽的传说

在中国北部边陲，辽阔的蒙古大草原和兴安岭地区，世代生活着一个勇敢的民族，他们在兴安岭的深山密林中放鹰打猎，在大草原上放牧牛羊。这个民族英勇善战，热情奔放，洒脱开朗，善良质朴。这个民族就是曾经创造了辉煌灿烂的文明、创造了独特深邃文化的蒙古族。

关于这支草原部落的起源，还有一个美丽的传说，相传他们是苍狼和白鹿的后裔。

在一座林木茂密、花草繁盛的深山里，一匹英俊勇武的苍狼生活在其间。它是这座森林的主宰，像一位能征善战的将军，驰骋万里，长空啸月，

"蒙古"这一名称，较早记载于《旧唐书》和《契丹国志》，其意为"永恒之火"。蒙古族又称"马背民族"，发祥于额尔古纳河流域，史称"蒙兀室韦"、"萌古"等

威震四方,守护着美丽的森林和大山。这一天,正是风和日丽、春暖花开的季节,百花争艳,蜂飞蝶舞,溪流淙淙,草木青葱。苍狼在巡山的路上,遇到一只美丽的白鹿,这只白鹿身材匀称,洁白如银,温柔漂亮,落落大方。这两种上天厚爱的生灵一见钟情,从此相亲相爱,过上了甜蜜幸福的生活,后来生下了儿子巴塔赤罕,传说他就是蒙古族的祖先。巴塔赤罕的后代,男孩个个魁梧高大,英俊勇敢,嫉恶如仇;女孩人人美如姣月,温柔大方。这些人世世代代在这里繁衍生息,打猎放牧,过着衣食充足、安定和谐的生活。后来他们的足迹遍布了整个东北亚地区,从阿尔泰山到兴安岭,从蒙古草原到西伯利亚,到处都能看到他们狩猎的身影,听到他们放牧的歌声。这是一个生机勃勃的民族,一个繁荣兴盛的民族。

在蒙古族的传说中,勇敢的苍狼与美丽的白鹿生下了伟大的草原游牧部落祖先。也因为这则传说,苍狼成了蒙古勇士的别称,而温柔坚强的蒙古女子则被比作白鹿

　　他们生活的区域，北部是雄伟起伏的山峦，从阿尔泰山向东，绵延上万里，一直到兴安岭，这里的森林茂密，物产丰富，生长的树木多是高大挺拔、耐寒抗风的落叶松。森林下的山坡和幽深的峡谷里，生长着雪松、白桦、杨柳等各种华美的树木。山麓以南，就是一望无际、水草丰茂的蒙古大草原了。一望无际的大草原宛如宽广平坦的绿毯，春天由鹅黄到碧绿，像温润的美玉；夏季鲜花点缀，争奇斗艳，美不胜收；秋天草木金黄，风吹草低，牛羊肥壮；冬天白雪皑皑，银妆素裹。就是在这片广袤的地区，蒙古族世代生息繁衍下来。相传，苍狼和白鹿的后裔们走出山洞后，就在斡难河发源地之一的肯特山脉定居下来，并逐渐向森林和草原扩散。因此，蒙古人把肯特山视为圣山，至高无上的神——"长生天"就住在肯特山的山顶上。山顶上岩石巍峨、鹰隼翱翔，山下林丰草茂、虎豹潜行。成吉思汗一生中，每当处于关键的转折关头，就来此登上圣山，拜倒在长生天下，祈求长生天保佑他渡过难关、克服困难、战胜敌人、取得成功。

　　巴塔赤罕的后代中，曾经流传这样一个故事。有一个叫脱罗豁勒真伯颜的人，生了两个儿子：都蛙锁豁儿和朵奔蔑儿干。一天，都蛙锁豁儿兄弟二人来到肯特山。他们攀上山顶，举目四望，远远看见山下小溪边驻扎着一群陌生人，男女老幼，牲口马匹，帐包毡房，看上去像刚迁徙来不久的人。都蛙锁豁儿对其弟朵奔蔑儿干说："兄弟，你看见那群刚迁来的陌生人没有？在那顶帐篷前的牛车上，坐着一位美丽漂亮的姑娘，如果她还没有订亲嫁人，哥哥就为你去求亲。"

　　哥哥说得不错，帐篷前的牛车上，确实坐着一个年轻貌美的女子，她叫阿兰豁阿，出身富门。她是豁里秃马惕森林狩猎部落

阿兰豁阿是成吉思汗"黄金家族"的"三贤圣母"之一。第八代孙合不勒为蒙古第一位大汗，第十二代孙即建立蒙古大帝国的元太祖成吉思汗

人，他们本来在贝加尔湖以西以狩猎为生，她的父亲与外族不和，不堪忍受外族欺辱，一气之下，带领全家离开家乡，携带大量貂皮、鹿角等财物，来到肯特山里谋生。

当都蛙锁豁儿下山去提亲后，阿兰豁阿的父亲听了，立即就满口答应下来。原来，阿兰豁阿的父亲认为，他们刚来到此地，人生地不熟，是很难得到当地人的容纳的，而这正是他们争取当地人接纳他们、欢迎他们的天赐良机。就这样，弟弟朵奔蔑儿干娶了美人阿兰豁阿，据传她就是成吉思汗先人的母亲。

# 第二节 仙人指路

朵奔蔑儿干自从娶了阿兰豁阿后,夫妻恩爱,如胶似漆,很快他们就有了自己的孩子。朵奔蔑儿干每天上山放鹰打猎,阿兰豁阿在家抚养孩子,一家人过得幸福美满。

这一天,朵奔蔑儿干正在山里打猎,看见另一部落的一个猎人猎获了一只小鹿,正在篝火上烘烤鹿肉,就向那个猎人走了过去,那个猎人也看见了他,就邀请他一起分享鹿肉。这是他们猎人的良好风俗习惯:不管是谁打到猎物,都要邀请遇到的人一起分享。临行前,那个猎人除了留下鹿的胸肋和鹿皮外,把其他的鹿肉都赠送给了朵奔蔑儿干。朵奔蔑儿干辞别朋友,背着鹿肉走在路上的时候,碰巧迎面遇到另一个人。那个人看上去是个中年人,好像很饥饿的样子,瘦得皮包骨头,有气无力,仿佛风一吹,就会歪倒在地。那个人手里牵着一个很小的孩子,颤巍巍地对他哀求说:"好心人,求求你救救我,救救这孩子吧!我已无力抚养我的儿子,我把他送给你做奴仆侍候你,只希望你能把你的鹿肉赐给我。"

朵奔蔑儿干见他很可怜,就把鹿肉全送给了他,带着小孩回了自己的家。阿兰豁阿非常喜欢这个孩子,像看待自己的儿子一样看待他。这时,虽然他们自己已经有了两个儿子,但是夫妻二人不嫌弃这个孩子。他们的这一善举感动了神灵。

自从收养这个孩子以后，阿兰豁阿每日夜里都会梦见一个金人，身穿金袍，头戴金冠，浑身闪着金光，从天而降，来到她的面前，仔细用手掌反复摩挲她的肚腹，好像把一缕缕金光渗透进她的腹中，然后趁着早晨的第一缕阳光，翩然而去。这样，阿兰豁阿接连怀孕，又为朵奔蔑儿干生了三个儿子。

小儿子出生不久，金人又进入阿兰豁阿的梦中，告诉她说："你的后三个儿子，都是上天的子嗣，奉天命而降人间，不是凡人可比，他们要驰骋草原，纵横天下，兴族振邦，以孕天子。望你夫妇好生抚养，从善抑恶，不可造次。"阿兰豁阿醒后把这段话告诉了丈夫，从此他们更加尽心竭力地抚养这五个孩子。

谁知天有不测风云，在小儿子出生后不到一年，朵奔蔑儿干就不幸去世了，阿兰豁阿独自一人负担起抚养五个孩子的重任。这时他们收养的那个孩子也已经稍稍长大了些，能够帮助阿兰豁阿做一些力所能及的事情了，这让她多少感到一些欣慰。

阿兰豁阿谨记神灵的话语，对五个儿子的教育非常严格。金秋的一天，她烤好一只肥美鲜嫩的羔羊，把五个儿子召集到一起，边吃饭边对他们进行一些人生教育。

她拿出五支箭，分给五个孩子，每人一支，然后让他们折，五个孩子没用什么力，轻易就把箭都折断了。这时，她又拿出五支箭，用绳子捆绑在一起，让他们五个轮流折，五个人各自用了很大的力气，也没有把箭折断。阿兰豁阿教诲他们说："你们五个儿子都是从我这一个肚里生出来的。你们就像刚才的五支箭一样，如果一个一个地分开，任何人都很容易把它折断。如果你们互相友爱，就像一束合在一起的五支箭，那么谁也不能轻易地折断它们。"

**母亲阿兰豁阿五箭训子**

五个孩子听后,牢记心间,更加团结一心,互相帮助,与母亲一起度过艰难的岁月。

阿兰豁阿教子的故事,在蒙古族流传至今,成为教育后代的典范。

## 第三节　弱不可欺

在伟大的母亲阿兰豁阿的精心哺育、谆谆教导下,她的五个儿子逐渐长大成人。阿兰豁阿去世后,她的五个儿子聚在一起,商量如何分配家中的牲畜和财产,然后各人独立生活。他们想把所有财产分成五份,每人一份,公平合理。这时,阿兰豁阿的小儿子孛端察儿,提出自己不要一点财产,要只身一人到外界去闯荡。他说,如果没有其他的本领,就算分得再多的牛羊,又如何能看守得住呢?他要到外界去学习本领,将来保护我们大家的财产和土地。其实,在他们兄弟五人中,孛端察儿长得身材瘦小单薄,看起来给人以软弱可欺的感觉,但他意志坚定,聪明机智,一直得到哥哥们的信任和喜欢。哥哥们见他主意已定,志存高远,就不再勉强他,把财产分成四份,每人一份,然后依依不舍地送弟弟上路远行。

在一个阳光明媚、微风和煦的早晨,孛端察儿拒绝了兄弟们送给他的宝马良驹,选了一匹羸弱瘦削的青花白马,身背弓箭,告别了四位兄长,跃马奔向茫茫的草原。

一路上,他深知前面的路充满了凶险,一定要意志坚定、沉着冷静、机智应变,才能克服苦难。马在人活,马不在,人要活得更好,生要有所为,死要有所值。

孛端察儿骑着瘦马，一路观察思索，最后决定沿着斡难河而下，探索未来的人生之路。最后，他来到了一个岛上，看到这里林深树茂，水草鲜嫩，景色优美宜人，眼睛为之一亮。他立即跳下马，斩木搭架，割草苫顶，很快就搭建了一间简陋的草舍作为栖身之地，并在此开始了他的冒险生涯。

第二天一早，孛端察儿怀着既激动又忐忑的心情，来到一个山冈上四处瞭望，打量这个陌生而神奇的世界。忽然他看见一只雀鹰向树丛中猛扑过去，转眼之间就捉到了一只灰鹭，站在树梢上吞食起来。他为之震惊，赞叹鹰的敏捷和勇猛，心想，我要像雀鹰一样，飞则高入云天，扑则矫捷灵敏。他灵机一动，计上心来。他跑回草舍前，把青花马的尾鬃拔下几根，捻成细长而结实的绳子，做成一个圈套，埋伏在雀鹰要经过的路上，然后用野鸡做诱饵，诱使雀鹰钻入圈套。他就这样捕获了雀鹰。经过多日细心驯化，这只猛禽对他俯首帖耳，出门时就站在他的左肩上，伴随他打猎巡山。

春天来了，河水解冻，小草发芽，斡难河水又开始哗哗流淌，奔向远方。在遥远的南国越冬的野鸭、大雁、天鹅，还有各种不知名的小鸟，纷纷飞回斡难河边，觅食筑巢，鸣声悦耳，好不热闹。孛端察儿知道快乐的季节到了，心里有说不出的高兴，他每天哼着小曲，架着雀鹰，来到斡难河畔捕猎各种飞禽。每天捕获的野鸭、大雁等，多得根本吃不完，他就把剩下的喂那些饥饿的狼群，很快狼群就跟他建立了友谊。他们互相配合，共同捕猎，当狼群追逐鹿、羚羊和狍子等动物时，他就埋伏在僻静处，等到猎物跑进他的伏击圈，他就弯弓射箭，射杀猎物，然后与狼群一起分享胜利果实。有时，狼群自己捕获到猎物，也会叼一块肉送给他,可见他们的关系多么融洽。据说有一次,孛端察儿被一只棕熊拦住,正当棕熊向他猛扑过来的危急关头,狼群及时出现了,它们赶跑了棕熊,救出了孛端察儿。

苍狼,是蒙古民族祖先的伟大精灵,勇猛剽悍的蒙古人都继承了它的血性

孛端察儿不仅机智敏捷、勤于思考,他还有一颗善良博大的心,就连凶猛的狼群都能被他仁慈的心所感动,甘愿与他生死相依,共渡难关。

# 第四节　兄弟并肩

　　光阴似水,逝者如斯。春华秋实,寒来暑往。一晃几年过去了。家中孛端察儿的四个哥哥,几年没有弟弟的音信,不知弟弟身处何境,命运如何,心中挂念起来。他们虽为孛端察儿的命运担忧,但又相信弟弟的智慧和能力,确信他不会有什么危险。但兄弟几个终究还是放不下心来,思念弟弟的心日切,于是就让大哥不忽合塔吉去寻找孛端察儿,看看他的近况如何,让他回到兄弟身边,过上亲人团聚的快乐生活。

　　不忽合塔吉骑上快马,跑遍了森林和草原,一路上向遇到的猎人和牧民打听孛端察儿的下落。终于有一天,他遇到了几个牧民,牧民告诉了他孛端察儿栖身的地方。牧民说:"我知道你要找的是个什么样的人,他的住处离此不远,就在这附近,他每天都会来这里换我们的马奶,天黑了就回去。但我们不知道他具体住在何处。现在刮起了西北风,他的猎鹰捕获的鸭雁的翎毛如雪片一般飘来,所以料定他的住处离此一定不远。现在正是他常来换马奶的时候,你不必着急,稍等片刻,一定能够见到他。"不忽合塔吉知道了弟弟的下落,并知道他还很好,就放下心来,坐在草地上,等待弟弟的出现。

　　没多久,孛端察儿果然骑马而至。当年那匹瘦弱的青花马如今已膘肥体壮，鬃毛油光闪亮。骑在马背上的弟弟，远远看去，红光满面，精神抖擞，已经出落得洒脱俊逸、一表人才了。不忽合塔吉不由得心中大喜，他站起身，急忙向弟弟迎去。孛端察儿也认出了哥哥，他跳下马，和哥哥紧紧拥抱在一起，兄弟二人热泪盈眶，久久都没有说出话来。过了很久，二人才松开手，各诉思念之情。不忽合塔吉讲述了家中哥哥们的生活情况，孛端察儿说明了自己这几年漂流在外的所见所闻。

之后，兄弟二人谢别了牧人，骑上马，向孛端察儿的栖身之所飞驰而去。路上，哥哥策马在前，孛端察儿在后紧追不舍，他高声地向哥哥喊道："人须有头，衣须有领。无头不成人，无领不成衣。"

一连喊了三遍，哥哥回过头来，放慢马的步伐，问弟弟这句话是什么意思。孛端察儿调转马头，望着刚才辞谢的牧民，忙向哥哥解释说："人必须有头，衣服必须有衣领。人要没有头就成不了人，衣服没有衣领就不成为衣服。就像刚才我们见到的这些牧民，他们勤劳善良，曾经每天换给我马奶。但在我看来，他们没有首领，各自为生，像一盘散沙，单薄无力。他们中间，没有贵贱之分，没有首尾之别，大家平等相处，你好我好，彼此相爱。但这样看来，如果来了敌人，掳掠他们的牛羊马匹、生活财物，反而轻而易举，不费吹灰之力。"

不忽合塔吉听了弟弟的话，觉得非常有道理，又想起家中的情况，弟弟所虑正是他担心的问题。于是他问弟弟，我们应该怎么做才能不怕敌人来掳掠财物？

"哥哥，我们兄弟五人，应该选出首领，让其他的牧民和猎户听从首领的统一领导，统一指挥，像人的头脑带领全身、衣领带领衣服一样。这样我们力量强大,就不怕敌人来抢劫了。"

哥哥听了非常激动,连忙点头称好,并催促弟弟赶快回家,要推举弟弟做首领,一起带领大伙抵御外敌。

兄弟二人回到孛端察儿的住处,匆忙收拾行装,马不停蹄,顺着斡难河,向自己的家乡急驰而去。

# 第五节　部族纷争

不忽合塔吉和孛端察儿兄弟二人回到家后,不忽合塔吉立即把其他三个兄弟喊来,向他们说明了孛端察儿的想法,兄弟五人一起商量推举首领的事。大家一致公认孛端察儿见多识广,机智有谋,推举他做他们的首领。

孛端察儿当上首领后,立即带领兄弟五人开始征服周边的一些牧民和猎户,要他们尊孛端察儿为首领,形成一个统一的部族,统一指挥,统一行动,统一保护部落成员的财物。这样,大草原上的第一个有组织、有领导、有秩序的蒙古部落就形成了。如此,别勒古讷台成了别勒古讷惕氏创氏祖先,不古讷台成了不古讷惕氏创氏祖先,不忽合塔吉成了合塔斤氏创氏祖先,不合秃撒勒只成了撒勒只兀惕氏创氏祖先,孛端察儿成了孛儿只斤氏创氏祖先。

孛端察儿建立自己的部落后,立即开始征服散落在草原上的其他部落。他把青壮年组织在一起,编成队伍,由他统一领导指挥,统一对敌发动进攻,这就是蒙古族的第一支部队。

他让妇女和儿童留在家中,并派少数青壮男人保护他们,自己带领队伍去征战讨伐。部落纷争由此开始了。

孛端察儿对原来生活过的地方非常熟悉,他们轻车熟路,很快就来到了他经常换马奶的牧场。他抓来了一个年轻的孕妇,逼迫她交代这个游牧部落的具体状况,并且了解到这个部落叫札儿赤兀惕,他们轻而易举地就抢夺了这个部族的牛羊马匹、粮食,并俘虏了部族男女做自己的奴隶。孛端察儿为了实现自己的抱负,牺牲了曾经因换马奶与他而建立起来的友情。孛端察儿的志向是,统一大草原上的所有部落,由自己充当首领,统一领导。

孛端察儿建立部族后,很快就征服了周边一些部族,他们所到之处,如入无人之境,根本遇不到对手。他们把那些部族的牛羊马匹等财物抢掠一空,强迫女人为自己的妻妾,强迫男人为自己的奴隶。实质上,孛端察儿的部族,已经具备了奴隶社会的雏形。

其他的部族也纷纷群起效仿,草原一时间兴起了众多大小不一的具有奴隶社会性质的部族。这些部族形成后,纷争不断,战事连绵,一时间,整个蒙古大草原上,刀光剑影此起彼伏。

由于历史和个人的局限,孛端察儿不可能实现自己的抱负,在他死后的很多年里,他的子孙还在不停地为实现这一理想奋斗征战,直到成吉思汗,才完成这一数辈人留下的宿愿。

孛端察儿有个孙子叫蔑年土敦,年纪轻轻就去世了,他生了七个儿子,老大叫合赤曲鲁克,老七叫纳里把阿秃儿。蔑年土敦去世后,由他的妻子那莫伦暂时接替掌管部族首领之位。那莫伦是贵族出身,胆大心细,在自己的男人去世后,用男人般有力的大手举起部族的大旗,发号施令,勇往直前。正在这时,生活在东部白山黑水之间的女真人,突然崛起,迅速吞并了远在南方的中原北部地区,虽然女真人入侵的主要目标不是蒙古各部落,但却在蒙古部落中掀起了轩然大波。

女真族勃兴于白山黑水之间，在首领完颜阿骨打的带领下，
开创了大金王朝

　　原来，这些走出大森林的女真人，为了扫清南进的道路，首
先向居住在克鲁伦河流域的札剌亦儿部落发起了进攻。女真人
大肆屠戮，烧杀抢掠，引起了札剌亦儿部落人的极大恐慌，他们
纷纷弃家外逃，涌入了那莫伦领导的蒙古族部落的领地。他们
的涌入，给那莫伦和她的部族带来灭顶之灾。

# 第六节　悲剧发生

　　女真人来势凶猛,烧杀抢掠,势不可当。札剌亦儿部落的人只有仓皇外逃的份。上千个札剌亦儿人沿着斡难河一路向上,逃到了那莫伦所在的蒙古族部落的领地,这些难民长途奔逃,疲惫不堪、饥饿难忍,他们在牧场里采摘草芽、掘食草根,给草场造成了极大的破坏。那莫伦看着这种情形,心疼自己的草场。她的脾气火暴,一怒之下,驾车驱赶那些逃难的人,情急之中轧伤了札剌亦儿人。接着,她又放出马群去冲撞那些札剌亦儿人,试图把他们赶到自己的草场以外。

　　札剌亦儿人被激怒了,他们纷纷起来反抗,一场混战爆发了。那莫伦命令几个儿子上阵杀敌,他们还没来得及穿上盔甲,就匆忙上阵。那莫伦看到形势危急,急忙又命令自己的儿媳赶快给杀敌的儿子们送去盔甲。但为时已晚,战斗中,那莫伦的六个儿子都被札剌亦儿人杀掉了。札剌亦儿人余怒未消,一路掩杀过来,把那莫伦和她的儿媳也都杀死了。可怜那莫伦一家老小在这场冲突中,只剩下入赘丈人家、远在他乡的七儿子纳里把阿秃儿,还有劫后余生的孙子——老大合赤曲鲁克之子海都。当时海都年幼,被一个老妇人藏在干草堆里,才总算逃过一劫。

　　当时,纳里把阿秃儿正入赘在贝加尔湖东岸巴儿忽真部族里。噩耗传来，纳里把阿秃儿悲痛欲绝，顾不得辞别妻儿，就不顾一切地星夜奔回家中。当他翻越海拔1400多米的高山，穿过茂密的森林，回到草原上的家里时，为时已晚。亲人们的尸体躺在血泊中，场面极其恐怖，惨不忍睹；母亲那莫伦似乎还睁着眼睛，盼望他归来给亲人们报仇。纳里把阿秃儿只找到了几个年老体弱的妇人和幸存下来的侄子海都。

怒火燃烧在纳里把阿秃儿的胸膛，他发誓要为亲人们报仇雪恨，夺回被札剌亦儿人抢走的牲畜和财产。纳里把阿秃儿找到一匹从札剌亦儿人手里逃回的马，向札剌亦儿人驻扎的方向一路寻仇而去。

半路上，纳里把阿秃儿遇到了札剌亦儿的两个猎人，他们骑着马，肩上都有一只猎鹰，纳里把阿秃儿一眼就认出了那些猎鹰正是自己的哥哥们生前驯养的。那两个猎人并不认识纳里把阿秃儿，还不知道他是那莫伦的儿子，所以没有在意。仇人相见分外眼红，纳里把阿秃儿怒火中烧，但他没有盲目地冲上去与敌人硬拼。他不动声色地策马跟上去，靠近了一个年轻的猎人。他装做寻找失散的马群，和那个年轻的猎人搭讪，很快他们就聊了起来。当他们来到克鲁伦河的一个拐弯的僻静处时，他趁那个年轻的猎人不备，拔出刀来，一刀把那人捅于马下。然后他把那人翻转过来，盖住血迹，就朝另一个猎人喊，说他的同伴突然落马，可能是出现了什么意外。走在前面的猎人听到喊声后，急忙骑马跑了过来，当他翻身下马，弯腰去看自己的同伴时，纳里把阿秃儿从后面给了那人几刀，那人也应声倒地。

纳里把阿秃儿杀死了两个猎人，夺回了哥哥的猎鹰，然后他继续向札剌亦儿人的驻地前进。他来到一个高丘上，远远看见有几百匹马在河谷里吃草,他认出了那就是从他家抢夺来的马匹,他的眼睛红了,像要喷出烈焰。他看到只有几个孩子看守着马匹,没有大人在;他又向四周望了望,也没有发现其他的人。看来札剌亦儿人并没想到他们血洗的部落的人会来寻仇,对他没有一点防备。

纳里把阿秃儿旋风般冲进河谷,手起刀落,杀死了照料马匹的几个孩子,然后赶着马群,带上哥哥的猎鹰,回到他原来的家。到家后,他怕札剌亦儿人寻来报仇,就带领自己的侄儿海都还有幸存下来的其他几位妇女,投奔他的丈人家——居住在贝加尔湖东岸的巴儿忽真河流域的巴儿忽真部落,和他的妻子一起,抚养自己的侄子海都,希望他长大后,能为亲人们报仇。

# 第七节　海都称汗

　　海都渐渐长大，纳里把阿秃儿对他寄予了厚望。海都从小失去了父母等亲人，仇恨使他迅速地成熟起来，他沉默寡言、坚毅勇敢，继承了他祖辈们的血性。他立志要振兴自己的部落，替死去的亲人们报仇。他射箭骑马，训练队伍，练习搏杀。他的叔父纳里把阿秃儿一心一意辅佐他。这样，海都二十多岁的时候，就在叔父的帮助下当上了部族的首领。很快，他就带领自己的部队，向札剌亦儿人发起了复仇战争。札剌亦儿人不堪一击，很快就投降归顺了他。海都既报了家仇，又赢得了人心，他的队伍迅速壮大起来。

　　海都把他的营帐设在了肯特山南边斡难河和克鲁伦河的发源地，这里水草丰茂，富庶发达，进可攻茫茫草原，退可守深山密林，是一个理想的军事要地。消灭札剌亦儿人后，他军威大振，四周部落纷纷来降归顺，乞求保护。海都的臣民越来越多，势力越来越大。那时，草原上多是一些分散的游牧部落，他们贫穷软弱，常常会受到一些强大部落的袭击抢掠。自从海都成为部族首领后，他对所有归顺他的部族都进行了保护，得到了部族的拥戴。

　　海都是个有远大目光的人，他看到女真人崛起后，认真学习女真人的成功经验,并把目光投向了远在南方的宋朝政权。海都明白,要想摆脱自己的民族受欺压、受威胁的命运,必须建立自己的国家。他召集各部落首领,模仿女真人和南宋朝的方式,宣布自己为汗。他是蒙古族历史上的第一个汗,建立了蒙古族国家的雏形,是后来成吉思汗家族王国的前身。

**蒙古汗国兴起**

海都称汗后,蒙古族很多部落接踵而至,很快就联合在他的麾下。但是由于游牧民族的特性,海都并没有继续建立起自己强大的军队和完善的国家管理体制。这些局限,使海都的汗位松散而空泛,难以有更大的作为。海都对此也有过思考,但是他的认知不可能超越历史的局限而认清社会发展的本质。

海都为汗时,曾试图统一兴安岭以西的广大蒙古草原,当他率领自己的部族一路西进,在阴山附近,遭到了另一个部族的抵抗,而这个部族当时得到了已经盘踞中原的金朝的支持。原来海都称汗后，女真人开始意识到来自自己后方的威胁，所以他们有意识地寻机遏制海都的发展。当海都西进后，他们立即支持另一蒙古部落抵抗海都，试图把海都扼杀在摇篮之中。海都率部与这个部族进行了一场规模不大的战争，结果海都兵败后撤，撤回到了斡难河的上游地带。

从此海都养精蓄锐，不再轻易言战，而且开始向强大的金朝俯首称臣，以求给自己更多的发展机会。蒙古族各部落在海都的治理下，逐渐放弃了纷争和打斗，人丁渐渐兴旺起来，马匹和牛羊也成倍增长。海都通过不动声色的威服和收买政策，逐渐把从兴安岭到贝加尔湖的广大地区都纳入了自己的版图。海都成了蒙古族的核心，他们崇拜他，信任他，把他当作英雄，在他统治的几十年里，蒙古各部落和谐相处，一派生机勃勃的景象。

海都虽然没有建立起真正意义上的蒙古国家，但他建立的汗制，直接推动了蒙古各部落的统一和向中央集权的国家形式的过渡，为后来成吉思汗建立蒙古国打下了政治基础，同时也推动了蒙古族社会的快速发展。

## 第八节　作客金王殿

　　海都去世后,刚刚联合起来不久的蒙古部落,又陷入分裂之中。海都的三个儿子瓜分了整个部落。但是这三个人都没有称汗,刚建立起的大汗制又被中断。海都,是成吉思汗的六世祖。海都的长子伯升豁儿,其子孙组成乞颜部(或写作"奇渥温"、"乞牙惕");次子察剌孩的子孙组成泰赤乌部。伯升豁儿生子屯必乃,屯必乃之子合不勒,是成吉思汗的曾祖父。合不勒逐渐统治了全体蒙古(合木黑蒙古),他再次登上汗位。合不勒汗所属的乞颜氏,由于子孙繁衍,又有许多分支,成吉思汗所属的孛儿只斤氏便称为乞颜·孛儿只斤氏。当时蒙古部族中力量最强大的是乞颜氏及其同族泰赤乌氏。合不勒是一个有为的君王,他称汗后,蒙古部分部落再次联合起来,势力逐渐强盛,其影响波及当时强大的金朝,使金人开始关注、提防他们的存在。

　　那时金朝控制了长江以北广大的中原地区,而当时的南宋王朝只能偏安江南一隅。金朝为了全力以赴对付南宋,对后方的蒙古等部落采取了安抚收买的政策。他们看到合不勒领导的蒙古族日渐强大,担忧后院起火,就决定把合不勒请进北京的王宫,试探一下他的虚实。

　　那是一个秋天的下午,合不勒只身进入王宫,觐见当时金国

在金国进犯南宋王朝的战争中,涌现出了一大批保家卫国
的英雄,"精忠报国"的岳飞更是名留青史

的皇帝。皇帝在王宫里大摆筵席,想趁机观察一下合不勒的想
法和表现。

　　合不勒生在草原,长在草原,马背上驰骋,在马背上生活,大
块吃肉,大碗喝酒,豪放粗犷,放荡不羁,哪里见过中原地区人们
温文尔雅、安坐桌椅、细饮慢酌的生活方式? 他第一次坐在王宫
的酒宴上,非常拘谨,手足无措。金朝皇帝为了显示威严和气
派,命令很多王公大臣作陪,以便在气势上先声夺人,压倒合不
勒。其实金人也是五十步笑百步,他们也刚刚入主中原不久,很
多生活方式正跟在汉人的屁股后亦步亦趋地学着,像不像先走
样。结果,筵席开始后,合不勒食量惊人,狼吞虎咽,引起了金朝
满朝文武的大笑。但合不勒旁若无人,不在乎别人的耻笑,继续
大吃大喝,直到筵席结束。

　　难道合不勒真是贪图金朝的美味佳肴、贪吃图醉吗? 显然

不是。合不勒是个有头脑的人,虽然初次接触这么大的场面,但他心里仍然没有忘记自己的身份,没有忘记自己的安全。原来,合不勒看到这么多做工精细考究、色香味美的佳肴和琼浆玉液般的美酒,见所未见,闻所未闻,有些担心起来。毕竟,金人请自己赴宴没安什么好心,万一在这些佳肴美酒里下毒,自己不就性命难保了吗?毕竟自己对这些食物缺乏了解。不吃不行,吃了又怕中毒,所以他暗暗想出了一个对策:猛吃猛喝,以显示自己的自信和旷达;吃完后借故出去呕吐掉,回来后再继续跟金人推杯换盏、豪饮大嚼。就这样,合不勒给人留下食量惊人、贪吃粗鲁的印象,成为金人谈笑的话题。

后来,合不勒又假装被美味佳肴、美酒佳酿所迷醉,故意乘兴豪饮,醉态百出,趁机伸手捋金朝皇帝的胡子。金人当然感到震怒,几个卫士急忙上前把合不勒架回驿馆休息。

第二天酒醒后,合不勒亲自跑到皇宫里,向皇帝请罪,请求皇帝饶恕自己亵渎君王之罪。其实他是想借此试探一下金人对自己的态度。金朝皇帝听了他的请罪话语,只是笑了笑,并没有加罪于他。他便放下心来,心知金人不会对他和他的部落怎么样。

其实金王朝的大度,并不是真心饶恕合不勒的罪过,只不过是他们正在全力与南宋对峙,需要蒙古人帮助自己,或者至少安分守己,不让后院起火。为此,金王朝不仅没有降罪于他,还赏赐给他很多牛羊牲畜、金银珠宝,以示信任。

当合不勒离开京城不久,金人才反应过来,认识到这个外表粗鲁、举止放纵的蒙古大汗并非等闲之辈,他内心藏着宏图大志。金人后悔了,忙派使者去追赶合不勒,谎称有要事相商,妄图把他骗回京城杀掉。

　　合不勒早就意识到了危险,他看清了金人的阴谋,不仅没有回去,还把金人派来的使者杀掉。从此,蒙古人和金王朝开始反目成仇,互相攻伐。在 1139 年和 1147 年,蒙古人两次大败金王朝,到了合不勒儿子那一代,金王朝每年都要向蒙古人进贡很多牛羊马匹、黄金谷物,并承认蒙古大汗为蒙古王,以换取自己后方的安宁。

# 第九节　血海深仇

　　当蒙古族正要走向强盛的时候,不同的蒙古部族之间却发生了殊死的对抗。对抗发生在新兴的蒙古国与塔塔儿部落之间。塔塔儿是草原上的另一支游牧民族,一直在从克鲁伦河注入呼伦湖的河口到兴安岭这片广大的草原上,过着游牧生活。他们和蒙古国的冲突,还得从合不勒的妻弟得病说起。

　　塔塔儿人的巫师远近闻名,有一次合不勒的妻弟得了重病,卧床不起,合不勒就派人去请塔塔儿人的巫师来给他的妻弟治病,但因为他的妻弟病势严重,无论巫师怎样念咒施法、驱魔降妖,也无法挽救他妻弟的性命,无法阻止死神的到来。为此,人们怀疑巫师存心不良,故意加害他们蒙古人,以便统治他们部落。在巫师离开不久,合不勒就派人追上去把他杀了。

　　塔塔儿人当然不肯善罢甘休,他们立即率兵前来攻打合不勒,为他们死去的巫师报仇。合不勒的几个儿子闻讯火速赶来,增援合不勒,他们和塔塔儿人在草原上展开了激烈的战斗。

　　其实巫师事件只是导火线,很久以来,两个部落为争夺草原统治权问题就开始暗暗较劲,冲突日益激化,终于在现在爆发了出来。此时,北京皇宫里的金朝统治者,也非常关心合不勒与塔塔儿人之间的战争。他们认为这是挑起两个部族互相残杀、自我消耗的大好时机,无论谁打赢了这场战争,都将会付出惨重的代价,正可以阻止他们向南推进危及自己的疆土。金朝统治者鉴于合不勒领导的蒙古国日益强大,是自己最可怕的潜在对手,就决定帮助塔塔儿人,借此机会消灭蒙古国,消除自己的心头大患。在金王朝的帮助下,塔塔儿人抵抗住了蒙古国的强大攻势,双方都不能取胜,就各自退兵,形成了僵持的局面。

直到合不勒死后,俺巴孩继承汗位,但两个部族之间的仇恨仍未消解,摩擦经常发生,战事接连不断。俺巴孩汗是海都次子察剌孩的子孙组成的泰赤乌部人,他心胸宽广、目光远大,清楚地看到两个部落之间的争斗对他们部落发展的影响,决定与塔塔儿人化干戈为玉帛,变仇敌为睦邻。他向塔塔儿人伸出了和平的橄榄枝,伸出了友谊的双手,希望尽释前嫌,睦邻友好,和睦相处,共同发展。他采取的具体措施就是通过部族通婚来向塔塔儿人求和示好。如果塔塔儿人愿意放弃旧怨,重修旧好,他愿意和塔塔儿人结亲,愿将爱女嫁给塔塔儿中一个部落首领为妻。塔塔儿人慷慨地答应了俺巴孩汗的和亲请求,俺巴孩汗心中大喜,以君子之心忖度此事,决定亲自送女儿成亲。不料,塔塔儿人同意结亲是假,诓骗俺巴孩汗进入他们的圈套、为死去的巫师报仇才是真正目的。所以当俺巴孩汗亲自送女儿来到未来女婿住地的时候,塔塔儿人伏兵四起,消灭了俺巴孩汗的卫队,将俺巴孩汗父女俘获。他们掳俺巴孩汗的女儿为妻,又把俺巴孩汗押送给了金朝政府。就这样,一场和亲喜剧瞬间变成了人间悲剧。

金朝统治者对俺巴孩汗和一同被抓获的合不勒汗的长子斡勤巴儿合黑实施了惨绝人寰的刑罚,他们把他俩牢牢地钉在木

**蒙古少年在练习骑射**

驴背上，然后让快马拉动木驴旋转，直到把他俩撕扯粉碎。

俺巴孩汗临死前，设法通过别人带信给自己的子孙和已故合不勒汗最有魄力的儿子忽图剌。他说："我身为一个蒙古族最高首领，亲自送女儿到塔塔儿部成亲，被塔塔儿部所擒。你们要以我为戒，不要再犯这样的错误，对付敌人只有用锋利的弯刀，而不能用美丽的女人。当今之计，你们要苦练弯弓射箭、挥刀杀敌的本领，哪怕磨断十指，也要誓报血海深仇！"

俺巴孩在气绝之前，对金朝皇帝说："我的儿子很多，一定会有令人感到恐怖的复仇行动，你们就等着报应吧！"

这一事件再一次在蒙古人心里埋下了仇恨的种子，到了成吉思汗的时候，他们经过多年卧薪尝胆、养精蓄锐，终于兴兵复仇,先后消灭了塔塔儿部和金王朝。

历史在血雨腥风中掀开了新的篇章,蒙古草原上屹立起一个善战好胜的民族,蒙古人跃马弯弓,驰骋在浩瀚的荒原,披荆斩棘,开创着属于自己的天地。伴随着国仇家恨,一代代人成长起来,将利刃弯刀刺向敌人,刺向阻碍他们生存和前进的一切势力。也速该身为部落首领,英勇无比,豪爽热情,被敬称为"巴特尔",意思是勇士。他屡屡与敌作战,黑林誓言结下盟友;他依循祖制,掠妻斡额仑;他战败强敌,以敌人首领的名字为儿子取名铁木真……这些惊心动魄的故事强烈地吸引着人们的好奇心。公元 1162 年春天,铁木真降生在斡难河畔的草地上,他手握黑血块,究竟预示着什么呢?

第二章　天降奇才

# 第一节 报仇心切

俺巴孩汗送女儿成亲却被仇敌杀害,这在蒙古族部落里激起了极大的愤慨和熊熊的怒火。他们在斡难河畔集会誓师,公推忽图剌为汗,带领他们誓死为俺巴孩汗报仇雪恨。忽图剌是合不勒汗之子、俺巴孩的侄子,此人有勇有谋,胆识过人。关于忽图剌,蒙古族一直视他为英雄人物,曾有史书记载他的功绩,颂扬他的勇武,说他声大如雷,能响彻千山万壑;说他手如熊掌,膂力无穷,能像折箭一样轻而易举地将人折为两截;说他常赤身睡于炭火旁,火星溅于身而不知,炭火烧身而以为是蚊虫叮咬;说他每食可尽一羊,大碗饮发酵的马奶。可见其人拥有的传奇般的色彩。

忽图剌一登上汗位,就整顿军马,率军向塔塔儿部生活的草原进发,找塔塔儿人寻仇开战,为俺巴孩汗报仇雪恨。

忽图剌率部与塔塔儿部族首领阔湍巴剌合和札里不花激战了十三回合,不能分出胜负,他们只好撤回自己的领地,等待机会,另寻战机。后来,忽图剌对塔塔儿人的报复,采取了劫掠和骚扰的策略。但在一次远征中,正当他利用战斗的间歇打猎时,突然遭到了另一蒙古部落朵儿边部落的袭击,这次遭袭直接改变了忽图剌的人生轨迹,使他走上了一条把部族拖向毁灭的不归路。

　　在朵儿边部族的袭击下，忽图剌的手下兵丁如惊弓之鸟，呼啦作鸟兽散，很快逃之夭夭。忽图剌一人策马突围，奔到一个泥沼面前，没有了退路，忽图剌打马跃入泥沼之中，污泥立即淹没了骏马，只剩头部探出外面，骏马扑腾挣扎，气喘吁吁，但无济于事，很快被污泥陷住不能动弹。忽图剌情急之中，从马背上一跃而起，跃上对岸。朵儿边人来到泥沼边，看到这种情景，并没有赶过来追击，他们说，身为一个蒙古男人，失去了骏马就是砍掉了双腿，还能有什么作为呢？说罢一哄而散。

　　忽图剌营中的士卒纷纷传言忽图剌已经战死，并把消息告诉了部落里其他的人。忽图剌的侄子也速该，也就是成吉思汗的父亲，按照当地习俗，给忽图剌的家里送去菜肴，准备参加丧餐。但忽图剌的妻子说什么也不相信丈夫战死的传言，她是一个性格坚强、有胆识和魄力的女人，一直得到部族人的敬佩和爱戴。她口气坚定地说："声震万仞天庭、手臂比成年熊掌还要勇猛有力的勇士，怎么是区区几个朵儿边人所能伤害得了的？我已经有预感，他很快就将平安归来。"

　　事情果然不出忽图剌的妻子所料，等到朵儿边人一走，忽图剌就使出浑身的力量，抓住马缰绳，使劲把骏马从泥沼中拉了上来。他为骏马简单地清理了一下身上的污泥，就飞身上马，正当他要扬鞭跃马、奔回营地的时候，忽然看见远处朵儿边人的牧场，有一大群马匹在吃草，他立即兴奋起来，跳下马，悄悄接近马群，并跨上头马的马背，赶着马群，满心欢喜，浩浩荡荡地奔回营地。正在为他战死而哭的部族男女，看到忽图剌赶着马群归来，喜出望外，转悲为喜，一拥而上，围着忽图剌山呼万岁。

　　但这次小小的胜利，却招来了更大的打击和报复，几乎使刚刚兴盛起来的蒙古部族遭受灭顶之灾。

　　原来朵儿边人遭到这次洗劫后，就去投靠了塔塔儿人；塔塔儿人接着投靠了金王朝，到金王朝那里搬兵；金王朝对蒙古国的兴起早已耿耿于怀，欲除之而后快，于是打着消灭叛乱、维护草原稳定的旗号，于公元 1161 年，派大军压境，欲消灭忽图剌领导的蒙古国。忽图剌在战斗中不幸身亡，整个蒙古国遭到了毁灭性的打击，年轻的蒙古国就这样夭折了。这场战争以后，整个蒙古部族又陷入了极度混乱的状态，政治联盟消失了，家族纽带断裂了，一时间部族之间仇杀成风，劫掠无度、盗窃马匹、抢掠妇女、兄弟相残，无所不为。正如后来阔阔湖思在成吉思汗确定继嗣时，曾对成吉思汗的儿子们说的那样："汝等未生之前，天下扰扰，普国相攻，大地翻转，人不安生。"海都汗的长子伯升豁儿的子孙组成乞颜部和次子察剌孩的子孙组成泰赤乌部，为争夺汗位继承权而久议不决，陷入了长期的攻战。

# 第二节　黑林誓言

　　忽图剌战败身亡，也速该却幸存了下来。也速该是合不勒汗的孙子，王室后裔，但他生不逢时，一生坎坷，出生没多久就因与塔塔儿人的征战陷入奔波流离之中。他刚成年时，就赶上了塔塔儿人勾结金王朝对他所在的蒙古国的毁灭性打击，经历了蒙古历史上最多灾多难的时期。正是由于参与了多次战斗，他有了一个光荣的称号"巴特尔"，意思是"勇士"。这个称号只有在战场上英勇战斗、屡立战功的人才有可能获得。成吉思汗的祖父把儿坛也拥有"巴特尔"的称号。由此可见，成吉思汗的祖父、父亲都是勇敢善战的好汉。

　　也速该巴特尔似乎从来没有奢望过要登上蒙古大汗的宝座，他至死也不过是一个派生小部落的首领。但他是个机智勇敢的人，一生处心积虑地振兴自己的部落，为他的儿子成吉思汗统一蒙古各部并登上大汗帝位打下了坚实的基础。其中也速该巴特尔一生做出的最伟大决定就是"黑林誓言"，这一誓言充分保障了成吉思汗青少年时期的健康成长，对他后来的迅速崛起起到了至关重要的作用。

　　在也速该巴特尔领地的西边，有一个叫克列亦惕的部落，随着蒙古国与塔塔儿人不停地征战，渐渐强大起来。克列亦惕是蒙古历史上最具神秘色彩的部族之一,他们生活在鄂尔浑河的发源地杭爱山一带,他们游牧的东部边界在斡难河和克鲁伦河的发源地,与蒙古部相邻,东南边界则在万里长城的边上。他们所处的地理位置非常重要,他们控制了沙漠地区的几条通道,是蒙古草原与中原王朝之间的咽喉要道;此外,克列亦惕部境内牧草丰美的土拉河上游盆地,是夏季放牧的好地方,克列亦惕人在那里避暑,放牧军马,养精蓄锐。同时那里又处于得天独厚的中心位置,既可以控制突厥乃蛮人居住的蒙古西部地区,又可以控制成吉思汗的祖先和塔塔儿人争夺的蒙古东部地区。

据传克列亦惕部信奉基督教,有一天,他们的一位国王在沙漠中迷了路,正当他奄奄一息、生命垂危之际,一位基督教士奇迹般地出现在他面前,并用医术救活了他。基督教的慈悲和鼓励深深地感动了他,于是他向一位大主教发出请求,请给他和他的臣民洗礼,有20万克列亦惕牧民和这位国王一起接受了洗礼,可见这个部落人口众多、势力强大。

同时,克列亦惕部与塔塔儿人也结下了深深的仇恨,他们的首领马尔忽思一不亦鲁黑汗曾带领部队与塔塔儿人进行过战斗,马尔忽思一不亦鲁黑汗被塔塔儿人俘虏并献给了金王朝,金王朝把他五马分尸,抛尸原野,景况极其惨烈。马尔忽思一不亦鲁黑汗的遗孀,美丽的忽图黑台一依里克赤决心为丈夫报仇雪耻。她强忍悲痛,表面豁达大度,不计前嫌,主动与塔塔儿人修好言和,暗地带领一百名武士,藏于羊皮袋中,谎称是为塔塔儿的部族首领敬献的马奶酒,向塔塔儿部族首领致意。塔塔儿首领信以为真,设宴为她接风洗尘。酒宴之中,她一声令下,藏身于羊皮袋中的一百名武士破袋而出,手起刀落,塔塔儿部族首领及其随从当场毙命，做了冤死之鬼。从此塔塔儿人再也不敢冒犯克列亦惕部。

马尔忽思一不亦鲁黑汗留下了两个儿子，这两个儿子为争夺汗位发生了混战。其中一个儿子叫忽儿札忽思继承了汗位，后来又传给他自己的儿子脱斡邻勒。脱斡邻勒在他父亲刚一去世，就想办法杀死了可能与他争夺汗位的两个弟弟，同时还想杀另一个弟弟额儿客一哈刺。额儿客一哈刺设法逃入了乃蛮部，才算侥幸保住了性命。

乃蛮部不仅收留了脱斡邻勒逃亡的弟弟，还支持马尔忽思一不亦鲁黑汗的另一个儿子、脱斡邻勒的叔父菊儿汗率众起义，反对脱斡邻勒的残暴统治。菊儿汗率众把脱斡邻勒赶下了台，迫使他带领一百名手下亲信逃进色楞格河流域的哈剌温山谷的深山密林中。

色楞格河流域是蒙古森林狩猎部落蔑儿乞惕部的地盘。为了换取蔑儿乞惕部的支持，脱斡邻勒将自己的爱女嫁给了蔑儿乞惕部首领，想以此求得蔑儿乞惕部的支援和庇护。但脱斡邻勒此举并没有打动蔑儿乞惕人，也没有换来他们的怜悯和帮助，而是像丧家狗一样被驱赶出了森林。

脱斡邻勒在走投无路的情况下，只好壮着胆子去投靠也速该巴特尔，他请求也速该巴特尔收留他，并帮助他夺回自己失去的一切。他对也速该巴特尔说："请大王助我一臂之力，让我从我的叔父菊儿汗的手里夺回我的臣民、马匹牛羊和大片的草场。"

也速该巴特尔慷慨地答应了脱斡邻勒的请求，他掷地有声地说："既然你这么诚恳地求助于我，我如不帮你，就显得不够仗义。好,我立即和泰赤乌部的两位神勇之士忽难和巴合只前往你的领地,替你夺回你的臣民和草原!"

蒙古高原众多部落长期相互抢掠,混战不断,草原无安宁之日

　　也速该巴特尔说话算数,当即集合部队会同忽难和巴合只,火速赶往菊儿汗的大营,对菊儿汗的部队发动了突然的袭击。菊儿汗没有防备,突然遭到袭击,他立即慌了手脚,没来得及招架,就慌忙上马夺路而逃。

　　也速该巴特尔帮助脱斡邻勒重新登上汗位,再次统治了克列亦惕部落,脱斡邻勒被人称为赫王,他的国土被称作赫利特。此时,戈壁荒原北部的广阔草原分别被三个主要部落所控制。中部地区由脱斡邻勒和他的克列亦惕部落控制;支配西部地区的是处于太阳可汗统治下的乃蛮部落;而由阿勒坛汗统治的塔塔儿人，则作为北部中国金朝的附庸，占据了东部地区。三个大部落的统治者，沿着他们的边界纵横捭阖，对弱小的部落或盟或战，并不断设法从这些弱小部落中征募军队，以便发动对更重要敌人的征战。

为了答谢也速该巴特尔的帮助，脱斡邻勒与他在土拉河黑林撮土为盟，对天发誓，彼此世代永远结好，互相支持帮助，有难同当。

"我要永远记住你对我的无私帮助，我的谢意将延及我的子子孙孙，永远报答你对我们部族的大恩大德，皇天后土作证，如有反悔，天诛地灭！"脱斡邻勒对天发誓说。

这就是著名的"黑林誓言"。

这是神圣的诺言，它使也速该巴特尔和脱斡邻勒结成了生死兄弟，互为支持，互相帮助，共同渡过了很多人生的难关，也为也速该巴特尔的儿子们在他被害后，找到了可以信赖的保护伞。

无论是在成吉思汗创业之时，还是治国统臣之中，"黑林誓言"一直在发挥着举足轻重的作用。不仅有行动上的，还有思想上的。

# 第三节　掠母生子

　　成吉思汗之前,蒙古还保留着传统的族外婚习惯,即在同一血统的氏族内严禁结婚。这一习俗,也为大草原上流行的抢婚风俗提供了伦理依据。在当时的游牧社会中,抢婚还是比较常见的习俗,甚至是合理合法的事情,而女人则完全依附父亲和丈夫,无法掌握自己的命运,只能像财物、牲畜一样,被抢来抢去。她们的地位很低,不但要料理家务,而且还要担负起各种主要的生产劳动,如挤牛奶、剪羊毛、制奶酪、缝衣服、整理篷车、架设帐幕等等;在战争中她们还要负责后勤支持。这一习俗直到成吉思汗统一蒙古后才得到改观。

　　关于成吉思汗的父母,传说也是采用抢婚的方式结成伉俪的。

　　一天,成吉思汗的父亲也速该巴特尔在斡难河畔放鹰打猎,忽然,他看见蔑儿乞惕部的也客赤列都骑着马而来。原来,也客赤列都刚刚从斡勒忽淑兀惕部娶妻回来,路过此地。也客赤列都娶来的女子名叫斡额仑,貌美如月,沉鱼落雁。正当这一对年轻夫妇兴高采烈地从这里经过时,恰巧被也速该巴特尔一眼看见,这对于初为新郎的也客赤列都来说实在是太不幸了。也速该的确目力不凡,他一眼就看出了这位少女的美丽和圣洁,并被她的魅力所征服。他翻身上马,跑回家中叫来了哥哥捏坤太石和弟弟答里台斡惕赤斤。

看到突然冒出三条大汉,如狼似虎向自己扑来,也客赤列都吓得目瞪口呆,心里一阵发慌。他知道是遇到抢亲的汉子了,他顾不得多想急忙调转马头,向附近的一座小山上逃去。也速该巴特尔兄弟三人也策马急追。围着小山兜起了圈子。后来也客赤列都又转回到他妻子乘坐的车前,斡额仑是一位很有头脑的女人,她非常明智地对她尚未圆房的丈夫说:"你看见那三个人的脸色了吗?我看见那三个人面带不善,目露凶光,好像要害你性命的意思,如果你相信我,就赶快逃走吧!保住性命要紧。一旦保住性命,何愁娶不到美貌的女子?哪个帐房里都有美丽的姑娘,每辆车子上都可以找到娇妻。假如你再娶得妻室,就叫我斡额仑的名字吧!也算你娶我一回,没有忘记我。赶快逃走吧!离开这里,带着这件衣衫,当你想起我时,可以闻见我身体的气息!"

说完,斡额仑脱下身上的一件衣服,扔给也客赤列都。也客赤列都急忙下马,接过斡额仑扔过来的衣服,揣进怀里。

这时,也速该巴特尔三兄弟也绕着小山追踪过来,眼看就要来到车前了。也客赤列都急忙上马,快马加鞭,一阵风似的沿斡难河河谷逃去了。也速该巴特尔三兄弟一看,打马直追,但追过了七道岭,也没有追上也客赤列都,只好掉转马头,驰回斡额仑乘坐的车前。也速该巴特尔就这样抢得了斡额仑,他乐不可支,亲自给斡额仑挥鞭赶车。其兄捏坤太石策马扬鞭在前面引路,其弟答里台斡惕赤斤傍辕而行,保护于侧。

此时,可怜的斡额仑坐在车中边哭边唱:"我的丈夫赤列都,从来没有被大风吹过，没有在野地忍受过饥寒啊！如今的情况却怎样？他在奔逃亡命的途中，他的两根发辫迎风飘动，一会儿搭在脑后，一会儿贴在胸前，翻山越岭，涉水过河，何其艰难！因为什么他才落得这般凄惨的境地啊！"

斡额仑的哭诉惊天地泣鬼神，斡难河闻之荡起了愤怒的波涛，大森林听了随之鸣咽咆哮。

傍辕而行的也速该巴特尔之弟答里台斡惕赤斤则一边行一边唱着歌，劝说车内的斡额仑："你要搂于怀中的郎君已经翻过了多道山岭，你在为他哭泣的那个人已经涉水远去，你虽千呼万唤他，他也不能回过头看你一眼啊！你即使想追赶他，也找不到他远去的道路啊！你应该停止哭泣，不要悲伤了啊！"

就这样，斡额仑跟着也速该巴特尔来到了他的蒙古包，成为了他的新娘。她很快就适应了这里的生活，并爱上了也速该巴特尔，从此夫妻二人恩恩爱爱，互相体贴帮助，生儿育女，过着幸福快乐的日子。

年轻的斡额仑不仅长得美丽，还有着宽广的胸怀和务实的精神，她临危不惧，坦然面对现实，挽救了也客赤列都的性命，可见她的明智和慧达，气魄非凡。正是这样一位传奇的女子，生下了一代天骄成吉思汗，并且历尽苦难艰险，养育儿子成人，最终帮助他统一了蒙古，建立了大业，结束了蒙古草原上原始愚昧的生活状态。

# 第四节　异人天相

公元 1162 年春,塔塔儿人趁蒙古各部纷争之际,再次发动袭击,妄图一举消灭蒙古人。勇敢的也速该巴特尔发动部众,组织军队,做了充分的准备迎战宿敌。两个部落间发生过多次战争,也速该深知敌人强大、不可小视,他真不知道这次征战能否胜利。

临行前,也速该巴特尔叮嘱妻子斡额仑说:"你怀有身孕,独自在家一定要注意安全。"

斡额仑点点头,跟随丈夫来到帐篷外,深情地说:"你征战劲敌,更要保重!"

说完,夫妻二人挥手告别,斡额仑目送丈夫骑着高头大马,带领千军万马绝尘而去,踏上迎战塔塔儿人的征程。

也速该巴特尔出征半个多月了,斡额仑天天坐在帐篷内,等候战争的消息,日日为前方征战的勇士们祈祷祝福。

这天,斡额仑独自坐在帐篷内,手抚日渐隆起的肚腹,感到有些烦闷,她喊来侍女,让她们陪同自己到外面散步。时值春季,蒙古大地上绿草如茵,百花斗艳,微风轻拂,阳光明媚,鸟语莺歌,燕飞虫鸣,一派美丽如画的风光。

斡额仑边走边欣赏四周的景致,不知不觉来到了斡难河畔的特力贡宝勒德格山下。这时,斡额仑突然腹内一阵一阵地疼痛,她心中一阵紧张,屈指细算,怀孕已经十个月了,怕是要临产了。她心中焦急:此地远离帐篷,回去肯定来不及了,怎么办呢?疼痛越来越剧烈,她的脸上滚下大滴大滴的汗珠,侍女们服侍在旁,急忙把她搀扶到一块柔软的草坪上,帮助她躺下来。

没过多长时间,斡额仑便生下了一名健康的男孩。野外生子,毫无准备,侍女们手忙脚乱,望着斡额仑和生下来的婴儿,不知道该怎么处理。斡额仑艰难地抬起头,看看四周,命令侍女们说:"这里有白草,那边有尖锐的石头,你们用白草给孩子扎住脐带,用石头把脐带割断。"侍女们急忙按照斡额仑的吩咐,用身边的白草扎住孩子的脐带,

母亲斡额仑抱着刚出生的铁木真,铁木真天生手心里握着凝血,据说这个凝血形状如同长矛一样,预示这个孩子将来就是掌握苏鲁锭长矛的一代天骄

又快速寻来尖锐的石块,用它割断脐带。一番忙碌,孩子安全地脱离开母体。斡额仑望着孩子身上的血渍,说道:"定鲁尔泉就在不远的地方,你们弄点水来为他清洗一下。"泉水打来了,侍女们轻轻擦拭孩子粉嫩的身体,发现他的两只小手里,各握着一块

羊踝骨般大的血块。斡额仑眼望血块，心中颇感惊奇，觉得这个孩子一定会成为勇士。

众人把孩子包裹起来，送到斡额仑的怀抱。斡额仑抱着孩子，禁不住泪水直流，她抬头仰望天空，为孩子祝福道："扯下蓝天做你的帐幕，铺上山石做你的摇篮。孩子啊！你一定会成为顶天立地的英雄，将来要将天地收管。"

侍女们回去叫来一辆红色的毡车，她们把斡额仑扶上车，准备回去。这时，忽然有人过来拦住了众人。此人是乌利扬罕部落的扎尔其古岱，他擅长相术，喜欢为人相面占卜。他看了看新出生的孩子，说道："这个孩子是福星下降，不能像一般孩子一样躺在床上，也不能像普通孩子一样躺到地上。"说完，在众人的疑惑之下，他动手用柳树枝条编了一个精致漂亮的摇篮。他把摇篮递给斡额仑，说道："这个孩子应该躺在摇篮里安睡。他长大后，一定会成为天子，我希望我的独生儿子能够做他的第一个忠实臣属。"斡额仑非常高兴，她接过摇篮，满口答应扎尔其古岱的请求，怀抱儿子，带领众人回家去了。

此时，远在塔塔儿部征战的蒙古族勇士们，初战告捷，打败了塔塔儿部，俘获了首领铁木真兀格，这是多年来他们对塔塔儿人作战取得的最大一次胜利。从此，也速该"勇士"的名声更加响亮，他自己也逐渐掌握了更多的部众，扩大了自己的实力。不过因此也招来了同族的泰赤乌人的忌恨，成为此后泰赤乌人迫害成吉思汗孤儿寡母的前因。

战场上硝烟已经消散而去，也速该巴特尔在众位勇士的围护之下，准备处置铁木真兀格。突然，远处马蹄声响，眨眼间一骑人马来到跟前，这正是前来送信的使者，使者刚翻身落马，他座下的马匹便猝然倒地累死了。使者气喘吁吁地说道："报告大汗，您的……您的夫人为您生下了一个健康的儿子。"

也速该巴特尔转身跳上马背，欣喜若狂地挥舞着战刀，对着俘虏们高声喊道："我有儿子啦，听见了吗？我乞颜部后继有人了！感谢上苍，赐我儿子！你们也为我祈祷吧！告诉你们，为了这个令人喜悦的消息，我饶恕你们的性命。你们听好了，永远不要背叛我，如果胆敢不听我的命令，我就踏平你们的土地，杀尽你们的族人。"铁木真兀格意外获释，暗自庆幸，他急忙率领手下人叩头拜谢。他们跪在地上，半天不敢抬头观看，等到四周静下来时，他们抬头远望，看到也速该巴特尔在众位勇士们的簇拥之下，正向着乞颜部驻地的方向飞马疾驰而去。

也速该巴特尔快马加鞭，飞速赶回自己的家中。诃额仑安卧在帐篷内，听到马匹嘶鸣，知道是丈夫回来了，心中喜悦。夫妻二人见面了，也速该巴特尔顾不得安慰妻子，定睛仔细端详诃额仑怀中的孩子。只见这孩子"目中有火，面上有光"，不禁令他想起先祖阿兰豁阿接受金人神灵之光孕育他们祖先的事情，确信这孩子一定是秉承了远祖神灵之光，上承天运，下载厚德，来拯救、振兴他们的部族的，是神的灵异，是长生天的恩赐。也速该巴特尔兴奋地说："太好了，这就是我的儿子！"说完，抱过孩子，转身走出帐篷，来到帐外，对着等候在外面的勇士臣民们说："就在我打败敌人、俘虏铁木真兀格的时候，孩子降生人间，这是天意，上天让我征服劲敌，保护、安定我的部落。为了记住这一时刻，祝福我儿子的诞生，我为孩子取名铁木真！"

众人纷纷高声庆贺，诃额仑夫人接过丈夫手中的孩子，把他放在摇篮里，一边手摇摇篮，一边唱起祝愿的歌曲："九张洁白的

**蒙古乞颜部的天才领袖成吉思汗铁木真诞生图**

羊皮啊，好似银白的大地；四根金色的吊绳，表示天空的四方；十八个柳环编成的摇篮，将代表十八个金兰义弟；摇篮底下的五谷，就是富裕的象征。"她期盼儿子有一个美好的未来，过上幸福安宁的日子。

斡额仑夫人的愿望能否实现呢？

　　铁木真在母亲的祝福声中，在父亲的殷殷期盼下，茁壮健康地成长着，他聪明勤奋，擅长骑射，心智高超，在一次部落迁徙中，他勇敢地闯入泰赤乌部——这个与自己部落有着血缘关系，彼此却矛盾重重的部落，试图解除双方仇恨。他不过是几岁的幼童，在这样的环境里将遇到许多不可预测的危险……

　　铁木真能否安全回到父母身边呢？

第三章 九岁以前

# 第一节　父母的宠儿

铁木真出生的时候，他父亲的部落驻扎在斡难河右畔的巴拉古浩热。肯特山下的斡难河，是蒙古人的发祥地，先祖孛端察儿就是从这里开始思索，最终使蒙古人形成了第一个有组织、有领导、有秩序的蒙古部落。到了六世祖海都统治时期，确立汗制，蒙古开始形成了奴隶社会的国家雏形，领地从兴安岭扩展到贝加尔湖的广大地区，这一切都促进了蒙古部落的发展，直接推动了蒙古各部落统一起来，向中央集权的国家制度过渡。蒙古人不会忘记祖先们这些伟大的成就，尤其是王室后裔们，更是念念不忘光辉的家族史。他们为了激励子孙，或者在蒙古包的火炉旁，或者在放牧的闲暇，引用祖先的遗言，把这些古老的传说和伟大的事迹传给后代，希望他们继承祖业并发扬光大。

铁木真是家里的长子，他的出生，给年轻的父母带来了无限喜悦。虽然连年征战、部落分裂，生活并不稳定，但是父亲也速该和母亲斡额仑望着健康活泼的儿子，还是感受到了人生最大的幸福，他们二人的关系也因此更加亲密。

也速该是众多王室后裔中的一名成员，拥有少量的部众和不多的草原牧场。几年里，通过与塔塔儿人的征战，他的勇敢和善战为越来越多的人关注，特别是一举击败了塔塔儿人的入侵，让他的名声鹊起,在与泰赤乌部争夺汗位的明争暗斗中,他显得非常引人注目。渐渐地,许多人投靠到他的手下,他的部落慢慢扩大,成了乞颜部最大的部落,也是本部落中唯一能与泰赤乌部相抗衡的力量。

也速该非常喜欢铁木真,他觉得这个孩子给他带来了好运,让他看到了灿烂的前程。每当看到铁木真像一头健壮的小豹一样吸食母乳,或者听他那嘹亮地哭叫,也速该都会展颜微笑,轻轻地说:"你是一名勇士,就要有无穷的力量;你是一名勇士,就要发出震天动地的呼喊。"也速该期盼儿子像他一样成为蒙古族的"巴特尔"。

斡额仑夫人自从嫁给也速该,就远离了亲人,生活在这人生地不熟的新环境里,因此很多时候她是孤寂的,儿子的到来给她带来了快乐,让她的生活充实起来。她是一位贤慧的妻子,更是一位伟大的母亲,她全身心扑在了儿子铁木真的身上。

由此可见,刚刚来到世间的铁木真度过了一个幸福的幼年,他享受了父慈母爱,过着无忧无虑的快乐时光,当时的生活是富裕的,因为几代先辈积攒下来的家业还存在着,父亲也速该是部落的首领,母亲斡额仑夫人能干而且贤良。草原上的狩猎游牧生活注定是不稳固的,丰裕的日子非常短暂,人们不得不为了生存而常年奔波,即使这样,身为王室后裔的铁木真一家,比起普通的游牧家庭,已经富有多了。随着铁木真一天天长大,由牙牙学语到蹒跚走路,他越来越遭人喜欢,成了父母的宠儿、家族的骄傲。

草原上的孩子自小在马背上长大,铁木真也不例外。他父亲也速该是有名的勇士,骑术非常高超,他时常把小小的铁木真抱在怀里,跨到马背上驰骋,让铁木真感受骑马的快乐和趣味。

铁木真四岁了,他已经能够熟练地驾驭马匹,轻松地飞奔在草原上。除了骑马,草原孩子还必修箭术,练得一手好箭法,才能弯弓骑射,抵御外敌。铁木真学习射箭非常刻苦,天天拉弓练习,手都起了血泡,可是他很坚强,一次都没有喊过疼痛。斡额仑夫人看在眼里,疼在心上,但她清楚,要想成为草原上威武的男儿,就必须有强壮的体魄、高超的技能,否则只能是软弱的绵羊,经不起风雨的袭击。

成吉思汗骑马戎装画像。在这幅画像右侧,写着"成吉思汗"一行蒙古文字,书画中的成吉思汗为武将装束,身着铠甲,神情威严,面部形象为圆脸八字胡,骑一匹白马、左腿半翘,身背弓、箭囊,左手牵马鞭,右手拿旗,旗中有佛教的"万"字图案。背景为广阔的大草原,在草原上空是太阳和月亮的图案,象征着成吉思汗与日月同辉、在草原上被永久传颂的伟大精神,同时,也赋予成吉思汗为藏传佛教护法神的宗教形象

有一次,父亲带铁木真和他同父异母弟弟别勒古台一起打猎。两个孩子差不多大,只有六七岁,他们各自骑着一匹小马,背着随身小弓,跟随在也速该身后。也速该说:"你们都练习过

射箭,今天就和我一起狩猎,看看谁射得猎物最多?"

为了培养孩子,草原上的人宁可让孩子早受磨难,早一点成熟,也不愿意他们生长在温室里,见不得一点风雨。草原上生活艰难,只有早早熟练地掌握生存法则和技能,才能成功地活下去,这是残酷的,也是现实的,是每个草原孩子必须经历的过程。

秋日的午后,天高云淡,辽阔的草原上草深叶繁;空中,大雁成群结队,高飞远翔,飞向遥远的南方,寻找理想的乐土度过严寒。这是一年当中最适合狩猎的时节。铁木真和别勒古台各拿弓箭,穿梭在矮树林里。

铁木真策马搜寻一会儿,看见草丛里一只兔子蠢蠢欲动,他静静地观察一会儿,拿出箭搭在弓上,拉满弓弦,只听嗖的一声,箭飞了出去,兔子应声而亡。铁木真看见射中兔子,高兴地跑过去,捡起野兔,拍马回到父亲身边。这时,别勒古台手拎一只小山羊也赶过来了。

也速该看到两个儿子都射中猎物,乐得开怀大笑,他说:"孩子们,你们知道我们的规矩,现在就来表达你们的敬意吧!"原来,蒙古人有一个习俗,儿童第一次参与狩猎,射杀了禽兽,要将猎物的血涂在长辈的手指上,以此表示敬意,显示勇气。

别勒古台首先站出来,他一下子抓住父亲的大手,匆忙把小山羊的血重重地涂抹在父亲的手上,动作粗鲁,只求快捷,忘记了涂抹血迹表示尊敬的本意。

也速该见别勒古台如此行为,微皱眉头,没说什么。铁木真走上前,他轻轻握住父亲的双手,目光虔诚,仔细地将野兔的鲜血涂抹在父亲的掌心,然后依然虔诚地退到一边。

也速该满意地点点头,心想,看来两个孩子性格迥异啊!

　　通过这件事情，可以看出铁木真做事认真，心性聪颖，能够理解事情的内涵，而且不贸然抢功，具备优良的人格素质。正是如此，他才能够团结一切力量，实现他人无法想象的伟业。

　　幼年的铁木真快乐地成长着，他像一只勇敢的雄鹰，对自己生活的草原充满了热爱和期待。他懂事了，看到父亲率众征战，看到母亲勤劳地操持家人的生活，看到百姓为了生计不停地奔波劳苦，看到战争杀伐就如家常便饭时常发生，他幼小的心里埋下了勇敢的种子，有朝一日，这些种子终会发芽长大，帮助他走向成功。

## 第二节　勇闯泰赤乌部

　　铁木真家的营帐是部落议事的中心，身为首领，他父亲经常召集本部有名望、地位高的人来此商议大事，讨论部落的发展前景。铁木真便有机会接触智慧的长者和勇敢的将士。他很细心，每次大人们议事，他都站在一边，倾听他们谈话，观察每个人的举动和神态。渐渐地，乞颜部人都知道铁木真是个有心的孩子，对他寄予厚望。

　　当时，乞颜部与泰赤乌部的斗争非常激烈，都想继承蒙古的新汗位。蒙古汗位是众人推选产生的，为了确定新汗，部落之间不停地争吵讨论，希望找到一个合适的人选，可是毫无结果，两个部落间的冲突反而越来越大。

　　这年秋天，也速该带着部众开始了迁徙，他们准备到猎物更为丰盛的斡难河左岸的森林中度过一段时光，在那里射猎禽兽，积攒过冬的物品。大规模的狩猎需要较长时间和充分准备，也速该决定带领全家前往，以便有最好的收获。

　　斡额仑夫人带领仆从们收拾帐篷，驱赶牛羊，修扎蓬车，搬迁生活用品。她已经生了四个儿子，现在正怀有身孕。她的四个儿子加上别勒古台，一共五个男孩子围绕在她的身边，吵吵嚷嚷，争闹不休。别勒古台的母亲去世了，所以他由斡额仑夫人养育。

如果没有一个如此坦率正直的母亲,一个如此有魄力、具有务实精神的母亲,成吉思汗能否成就轰轰烈烈的事业,恐怕是一个无人能回答的问题

　　铁木真是兄长,他已经八岁了,他把自己的弓箭装到马车上,牵来自己心爱的小马,只等着跟随父母迁徙狩猎。他一脸天真地对母亲说:"我会狩猎了,这次我一定能射杀很多猎物。"

　　斡额仑夫人看着儿子,满心喜悦。她夸奖说:"你是我勇敢的儿子,一定能成为最好的猎手。"

　　铁木真的大弟弟叫合撒儿,他刚刚六岁,不服气地说:"我才是最好的猎手。"后来的事实证明,合撒儿力大无比,擅长射术和摔角,武艺超过了任何一个兄弟。

别勒古台不屑地斥问合撒儿:"你打到过猎物吗?还说自己是最好的猎手。"

几个孩子吵起来,都想证明自己才是最好的猎手。斡额仑夫人看看他们,意味深长地说:"你们是勇士的后代,一定会成为勇敢的人,你们也是王族贵裔,祖先们成就了伟大的业绩,你们更要有宽广的胸怀来继承祖业。"

合撒儿和别勒古台似懂非懂,不再言语。铁木真却认真地点点头,他自幼知道自己家族的历史,了解祖先们创立汗制的艰辛和伟大,他幼小的心灵时常想,什么时候才能再立汗位,恢复蒙古昔日的强大呢?在他心中,海都汗是一位真正的英雄,他带领蒙古开始了新的生活,听说那个时候,人们生活富裕,四方进贡来的物品多得用不完。

斡额仑夫人见铁木真低头沉思,知道他又在想心事,问道:"铁木真,你在想什么呢?"

铁木真听母亲询问,急忙答道:"我在想,为什么汗位迟迟不决,难道没有一个人能担当重任吗?"

斡额仑夫人清楚铁木真人小志大,与一般孩子不同,总爱关心部落家族大事,今天听他这么一问,笑呵呵地说:"这些问题太复杂了,也许要到你们长大后才能解决。"斡额仑夫人看到汗位之争如火如荼,猜测不会很快得到解决,所以才这么说。没有想到,她的这句话给铁木真留下了深刻印象,让他时刻感觉到汗位的召唤和责任的重大。

准备完毕,也速该带领勇士们提前上路了,老弱妇孺乘坐篷车,跟在军队的后面,一路逶迤前行。泰赤乌部人不愿跟他们一起迁徙,所以仍然留在了原地。也速该的人马路过泰赤乌部驻地的时候,铁木真想起父亲与他们多次争吵,每次共同祭祖双方都互不相让,争夺权力。他便脱离迁徙队伍,悄悄骑马来到了泰赤乌部首领的营帐内。

泰赤乌部首领是塔儿忽台,算起来是铁木真的叔叔。铁木真独自来到营帐,看到塔儿忽台正在独自饮酒,便施礼问安。塔儿忽台醉眼蒙眬,看到一个小孩来到了营帐,含混地喝问:"你是谁? 到这里干什么?"

铁木真大声回答:"我是铁木真,也速该巴特尔的儿子。"

塔儿忽台一听,酒醒了一半,坐直了身子说:"铁木真? 你不在家玩耍,跑这里来干什么? 你父亲呢?"

小小的铁木真一五一十地说出了部落和家人迁徙的事情,并且大胆陈述了自己的困惑,他说:"海都汗创立汗位,是我们的英雄,为什么我们不能继承汗位?"

塔儿忽台吃惊地看看铁木真,心想,这个孩子究竟想干什么? 难道他是也速该派来说服我的? 让一个小孩子出面议论部族大事,这未免太可笑了。想到此,他满面怒色地说:"你也配来讨论这种大事吗? 快回去,别招惹是非!"

铁木真依然倔强地站在帐内,他不愿轻易离去。

塔儿忽台的一位手下很狡猾,他趴到塔儿忽台的耳边,轻声言语了几句。塔儿忽台听罢,高兴地说道:"好,好!"原来,此人献计要塔儿忽台留下铁木真,作为与乞颜部交涉的一个砝码。

就这样,八岁的铁木真独闯泰赤乌部,却被扣留了下来。幼小的他一心渴望部族复兴,却想象不到权力之争的残酷和血腥。他不知道自己在泰赤乌部会驻留多久,能否安全回到父母身边?

# 第三节　怕狗的孩子

塔儿忽台传下话去,说乞颜部迁徙,铁木真走失了,所以他收留了铁木真,让他住在了泰赤乌部。

铁木真听说家人已经走远,担心自己追赶不上,就在泰赤乌部住了下来。他开始了第一次远离家人的生活。

泰赤乌部与乞颜部虽然是近亲,但由于争夺汗位的关系,双方早已经形同陌路,毫无亲情可言。塔儿忽台留下铁木真,是企图与乞颜部争夺汗位时能够派上用场。小小的铁木真自然想不到其中的奥妙。

塔儿忽台让儿子跟铁木真一起骑马射箭,练习射猎技能。他看到铁木真骑术高超,箭法精湛,不由得暗暗惊讶,心想,也速该的儿子这么厉害,将来会不会是我部强大的对手呢?从此,他对铁木真特别留意,屡次意欲除掉他。这时,他手下人看出了塔儿忽台的担忧,又给他献计说:"铁木真年幼无知,趁现在收拢他,说不定他长大后会改弦易辙,带领乞颜部推举我主为汗呢!"

塔儿忽台认为有道理,放弃除掉铁木真的念头,转而热心地对待他,梦想有一天铁木真会听从自己的命令,带领乞颜部众投靠自己。

铁木真身在泰赤乌部,心却时刻挂念远去的亲人,他知道父亲要到冬天才会带领部众回归,那么自己要在泰赤乌部停留一个多月。在这里,他认识了塔儿忽台的几个儿子,他们一起玩游戏,练习本领。草原男孩子都有一副动物踝骨做玩具,他们带在身边,时刻不离。其中最多、最常见的是羊踝骨,他们打着踝骨游戏,玩得非常开心。

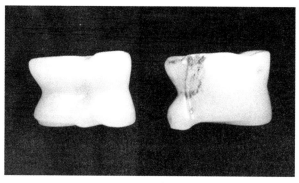

元代玉制嘎拉哈。打踝骨游戏也称玩嘎拉哈,又称玩"沙哈",是蒙古族的一种传统游戏

这天,泰赤乌部来了客人,塔儿忽台带着儿子们去接见客人。来的人是札答剌部首领和他的儿子,他们与铁木真家族也有亲缘关系,据说,先祖孛端察儿的妻子嫁给他之前,曾经有过丈夫,而且育有一男。她嫁给孛端察儿以后,男孩也跟着母亲来到了新的家庭里,这个孩子的后代就形成了札答剌部。

札答剌部首领的儿子名叫札木合,比铁木真大两岁,他很快与铁木真等人熟悉了,成了无话不谈的好朋友。札木合与铁木真互相欣赏,后来二人三度结拜,成为铁木真少年时期做过的一件重要的事情,直接影响了他个人的成长历程。札木合帮助铁木真走向成功,却也成了后来铁木真统一草原最大的对手。

札木合的加入，让这个小团体更加活跃。他为人机智，擅长与人争辩，从来不服输，也许是因为他这种坚强的品格与铁木真接近，两人关系最好，经常背着塔儿忽台的儿子们单独跑出去玩耍。这件事激怒了塔儿忽台的儿子，他们议论说："铁木真是父亲收留的孩子，札木合是客人，他们却不跟我们玩，肯定怀有阴谋，我们要找机会教训教训他们。"

他们其中一人说："铁木真最怕狗了，有一次，我和他一起从父亲的帐外走过，他看见蹲在地上的大黑狗慌慌张张就逃了。"

另一个人说："对呀，铁木真自以为聪明勇敢，连父亲都夸奖他，谁知道他连狗都怕，真是无用懦弱。"

几个孩子商量一番，决定派一个人去邀铁木真到斡难河边钓鱼，趁机放出塔儿忽台最大的猎狗去恐吓铁木真。

蒙古的狗体格硕壮，黑毛竖立，凶残暴虐，极为恐怖。这些狗经常攻击行人，甚至攻击骑马的猎人和兵士。铁木真从小怕狗，见到狗后总是匆忙躲闪。当时，一些蒙古贵族家庭效仿金朝喂养宠物，塔儿忽台就养了好几条大狗，一方面让它们看家护院，另一方面让它们随行狩猎，以此来显示家庭的富有和地位的尊崇。他的儿子们提到的那只猎狗，曾经在一天夜里，狂性大发，咬死了一名哨兵。可见这只狗有多么可怕。

铁木真不知是计，跟着到河边钓鱼。深秋的风一阵阵吹过，草色早已枯黄，大地一片凋零景象。两个孩子来到河边，抛竿垂钓，铁木真耐心地等候着，等着鱼儿上钩。就在他专心钓鱼的时候，那个诱他前来的孩子悄悄溜走了，宽阔的斡难河边只剩下铁木真孤单的身影。

天色渐暗,突然,一只大黑狗吠叫着朝铁木真冲过来,恶狠狠地扑向幼弱的铁木真。铁木真惊慌大叫,他这才发现河边只有他一个人! 孤立无援的铁木真害怕极了,他一边后退一边寻找可以藏身的地方,可是平坦的草地一望无际,这里是斡难河边最开阔的草原地带,哪里有地方可以躲藏! 铁木真情急之下,朝一处低矮的土坡奔去。黑狗紧追不放,尾随铁木真而去。铁木真只好围着土坡急奔,可是幼小的他哪里跑得过凶猛的黑狗。恶狗离他越来越近,眼看就要追上了。铁木真脸色苍白,气喘吁吁,他跑不动了。

就在危险关头,马蹄声由远而近,有人骑马朝这边来了。铁木真连忙大声向来人呼救。来人正是札木合。他见铁木真久久不回来,观察到塔儿忽台的儿子们面露异色,心里不免忐忑不安,担心铁木真有危险,所以骑马找了出来。

他听到呼救,得知铁木真遇到危险,策马奔过来,手挽弓箭,朝大黑狗射去。黑狗跳跃躲闪,往后奔窜。铁木真见札木合前来相救,胆量骤增,他拔出鹿皮靴里的尖刀,用尽力气向黑狗飞掷过去。尖刀不偏不倚,正刺中黑狗的脖子,鲜血砰然喷射出来,溅了一地。札木合眼疾手快,再补射一箭,大黑狗应声倒地,气绝身亡。

铁木真和札木合杀了黑狗,骑马回到泰赤乌营地。他们把黑狗扔到地上,说道:"黑狗想伤人,被我们杀死了。"

塔儿忽台看到心爱的黑狗被杀,心中颇不高兴,却也不好就此惩罚这两个小孩,只好怏怏地命人埋掉黑狗。他的儿子们本来想让黑狗恐吓铁木真,没有想到却被铁木真杀了,他们畏惧铁木真和札木合的胆量,不敢再提此事。泰赤乌部众们见铁木真只有八岁,却时时刻刻表现出非凡的气概,不免对他心生好感与敬意。这一切,都为后来泰赤乌人决议驱逐擒获的铁木真埋下了祸根,也为他被抓捕后,能够成功脱险埋下了伏笔。

# 第四节　别后相逢

　　再说也速该夫妇,他们发现铁木真不见了,非常着急,急忙派人四处寻找。各路人马分头行动,找了一天一夜也没有找到铁木真,只好回去复命。也速该心情焦躁,一方面他不能放弃这次狩猎计划,如果不去狩猎,整个部落将难以度过严寒的冬季;另一方面,他怎么舍得丢下心爱的铁木真不管呢? 正在左右为难的时候,斡额仑夫人劝慰说:"铁木真吉人天相,我想他一定会安然无恙的,你尽管带领部众去狩猎吧! 我们的儿子不会有任何危险。"

　　斡额仑夫人再次表现了她的沉着和无畏的气魄,她以宽广的胸怀安抚丈夫,让他以部落为重,带领部众们按计划狩猎。也速该听从妻子的劝告,强忍心中的担忧,率领部众们继续赶路。斡额仑夫人虽然劝慰了丈夫,但她自己却十分伤心,偷偷垂泪祈祷:"长生天啊,您一定要保护我的儿子铁木真,让他不要出什么意外!"

　　也速该的部落狩猎一个月后,满载猎物回来了。

　　恰巧,也速该的安答、黑林誓言的好友脱斡邻勒派人送来礼物,祝贺也速该狩猎成功。自从黑林盟誓后,脱斡邻勒重新统治了克列亦惕部落,成为大草原中部地区最大的部落首领,人称赫王。也速该见赫王送来重礼,非常高兴,命人摆下酒宴,欢迎尊贵的使臣。

席间,使臣恭敬地传达赫王的旨意,他说:"赫王说了,如果贵主打算统一蒙古,重建汗位,他一定会大力相助的。"

也速该笑笑说:"谢谢赫王的好意,只是我们内部争斗,不好诉诸武力,这件事情还是慢慢再说吧!"

就在也速该款待来使的时候,营帐外一阵

成吉思汗供奉的蒙古族"三贤圣母"——阿兰豁阿、斡额仑和孛儿帖的塑像

喧闹声,斡额仑夫人带着几个孩子兴冲冲地跑进来,他们边跑边喊:"铁木真回来了,铁木真回来了!"

也速该不顾使臣在场,霍然起身迎过去。果然,铁木真被众人簇拥着走进帐来。原来,泰赤乌人听说也速该狩猎回来了,又听说赫王派人祝贺。他们商量后,认为赫王势力强大,不如送还铁木真,以示友好。塔儿忽台自知不如也速该勇猛,现在也速该又有赫王相助,如虎添翼,不好得罪,只好同意送回了铁木真。

父子俩分离了一个月,今日相逢,格外激动。铁木真跪倒在父亲脚下,说道:"我擅自离开,让父亲担心了。"也速该扶起儿子,细细端量一会儿,满意地说:"好,告诉父亲,你是怎么像勇敢的雏鹰一样生存下去的?"

铁木真认认真真地把他如何独闯泰赤乌部，以及一个月来的经历详细地叙述给父亲听，最后说："我还认识了一个朋友，他是札答剌部的札木合。"

众人仔细倾听铁木真述说这段经历，无不流露出惊讶和佩服的神色，一个只有八岁的孩子，竟然做出这样的事情，真是不可思议！

赫王的使臣也在静静地听着，他对也速该说："祝贺您，有这样智勇双全的儿子，何愁部落不统一呢？"

他们也许没有想到，几年后，少年铁木真便求助赫王，开始了统一蒙古的行动。

铁木真顺利回归，全家乃至整个部落都很高兴。也速该传令，全体部众欢宴三日，以示庆贺。为了表达谢意，他还派人专门给泰赤乌部送上刚刚狩获的猎物。经过这次交往，双方关系不再那么僵化了，也速该和塔儿忽台亲自出面，与各个部落首领共同商议祭天大事。

祭天仪式在双方驻地中间举行，这是蒙古人最隆重的日子，每个部落的人们必须全部参加，通过祭天，表达他们的诚意，也确定各自的身份和地位。

# 第五节　机智救弟

冰雪消融，冬去春来，暖风劲吹，百草发芽，新的一年来到了，大草原恢复了勃勃生机。大雁成群结队地飞回来了，孩子们飞马奔驰，嬉笑玩耍，一派欢乐幸福景象。铁木真已经九岁了，他的母亲斡额仑夫人生下了第五个孩子，是一个漂亮可爱的女孩子，她是也速该的第一个女儿，他高兴地为她取名铁木仑。铁木仑也是也速该夫妇唯一的女儿，铁木真唯一的妹妹。

铁木真时常带着弟弟们骑马射箭，钓鱼捕雀，在这些原始又刺激的游戏当中，他们的技艺大大提高，每个人都具备了基本的生存能力，适应了艰苦的草原生活。其中合撒儿的力气最大，射术最好。一次比赛射箭，看看谁能射中 30 米远的石块，大家都射中了。合撒儿提议，后退 20 步，从 50 米远的地方射击，结果只有他一人射中。合撒儿因此非常骄傲，觉得自己是草原上最神勇的孩子，无人可比。

合撒儿的骄傲很快给他带来了苦果。

有一天，铁木真等兄弟几人驰马飞奔，尽情享受大草原美丽的春光。他们越跑越远，渐渐远离了驻地帐篷，来到了一处丛林边。草原上多是低矮的灌木，杂乱生长，纵横交错，一旦进入，很难安全地出来。几个人在丛林边徘徊多时，不敢轻易进入，铁木真说:"树林里非常危险,我们不熟悉地形,还是回去吧!"

合撒儿神气地打马前行,跃跃欲试,他说:"只不过是一处低矮的树丛,有什么可怕的?我们能在雄伟的肯特山打猎,为什么不进去看看这里有什么称心的猎物?"说着,他不听劝告,拍马进去了。别勒古台等人也跟着走进去。

铁木真劝阻不了他们,只好谨慎地跟在他们身后,也走进树丛。

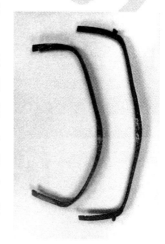

古代蒙古人使用的牛角弓。弓箭是古代蒙古人最擅长的兵器,成吉思汗的弓箭被视为圣物,在他去世后弓箭一直珍藏在八白宫,供奉至今

树木丛生,藤蔓纠缠,不多时,兄弟几人渐渐分离,彼此不能呼应。合撒儿已经远离铁木真等人,进入树丛深处。铁木真急忙召集其他兄弟,商量说:"树林里不安全,我们还是快速撤出去吧!"别勒古台说:"合撒儿逞强好胜,不知道跑到哪里去了?"铁木真说:"我们先出去,合撒儿玩够了,自然就出来了。"

铁木真等人走出树丛,焦急地等待合撒儿出来,可是天快黑了,依然不见合撒儿的身影。铁木真想,合撒儿一定迷路了,要不然早就该出来了,这可怎么办呢?

天色已暗,最后一抹余晖也悄悄退去了,大地上静悄悄的,空中开始出现一两颗闪烁的星辰。别勒古台说:"天晚了,我们再不回去就危险了。"

铁木真说:"我们走了,合撒儿一人在此会更危险。这样吧,你先带他们几个回去,我再等等合撒儿。"

别勒古台几人匆忙策马回去了。广阔的草原上只留下铁木真孤独的身影,夜风吹来,伴有丝丝凉意,铁木真紧紧衣领,倾听树林里的动静,他多么盼望合撒儿立刻出现啊!可是,树丛内外,寂然无声,寥廓的天空下,只有他的马匹不时地来回走动,发出几声沉闷的鼻息声。

铁木真听到马的呼吸声,突然有了主意,他俯身到马的耳边,大声说道:"可爱的宝马,你大声叫喊,呼唤出合撒儿吧!"说着,拍打马的脖子。马像是听懂了铁木真的话,昂起头颅,朝天嘶鸣,鸣叫声响彻天地,在寂静的草原上空回旋。马一连叫了数声才停下来。铁木真又想了办法,他拿过弓,把响箭搭在弓上,向天怒射。响箭是草原人们发明的一种箭,是一种上面有孔的骨箭。每当射出去,箭声铮铮响亮,闻之数里远。铁木真用响箭召唤合撒儿,希望他听到马叫、箭响,能够顺着声音走出树林。

铁木真每隔一段时间就放一次响箭,让马鸣叫几声。

合撒儿果然在树林里迷了路,他自恃力大箭法好,本想着射杀猎物向兄弟们夸耀,哪里想到不但没有射到猎物,反而迷路出不去了,急得一个劲地在林中转圈。他转累了,他的小马也累了,春天的树林里没有果实可以采摘。天黑了,他也饿了,小马耷拉着脑袋,一副可怜兮兮的样子。四周静悄悄的,空中的星星越来越多,合撒儿望着星辰自言自语:"要是兄长在就好了,他会看星星辨别方向。"草原辽阔无边,没有明显的标记辨认方向,所以孩子们从小就要学习看星星辨方向的知识。铁木真兄弟也受过这方面的训练,可是合撒儿觉得力气大、武艺高超才是真本领,懂得这些东西没有用处,不肯学习,现在后悔也来不及了。

就在他绝望的时候,突然听到骏马嘶鸣,接着响箭声声,他惊喜地站起来,大声喊叫:"我在这里,我在这里。"他知道这是铁木真在向自己发出救援的声音,他高兴极了,牵着小马顺声音走去。

就这样,铁木真机智地救出了合撒儿。

铁木真九岁了,一个深秋的上午,父亲带着他踏上提亲的道路。广袤无垠的大草原上,父子二人扬鞭跃马,哪里是他们要去的地方? 美丽的姑娘又在何方? 太斯钦慧眼识人,热情地欢迎这对远方父子,他们喝酒订亲,哪料到灾祸暗伏,就在也速该单骑回家的路上,不幸发生了,突如其来的变故顷刻之间改变了幼小铁木真的生活。

第四章 杀父之仇

# 第一节　九岁提亲

春华秋实，时光飞逝，转眼间，秋天来到了。铁木真长得越发仪态非凡，器宇轩昂。他小小年纪就表现出了一般儿童没有的一种英雄气质。斡额仑夫人看着孩子们一天天长大，长幼有序，你尊我爱，活泼快乐，心里像吃了五月槐花蜜，说不出的甜美，尤其长子铁木真，吉人天相，如蛟龙猛虎，威仪四方，更让她宠爱有加，欢喜非常。

这一天，斡额仑夫人走到帐篷外，站在青青的草地上，沐浴着和煦的阳光，听云雀在空中呢喃，陷入了对美好生命无限的遐思。突然，不远处跑来几个孩子，他们在玩娶新娘、做皇帝的游戏，他的儿子铁木真被一男一女两个孩童簇拥着，正在举行皇帝的登基大典，还要迎娶新娘做皇后。孩子们兴高采烈地玩耍着，一个个天真无邪，脸上洋溢着纯真的微笑。斡额仑夫人看着当皇帝、娶新娘的铁木真，心里忽然一动，眼睛一亮，她想，铁木真长大了，是该给他订亲的时候了。俗话说，好马配好鞍，好汉配娇妻。等丈夫回来，一定跟他好好商量商量，为儿子选一个般配的姑娘，订一门合适的亲家。

也速该巴特尔狩猎归来后，斡额仑夫人向他透露了自己的心事。他听后非常高兴，说："是该给铁木真寻一门亲事了。"于是他们决定选一个良辰吉日，出门去为铁木真相亲。

　　"九"是蒙古人尊崇的数字，今年铁木真正好九岁，也速该巴特尔征求了夫人幹额仑的意见后，选定了九的吉数之年，在金秋九月百草结籽、万物收秋的吉祥时刻，驯好了作为坐骑的骏马，新置办了五彩鲜艳的鞍鞯，添置了华贵的服饰，带着铁木真辞别家人，走出帐篷，离开家乡去远方寻找合适的新娘。

　　此时，一望无际的大草原草深叶茂，也速该说："孩子，跟随宝马前行吧！一定能找到你可爱的新娘。"说完，父子二人打马前行，冲进繁草深处。也速该巴特尔望着压倒的长长牧草之路，对铁木真说："我们就顺着这条道路往前走，一定能够找到我们想去的地方。"豪放的蒙古人流行族外婚的习俗，他们居留之处，多是本族人，所以要到遥远的地方去求娶新娘。

　　父子俩放马远行，能否找到合适的姻缘呢？

　　经过长时间的奔跑，骏马跑累了，马肚子瘪下去了，马腿也软绵绵的没有了力气。也速该巴特尔父子挽住缰绳，停住骏马，他们眼望前方，看到了一个部落驻地。这里正是翁吉剌惕部落。他们牵着骏马，走到一处泉水旁边，埋头畅饮，解除干渴。一路上风尘仆仆，饥渴交加，终于可以停下来歇息一下了。父子二人喝完泉水，又让马匹饮水解渴，他们站在旁边，望着远处的帐篷凝神细思。

　　就在这时，一位老人迎面走了过来，他满面红光，精神矍铄，来到也速该巴特尔父子身边，与他们互相问讯祝贺平安。也速该巴特尔这才知道这位老人名叫太斯钦，是翁吉剌惕部落的人。他向老人讲述了自己带儿子出来寻求亲事的事。老人听此，急忙仔细打量眼前的铁木真，见他目光炯炯，脸色红润，举止大方，气度非凡，感到大为惊讶。他想，我昨夜梦见一只白色海东青携带日月从天而降，飞落到了我的手上，立定不动，这是吉祥的征兆，今天他们父子来到我的眼前，应验了我昨夜的吉梦啊！我知道必有贵人来到我的部落，与我们互通友好，这真是福音降临！（太斯钦在蒙语中是智者的意思。）他确实颇具眼光，一眼就相中了这位非凡的铁木真。他决定带领也速该巴特尔父子去自己的部落，为铁木真寻求新娘。

海东青是猎鹰的一种，又称矛隼。爆发力惊人，且性情凶猛，产于中国关外黑龙江、吉林一带，是满族人打猎必备猎鸟，也是满洲的图腾。契丹人统治中国北方时期，曾经将海东青大量引入今天的内蒙古地区，成了蒙古人的喜爱之物。上图是明代画家殷偕所画的《海青击鹄图》

　　也速该巴特尔非常高兴，他早就听说翁吉剌惕部落的女子美丽多情，远近闻名。他忙说："人们都说你们部落女子美貌，能有幸与你们结亲，真是太好了！"太斯钦笑呵呵地说："我家就在前方，我们回家详谈吧！"说完，带领他们父子朝自己家的帐篷走去。

　　翁吉剌惕部并非王室部落，地位比较低下，太斯钦听说也速该巴特尔的来意后，喜出望外，认为这是天赐良机，让自己的部落与高贵的王室攀上亲，这是难得的好机会啊！他自己也有几个女儿，其中孛儿帖年方10岁，聪慧异常，他一直非常喜爱这个女儿,觉得她将来肯定会出人头地,高贵无比。他一边带领也速该巴特尔父子前行,一边跟他们讲述翁吉剌惕部的习俗,并且不时地提起自己的几个女儿,他说:"我的女儿孛儿帖刚满 10 岁,请你们看看能否合你们的心意,我愿意将她嫁给铁木真做他的新娘。"三个人边说边走,很快帐篷驻地就在眼前了,铁木真望着帐篷,心中暗想,这里会有我未来的妻子吗?

## 第二节　订亲酒宴

太斯钦把也速该巴特尔父子请进自己家的帐篷内,三个人分宾主落座之后,太斯钦说道:"朋友,我昨夜做了个奇异的梦,梦见一只白色海东青,呼啸着从天而降,双爪捧着日月在我的头顶盘旋,如同蛟龙戏珠,上下翻飞,火舞银蛇,我感到惊讶万分,举着双手站立在大地上,等待幸运之神的降临。白色海东青盘旋良久,最后落在我结实有力的大手上。我一手托着炽热的太阳,一手摘下了美玉般的月亮,太阳和月亮瞬间变成了两个滚滚的巨轮,巨轮上托着一辆金光闪闪、华贵璀璨、宽敞大气的金车,金车在蔚蓝的天空下,向着广袤富饶的大草原飞驰而去,金光照亮了未来无边无际的原野啊!"

也速该巴特尔一听此言,知道这是长生天神的指引,是上苍的恩泽,他忙站起身,对太斯钦称谢道:"朋友!天神在召唤我们!在指引我们走出黑暗的夜空,迎来光明的早晨!朋友,我们还犹豫什么?按照神的指点,做我们该做的事情吧!"

说完他又接着问道:"朋友,我们俩谁是那只翅膀有力,飞越万水千山,来到眼前的勇敢无畏的猎鹰呢?"

太斯钦竖起大拇指,语调激昂地说:"你就是那只矫健勇敢的白色海东青,草原和森林为之骄傲的勇士啊!"

太斯钦站起身，来到铁木真的眼前，目光中流露出无比骄傲的神情，他接着说："这就是一轮金光闪耀、照耀四方的太阳啊！他正在我们的心中冉冉升起！朋友，感谢你顺着长生天的旨意，把一轮耀眼的太阳送到我的眼前！"

他接着说："如今太阳和月亮即将配在一起，滚滚的巨轮就要驶向神奇的远方了！"

也速该巴特尔急切地问太斯钦："那美玉般圣洁的月亮现在在哪里？"

太斯钦用骄傲自豪的语气说："她就是我的女儿，兴安岭上最美的白鹿，夜空中最明亮娇贵的月亮。"太斯钦接着转头喊道："我的孩子，出来吧！有尊贵的客人在等待你。"

这时，帐包里闪进一个美丽少女，面容姣好，落落大方，乖巧地向他们施礼问候。也速该巴特尔定睛端详眼前的少女，不由得心中暗喜，只见她身材匀称，脸色红润，眉清目秀，启齿说话，两排洁白的牙齿犹如牛乳般鲜亮光洁，鲜红的嘴唇恰似刚刚成熟的两枚樱桃一般小巧可爱。他转过头对太斯钦满意地说道："太好了，这正是我想为儿子寻求的妻子。美丽的翁吉剌惕部姑娘果然名不虚传！"

太斯钦命令侍从准备酒宴招待也速该巴特尔，让铁木真和孛儿帖站在一旁，服侍左右。铁木真自从看到孛儿帖，心中也十分开心，觉得这个女孩子不但漂亮聪慧，而且举止言谈也很亲近，就像是认识很久的朋友。两个人各自站在自己父亲的身后，听大人们讨论他们的婚事。

也速该巴特尔性情豪放，如今为儿子寻求到一门可心的婚事，心情激动，他高兴地开怀畅饮，频频举碗与太斯钦共饮。他郑重地对太斯钦说道："孛儿帖姑娘美丽大方，我请求您将她嫁给我的儿子。"太斯钦笑呵呵地回答："既然您有这份诚意，我也不能违背神灵的指示，辜负您的一片心意。你们为寻求合适的婚事远道而来，一路辛苦，我答应您，

孛儿帖旭真画像，"孛儿帖"的蒙古语意是"苍白色"，《元史》里将其名后加上"旭真"二字，其实并非名字，而是"夫人"的意思，就像满语中的"福晋"一样

同意将我的女儿嫁给您尊贵的儿子。"婚事谈妥了，两家都愿意结为亲家成为至亲，铁木真和孛儿帖迅速对望一眼，孛儿帖羞怯地低下头，满脸红晕。

　　劳累、兴奋加上烈酒，让也速该巴特尔的嗓子沙哑了，他见婚事订下来，便举起酒碗，哑着嗓子对太斯钦大声喊道："太阳和月亮就是阴阳两个巨轮，好！好！太好了！好汉一言，好马一鞭，今天的酒宴就是订婚宴，婚事订妥，永不反悔，来，我们干一碗！"

　　他们俩从中午一直喝到天黑，帐篷内点起火把，在火光的照应之下，两个人醉意朦胧，却遮掩不住满脸喜色。也速该巴特尔起身说道："天黑了，我要赶回去了。"太斯钦忙说："按照习俗，订

亲之后男方应该留在女家住一段时间。我请求您把尊贵的儿子
留在我家。"

也速该巴特尔当然知道这个规矩,立即答应了太斯钦的请
求。这一风俗是很有道理的,男方留在女方家一段时间,既可以
让女方家庭了解男孩的性格品行,又可以通过耳鬓厮磨的接触,
培养两个孩子之间的感情,以便婚后二人生活和谐美满。

也速该巴特尔决定告辞亲家,返回自己的家。临行前,他嘱
托太斯钦说:"我的长子铁木真从小一直生活在我的身边,没有
经历过什么大的人情世事,稚嫩无知,如今做了你的女婿,你要
好好教育他、培养他,让他成长为草原上一匹驰骋万里的骏马。"

太斯钦很敬佩这位亲家,一直把他送出很远。也速该巴特
尔告别了太斯钦,飞身上马,向着自己的家乡,扬鞭策马而去。

## 第三节　中敌圈套

　　也速该巴特尔告别亲家后,一直沉浸在顺利为儿子订亲的喜悦之中,他快马加鞭,归心似箭,恨不得马上飞回家中,把这一喜讯告知斡额仑夫人,和夫人一起分享这快乐的心情。心急路远。也速该巴特尔纵马驱驰,飞跑如奔,他却感觉一向矫健神速的骏马,今天突然慢了起来,他不停地扬起皮鞭,抖动缰绳,摆动双腿,鞭策骏马快些赶路,他此刻的心情是,快!再快!

　　正当他日夜兼程赶往家中,策马经过塔塔儿部落的领地时,一群塔塔儿人突然上前拦住了他。他深知塔塔儿人与他的部族之间的矛盾,双方曾经多次发生冲突,战斗中各有死伤,怨结无数。他意识到可能是敌人借机寻仇来了,所以他精神一振,"唰"地拔出腰间挂着的弯刀,大声喝问道:"你们想要干什么?"

　　双方瞬间僵持住了,每个人好像都屏住了呼吸,气氛顿时凝重和紧张起来,一只苍鹰在头顶上盘旋,仿佛在观察着双方的动静。

　　这时,塔塔儿人群里闪出一个汉子,不高不矮,不胖不瘦,素袍革带,慢条斯理地上前施礼说:"朋友,请别误会,我叫奥日古拉,草原上一只温顺的羔羊。我们在此等候您多时,为了答谢您上次对我们塔塔儿人不杀之恩,我们烤好了肥嫩的羔羊,煮沸了香醇的马奶酒,特请您到我们的帐篷里赴宴做客,洗去一路风尘,畅饮美酒佳酿,尽享我们塔塔儿人对您的深情厚义。"

九年前,铁木真出生的时候,也速该打败了塔塔儿人,俘获了他们的首领铁木真兀格,当时,他为了庆贺儿子出生,放走了铁木真兀格,并且为长子取名铁木真。奥日古拉说的正是这件事情。

也速该巴特尔也感到口渴腹饥,人困马乏,听他这么一说,就放下心来,点头答应了那人的邀请,跟随他们一起向塔塔儿人的大帐走去。

也速该巴特尔进入塔塔儿人的大帐后,看见里面已经摆好了菜肴酒茶,几个有威望的塔塔儿人坐在席中,见他进来忙站立施礼相迎。也速该巴特尔入席后,塔塔儿人轮流殷勤敬酒。一时间把盏碰杯,觥筹交错,气氛融洽而热烈。也速该巴特尔心情放松,情绪高涨,经不起塔塔儿人的热情相劝,大口大口地喝起酒来,内心不停地赞扬塔塔儿人不计前嫌、热情好客。

也速该巴特尔哪里知道,这是塔塔儿人设下的毒计。是豺狼就改不了吃羊的本性,是仇敌就放不下罪恶的屠刀。塔塔儿人在他喝的马奶酒里放了毒药。酒过三巡,也速该巴特尔突然觉得头晕目眩,凭他的酒量,喝这些酒是不会有什么问题的,这时他突然意识到,塔塔儿人在他喝的酒里动了手脚,他中了仇人的奸计了。他如梦方醒,勃然大怒,站起来挥刀向塔塔儿人砍去。趁着毒性还没有完全发作,他振作精神,一连杀死四五个塔塔儿人,只听帐篷内一片凄惨的哀号,杯盘狼藉,刀光剑影,那些命好点的塔塔儿人抱头鼠窜,侥幸没有成为也速该巴特尔的刀下之鬼。

也速该巴特尔杀出帐去，飞身上马，挥舞马鞭催促骏马疾驰而去，骏马似乎感知了主人面临危险，它撒开四蹄，飞速奔跑，像离弦的弓箭，眨眼间逃离了塔塔儿人的部落属地，朝着自己的驻地巴拉古浩热奔跑。

这时，也速该巴特尔体内的毒性渐渐发作，越来越严重，他只觉得眼前发黑，全身无力，手握的马鞭也掉到地上，他强忍住痛苦，趴在马背上，任凭马匹疾驰而去，好马识途，也速该巴特尔知道骏马一定会把他驮到家的。他现在心里最担心的是自己能不能活着回到斡额仑夫人的身边，他还有很多心思要向心爱的人诉说，他还有很多事情要向他们母子交代。他的孩子们还很幼小，还需要他的照顾抚养；铁木真刚刚订亲，不知道自己死后太斯钦会不会反悔，那样对铁木真幼小的心灵该是多么大的打击啊！他就这样靠着坚强的信念、靠着对亲人的无限依恋，咬牙坚持着，不让自己倒下。

茫茫的大草原上阴云笼罩，太阳藏起了自己的光芒，不见了踪影，昆虫哀鸣，小鸟悲泣，秋草瑟瑟，树木飒飒，如泣如诉，仿佛整个世界都沉浸在了悲伤忧郁之中。

# 第四节　临终遗言

自从也速该巴特尔带着铁木真出门寻亲那一刻起,斡额仑夫人的心就被他们带走了。她魂不守舍,茶饭不思,昼夜难眠,好像丢失了什么似的。她每天站在帐外,遥望天边草原,盼望着也速该巴特尔的身影。她在心里默默地向上天祈祷,祈祷上天保佑铁木真找到情义相投、贤淑善良、美丽无双的妻子,祈祷上天保佑她的丈夫、一家之主的也速该巴特尔平安归来。

这天早上,她又站在帐外向草原的尽头瞭望,她的心里慌乱紧张、情绪低落,预感到有什么事情要发生,又希望什么事情也不要发生。

天空阴沉,云幕低垂,秋天的草原上,秋风萧瑟,草木摇曳,凄清寂寥。

正当斡额仑夫人心烦意乱、神智迷茫的时候,远处传来骏马的悲鸣,她心头一惊,急忙登上路旁的一块上马石,手搭眉梢,向草木遮蔽的远方望去。她看见一匹骏马一路哀鸣着向自己家的方向奔来,她很快认出了那匹马正是丈夫多年喜爱的坐骑,但是她揉了揉眼睛,仔细看了又看,怎么也没有看到自己心爱的丈夫。她不相信自己的眼睛,她不相信自己的丈夫会出什么意外。她迎着骏马跑去,脚步有些踉跄。

骏马很快跑到斡额仑夫人的眼前，在她的身边停了下来。这时斡额仑夫人才看清了伏在马背上的也速该巴特尔，他已经昏迷不醒，奄奄一息。

斡额仑夫人惊呆在那里，两眼一黑，瘫在地上。

闻讯赶来的众人，把马背上昏迷的也速该巴特尔扶进帐里，众人忙给他掐人中、灌奶茶，他渐渐苏醒过来。他看到身边的斡额仑夫人和众位乡亲，嘴角浮现一丝笑意，他明白，自己终于回到了家。他有气无力，用微弱的声音向斡额仑，也向众位乡亲说："雄心未展，勇士末路，壮志未酬，丈夫失魂。我应了'好马者伤于蹄下，善良者死在义下'这句俗谚。塔塔儿人忘恩负义、阴险狡诈，以毒酒害我，报答我当年不杀放生之恩。这是我乞颜部的奇耻大辱，是我子孙后代永远要汲取的教训，对待敌人，只有弯刀利箭，不可仁慈手软。"

说着，他拉住斡额仑夫人的手，满含期待地说："以后家庭的重担就交给你了，待铁木真长大成人后，一定要他不忘旧恨，替我报仇，血债还要血来还！"接着，他看看身边勇士，这都是跟随自己跃马扬鞭打天下的好兄弟啊！他对蒙克力说："你速速派人接回铁木真，他还年幼，以后部落大事由你辅佐。"

斡额仑夫人紧紧地攥着丈夫的手，看着他慢慢地合上眼睛，温暖的手心渐渐冰凉，忍不住呼唤着丈夫的名字，悲痛欲绝，泣不成声。

也速该巴特尔去世了，这位英勇的武士抛下妻子、儿女和许多部众撒手人寰，含恨离开了人世。还有六个未成年的孩子需要他养育，还有部族大事等着他解决，还有太多的事情没有处理，年轻的也速该却永远闭上了双眼，再也无法醒过来了。

众乡亲听说也速该巴特尔被仇人毒害的消息后，纷纷端着丧餐来到他家的大帐，一边安慰着斡额仑夫人，一边为他们的好国主的遇害悲伤不已。

斡额仑夫人望着众位亲人，眼泪哭干，泣血而歌："太阳被妖魔吃了吗？蓝天被魔鬼盖住了吗？大草原为之跪服敬仰的英雄、小草依附的大树、我的丈夫也速该巴特尔，你脸上的光焰为谁散尽？你身上的热血为谁淌尽？你呀你，苍天还在为你的殒灭流泪，大地还在为你的沉睡哀歌，英灵远走，一去不回！你的臣民、你的子孙，已经磨亮了弯刀、养肥了骏马，就等你在天之灵指引方向，杀向仇人的家园，踏碎仇人的胸膛，为你报仇雪恨，完成你未竟的事业！"

斡额仑夫人从痛失丈夫的悲伤、对塔塔儿人杀夫之恨的切齿仇恨中清醒过来，她一边和蒙克力一起派人去给刚刚入赘丈人家的铁木真送信，一边料理丈夫的后事。她深知，自己必须坚强起来，面对眼前的一切，才能不辜负丈夫的遗愿，把六个孩子养大成人，为含冤的丈夫报仇。

铁木真得知父亲被塔塔儿人设计毒害的噩耗后，急忙告别慈祥的丈人太斯钦和美丽的妻子孛儿帖，星夜兼程奔回家中。他回到家后，父亲早已离开人世，他趴在父亲的身上放声大哭，他多想唤醒父亲再看他一眼，父亲是为自己相亲，才被仇人加害的。母亲含泪为他讲述了父亲被害的经过，把父亲临终的遗言告诉了他，他牢牢地记在了心里。

很多日子里，幼小的铁木真都沉浸在无法排遣的悲哀之中。在他清澈的眼睛里，世界再也不是鲜花绿草、祥和美丽的了，到处是战争、杀戮和劫掠，到处是腥风血雨的可怕面面。他失去了平静的生活,失去了亲人的温暖。在这个弱肉强食的世界上,他把自己变成了一把锋利的弯刀,时刻在风云变幻的大草原上磨砺着、淬打着,他确信,他早晚有一天会锋芒出鞘,刺向仇人的心脏!

　　斡额仑疯了似的舞动丈夫的精神之旗,黑色的马鬃飘扬在风中,离大队人马越来越远,越来越远……最终,只剩下他们孤儿寡母孤独的身影,只剩下一缕飘摆的马鬃。铁木真幼小的心灵突然间成熟了,他没有流泪,没有悲愤,他搀扶着母亲,带着几个弟弟艰难地转回家中。铁木真一家被抛弃了,苦难像块膏药紧紧黏贴在身上,他们衣食全无,在冰天雪地中苦苦煎熬着。

第五章　被逐的日子

# 第一节 不准祭天

父亲去世后,铁木真的生活发生了天翻地覆的变化,年幼的他不得不面对现实,与母亲一起挑起生活的重担。此时,摆在铁木真面前的还有一件大事,父亲临终前,托孤蒙克力,让他辅佐铁木真管理部众,也就是说父亲把他的领地遗留给了只有九岁的铁木真,让他成为乞颜部新的首领。一开始,蒙克力尊崇遗训,敬重斡额仑夫人和铁木真,维护他们的利益,让他们在部族之中得到应有的权力。时间不久,情况就发生了变化。

也速该去世的消息传到了泰赤乌部人的耳朵里,塔儿忽台不露声色地派人送去丧餐,哀悼也速该英年早逝,暗地里却独自高兴,对他来说,最令他兴奋的就是与他争夺汗位的对手又消失了一位,他的脚步又向汗位迈近了一点。他的手下人见机行事,献计说:"也速该已经去世,国主您可以放心登基汗位,继承先祖遗留下来的万千大众、辽阔草场、数不尽的牛羊和马群了。"

这是塔儿忽台期盼已久的事情,他当即同意臣属们的意见,下令正式称汗,统管蒙古各部。塔儿忽台身材肥壮,行动迟缓,人称"肥可汗"。他称汗后,蒙古各部发生了一些变动,许多人投靠到他的门下,成为泰赤乌的部众。塔儿忽台生性贪婪,记恨前仇,不久,他开始了对乞颜部的打击和报复。

首先,他用奉送礼物、许给高官厚禄的办法拉拢乞颜部的贵族,劝说他们投靠自己。乞颜部部分贵族们见利忘义,见也速该去世,铁木真年幼,纷纷放弃了乞颜部,转身到了塔儿忽台营地。

接着,他又用武力威吓那些不愿投降的乞颜部人,强迫他们投身泰赤乌部。经过他的明抢暗夺,没过多久,乞颜部分裂了,大部分部众带着家人奴仆、牛羊马匹来到了泰赤乌的营地。泰赤乌部强大起来了,而可怜的铁木真母子却被部众抛弃,在斡难河边一座孤零零的帐篷里独自生活。这时,陪伴在铁木真一家身边的只有一位年逾半百的老妇豁阿黑臣,她是斡额仑夫人的奴婢,不忍心看着孤儿寡母被弃,坚持留了下来,成为最忠实的仆人。

蒙克力见乞颜部分散了,自己无力回天,不能完成也速该临终遗命,无法保护铁木真母子安宁,他也起了逃叛之心,带着部众、家人离去了。

铁木真一家的苦难从此开始了。

塔儿忽台瓜分了乞颜部,仍然不死心。在他看来,铁木真母子活着,对他就是一个威胁。他尤其嫉妒铁木真,上次铁木真在泰赤乌部的表现,已经显示出他是一个聪慧勇敢的人,长大后肯定会有所作为,与其坐以待毙,不如趁早行动,扼杀铁木真于年幼之时。他为了彻底粉碎人们对乞颜部的希冀之心,决定隔离铁木真母子,让他们在广漠的草原上自生自灭。

他的计划很快付诸实施了。当年的祭天大会来临了,塔儿忽台隆重地邀请各部首领,准备好好庆贺一番。他特地请蒙古前可汗俺巴孩的两位遗孀主持大会。俺巴孩是泰赤乌部人,他想以此说明,泰赤乌部才是真正的蒙古之主。

敖包，蒙古语"堆子"之意。草原广阔无垠，蒙古各部落为了
标明道路和部落疆界，故以石块堆砌"堆子"——敖包，上插
旗帜，以示天下之路、蒙古领地和部族的威仪。经过漫长的
历史发展演变成了祭祀神灵和祖先的顶礼膜拜之地。以祈
求吉祥、幸福和安乐

　　斡额仑夫人听说祭天仪式开始了，匆忙带着孩子们赶赴现
场，准备参拜长生天，祭祀先祖。

　　可是，祭天现场周围，早就设下了兵丁，他们阻拦斡额仑夫
人，说道："大汗有令，外人不能进入。"

　　斡额仑夫人大声说道："我是乞颜部人，我儿子是乞颜部首
领，怎会是外人呢？"

　　兵丁们一阵窃笑，他们轰赶斡额仑夫人和她的孩子们说：
"乞颜部早就归顺泰赤乌部了，哪里来的首领？你们快走吧！这
里没有你们的席位。"

　　斡额仑夫人受到惊吓呆住了，塔儿忽台一再抢占乞颜部众，
孤立他们母子，她都忍耐了，可是，却万万没有想到他会不让他

们参加祭天仪式。祭天是最大的活动,通过这种仪式确定亲缘关系,确定各自的身份和地位,表明同一祖先的人要相互关照、不离不弃。如果哪个家族犯了过错或者遭到遗弃,他们就不能参加祭天仪式,被抛弃在部族之外,任其自生自灭。在莽莽草原上,生存条件极其艰苦,一旦被众人隔离,将会面临很大危险。斡额仑夫人恼怒了,她大声叫嚷,要塔儿忽台出来见她。塔儿忽台正得意呢!哪里会出来见斡额仑夫人。

铁木真也生气了,他晃动拳头,带着几个弟弟就要和兵丁搏斗。斡额仑夫人急忙制止说:"孩子们,不能乱来,如果你们扰乱了祭天仪式,长生天是不会原谅的,塔儿忽台也会趁机治你们的罪。"

"难道就没有别的办法了吗?"铁木真低声叫道。

斡额仑夫人看看一群年幼的孩子,心中无限伤痛,还有什么办法? 她在心底问自己,塔儿忽台有意隔离他们,这是要他们孤儿寡母的命啊!

斡额仑夫人带着孩子默默地回去了,走到自家帐外的时候,她望着帐前飘摇的苏勒德(精神之旗),心里有了一个大胆的想法。

这是也速该的精神之旗。蒙古人有个习俗,男子们选取上好种马的鬃毛,捆绑在长矛刀刃之下的轴上,制成自己的精神之旗,作为一生的旗帜。无论何时,当他要安营扎寨时,这位勇士都要将那面精神之旗安置在帐篷入口之外,以显示其身份,并将其当作永恒的护卫者。精神之旗总是飘扬在蒙古人所尊崇的开阔的"长生天"之下。当绺绺马鬃被草原上徐徐的微风吹拂和摇曳时,它们就获取了风、上苍和太阳的力量,旗帜可以把来自大自然的这些力量转移到勇士身上。吹拂马鬃的风激发起勇士的梦想,鼓舞着他去追寻自己的理想。风中飘扬的马鬃召唤着主人不断前行,吸引着他离开此地去寻找彼地,发现新牧场,探求新

苏勒德意为"大纛"、"征标"、"旗帜",为成吉思汗之军徽,是长生天赐予成吉思汗的神矛。它是蒙古民族的守护神,战无不胜的象征。蒙古民族世世代代以献哈达、神灯、全羊膜拜、圣酒、祭祀苏勒德。意在永远仰望苍天,日月相昭,平安幸福

的机遇与事业,创造这个世界上属于他自己的命运。当勇士死后,他与他的精神之旗结合得如此紧密,据说勇士的精神永远留驻在那绺绺马鬃之中。勇士活着的时候,马鬃旗带给他幸运之神;在他死后,马鬃旗变成他的灵魂。肉体很快被遗弃入大自然,但灵魂却永远活在那绺绺马鬃之中,闪耀着光辉,鼓舞着后代。

# 第二节　精神之旗

　　斡额仑夫人打算用也速该的精神之旗感召部众,震吓塔儿忽台,让他不再欺负他们母子。几天后,她让老奴仆照顾营帐和几个幼子,自己带着铁木真出发了。他们很快来到泰赤乌营地,斡额仑夫人手持也速该的精神之旗,对看守兵丁说道:"这是也速该国主的精神之旗,希望他原先的部众出来见我。"

　　乞颜部旧部众听说铁木真母子来了,吓得躲藏起来,一个也不敢出来。

　　塔儿忽台听闻铁木真母子携带也速该的精神之旗来了,先是惊愕,继而镇静下来,他传令说:"我部不日就要迁徙,不要理会这个疯女人。"然后,他安排迁徙事宜,特意叮嘱说:"铁木真的母亲疯了,我们不能带他们一起走,让他们在这里留守也速该的精神之旗吧!"

　　铁木真母子喊了半天,无人出来应话,铁木真劝说母亲:"我们回去吧!慢慢再想办法。"

　　过了几天,斡额仑夫人正坐在帐内想对策,合撒儿慌张地跑进来说:"我们的牛羊被人抢走了,他们说要跟随塔儿忽台迁徙。"

　　斡额仑夫人忽地站起身,她脸色苍白地说:"快去找铁木真。"

铁木真一早出去射猎了,他眼见家里储备的禽兽皮毛越来越少,泰赤乌人又一再疏远他们,唯恐无法度过严冬,打算提前备下点猎物,也好应付寒冷的冬天。

合撒儿找到铁木真,把牛羊被盗、泰赤乌部准备迁徙的消息告诉了他。铁木真匆匆赶回家里,与母亲商量对策。

斡额仑夫人说:"塔儿忽台迁徙却不通知我们,肯定打算抛弃我们不管了,我们母子几人怎么度过寒冬呢?"

铁木真愤怒地说:"他为什么偷走我们的牛羊?我要找他评理去。"

斡额仑夫人痛苦地说:"抢回牛羊又能怎么样?我们孤儿寡母能生存下去吗?现在不是逞强的时候,我们去求他,求他带我们一起走。"

铁木真全家再次来到泰赤乌部营地,他们跪倒在塔儿忽台的帐包外,乞求他带领他们妇孺一起走,不要把他们抛弃在这荒凉的草地上。

斡额仑夫人一手拿着也速该的精神之旗,一手牵着六个孩子,她声泪俱下,苦苦哀求,说道:"请您念在我们都是海都汗后人的分上,不要离弃我们,不要置他的子孙于不顾,哪怕您只肯带走几个孩子,我也心满意足了。"

母子几人从上午一直跪到日头偏西,铁木真的小弟弟们饿了,开始哭叫,尚在母亲怀里的妹妹由于奶水不足而哇哇乱哭,一家人悲悲啼啼,惨不忍睹。

终于,他们的举动感染了泰赤乌部大众,人们交头接耳,议论纷纷,有的说:"这母子几个真可怜,应该带他们一起走。"有的

蒙古族牧民长期无固定住所，过着逐水草而居的生活，基本处于靠天养草和靠天养畜的状态

说："他们孤儿寡母谁能狩猎？谁能出征打仗？跟着迁徙明显是多了七八张嘴，谁来养活他们？"有的说："今年境况不好，多养七八个人可不是件容易事。"有些人反驳说："大家都是近亲，难道眼睁睁地看着他们孤苦死去吗？"议论声传到了塔儿忽台的耳朵里，他也有些坐不住了，究竟该不该带铁木真他们离开呢？他想来想去，难下决心。迁徙的时间就要到了，最后，权力的欲望战胜了一切，塔儿忽台传令，抛下铁木真一家，其他人全数迁徙。他想，就让你们自己选择死亡吧！免得我动手杀你们而坏了我的名声。

　　斡额仑夫人绝望了，她呆呆地看着人们驱赶牛羊，收拾行帐，驾驶车辆，看样子，他们就要走了。这时，泰赤乌部走出一个老人，他已经五六十岁了，穿着简朴，面容沉郁，他走到斡额仑夫人面前，深深施礼说："我是俺巴孩汗的旧臣属，我看夫人和孩子可怜，你们等着，我现在就去求可汗，求他带你们一起离开。"

　　老人的话激励了铁木真全家，他们仿佛在大海中抓住了一根救命的稻草，真不知这根稻草能否救他们脱离苦海。

　　就在铁木真一家眼巴巴地等着老人好消息的时候，塔儿忽台的帐包内传来一阵激烈的争吵，只听塔儿忽台咆哮道："深水已涸，坚石已碎，不要再说了，拖出去，拖出去。"

　　几个兵丁把老人轰了出来。

　　老人怒气冲天，声色俱变，他指着铁木真一家对围观的人大声说："你们难道真忍心看他们妇孺活活饿死吗？你们为什么不出来说话？你们比豺狼还要凶残，简直是草原上一群噬血恶魔，为了权力不顾他人死活……"老人还没有痛诉完，就见帐门里走出一个高大的勇士，他手握尖刀，走到老人身边，二话不说，持尖刀刺向老人的心脏。鲜血喷洒一地，老人怒睁双目、满怀不甘地慢慢倒下去了。

　　血腥的残杀把铁木真几人吓呆了，他们惊恐地躲藏在母亲身后，慌乱成一团。斡额仑夫人看老人倒下去，眼睛里充满仇恨的火焰，她什么也不说了，带着孩子们站立起身。此时，泰赤乌人迁徙的准备完毕，他们就要开拔了，车轮滚滚，尘土飞扬，人马欢叫。斡额仑夫人挥舞也速该的精神之旗，做最后的努力，她紧跟在远去的泰赤乌人身后，狂喊大叫，她多么希望丈夫在天之灵能够眷顾一下他们母子，带着他们离开此地，跟随部众迁徙到安然过冬的地方啊！

　　一切努力都失败了。

　　年幼的铁木真看着母亲疯了似的舞动父亲的精神之旗,黑色的马鬃飘扬在风中,离大队人马越来越远,越来越远……最终,只剩下母亲孤独的身影,只剩下一缕飘摆的马鬃。铁木真幼小的心灵突然间成熟了,他没有流泪,没有悲愤,搀扶着母亲,带着几个弟弟艰难地转回家中。

## 第三节　掘食草根

铁木真一家被迫留了下来,他们无奈地面对眼前的困境。斡额仑夫人清点家里可以食用的物资,做了精确的安排,确保严寒的冬天不会挨饿,她鼓励孩子们说:"春天一到,日子就好过了。"

铁木真趁着天气尚暖,带着弟弟们天天出去射猎,希望能够多打一些猎物,留着冬天享用。他们射云雀、捕獭鼠,抓获一切可以食用的东西。为了节约,他以磨利的兽骨为尖器,削木头,制木箭,代替平常使用的铁箭。铁木真还把母亲缝衣服的针弄弯曲,做成鱼钩,分给兄弟们,教他们钓鱼。

斡额仑夫人扎起头发,戴上头巾,卷起衣裙的下摆,没日没夜地沿河奔波,寻找食物。她采摘各类小果实,并用一根杜松树枝来挖掘生长于河边的植物草根,带回家中,给孩子们充饥。史书上称他们"拾着果子,掘着草根",过着"朝不保夕、危机重重的苦难日子"。

苦难的日子像把钝锉,慢慢磨蚀着他们的身心。有人曾经描述他们当时的处境:"穿着用狗和老鼠皮制成的衣服,而且他们的食物就是那些动物的肉,以及其他无生命的东西。"

铁木真一家人处在饥饿边缘,被族群所遗弃,绝望无助地挣扎着。就像他们周遭的其他部落一样,他们过着几乎与动物一样的生活。在生存环境如此恶劣的地带,他们的生活水平比草原上最低的生活水平还低。

饥饿和苦难没有吓倒铁木真,他勇敢地挺起肩膀,和母亲一起面对这些沉重的灾难。除了尽可能地捕获猎物以外,他没有忘记教导弟弟们骑马射箭,锻炼武艺技巧。春天来到的时候,他们家里只剩下十匹马了,这是一家人唯一的财产,是他们生存下去的巨大希望。

家里没有什么可以吃的了,春风一阵冷一阵暖,吹得人难以忍受。铁木真与母亲商量,应该沿着斡难河向上迁徙了,肯特山上也许有可以充饥的食物。

斡难河从肯特山上流下来。肯特山是蒙古人的神山,它孕育了两条河流,南面是克鲁伦河,北边就是斡难河,河流流经的区域就是蒙古人世代游牧生活的地方。

斡额仑夫人同意铁木真的提议,带领一家老小,收拾好所有的行装,骑着马,沿着斡难河出发了。这是一个初春的早晨,草地依然荒芜,无边无际,空阔的天底下,贫困无依的一家老弱艰难地行走着,哪里是他们的归宿?哪里是他们可以生存的家园?没有人回答。

在迁徙途中,合撒儿受伤了,他饿晕了,从马背上摔了下来。铁木真急忙拿出马奶酒,给弟弟灌下去。合撒儿慢慢苏醒,他痛苦地睁开眼睛,望着母亲和兄长说道:"我不走了,你们扔下我吧!我实在走不动了。"合撒儿饭量最大,平时一人吃两人的饭食,整个冬季忍饥挨饿,他终于坚持不下去了,他要放弃,选择死亡。

铁木真摇晃着合撒儿说："不能这么说,一定要坚持下去,到了前方就有草根可食,就有猎物可吃了。"

斡额仑夫人看着几个可怜的孩子,眼含热泪说道:"孩子们,勇士可以倒在敌人的刀下,却不能倒在自己的脚旁,你们不能做懦弱的人,要坚强起来。只要你不放弃,长生天就会给你无穷的力量!"

父亲的惨死和部族的背叛在少年铁木真幼小的心里埋下了仇恨的种子

母亲的话鼓舞了每一个孩子,铁木真首先站出来说:"父亲临终时,嘱托我们要为他报仇雪恨,如今我们哪能因为一点点饥饿就自动放弃生命? 我们要活下去,要为父亲报仇!"

斡难河畔,春风拂面,微微露出绿色的青草地上,一家老小下定了决心,要像那燃烧不尽的小草一样,勇敢坚强地生存下去。星星之火可以燎原,蚁穴虽小却能决堤,这小小的复仇火焰将要燃遍草原大地,这群被人抛弃的弱小妇孺最终将成为草原霸主。

经过长途跋涉,斡额仑夫人终于带着孩子们来到了斡难河上游,肯特山脚下,这里远远地分散着几个帐包,看来此地有人生存。此时,春水消融,清澈的河水慢慢流淌;草地返绿,一望无垠的草原流露出无限生机;阳光明媚,空中飞翔着不知名的鸟雀。铁木真高兴地又喊又叫:"春天来了,有东西吃了,我们活下来了。"是啊,上苍怜惜这群坚强的孩子,没有夺走他们幼小的生命,而是给予他们希望,给予他们食物,他们只要勤恳,就不会饿死了。

接下来的日子,铁木真家的生活暂时稳定下来。虽然依旧为生存挣扎,可是总算有东西可以觅食了,这对他们来说,真是莫大的恩赐。铁木真给弟弟们分工,有人负责射猎,有人负责垂钓,有人放牧马匹。井然有序的工作让大家干得很起劲,收获也越来越丰富。斡额仑夫人怀抱幼女,带着老奴仆进山采摘蘑菇、木耳,各类可以充饥的野果、野菜,一家人在肯特山下停驻下来。

生活的艰难抹杀了人的善良品行,为了一口果腹的饭食,兄弟拔刀相向,铁木真难容恃强凌弱的同父异母弟弟,也拔出了本该射向敌人的怒箭……

一触即发之际,母亲斡额仑痛斥铁木真,以祖辈五箭难折的故事教导他们,铁木真有没有听从母亲的教诲?苦难何时才能结束?他带领兄弟们射猎的时候,意外救助了一个人,这个人是谁呢?他们之间的恩怨竟然持续多年,直接影响了铁木真的事业,甚至影响了蒙古国的建立和发展。

# 第六章 险境中的恩怨

# 第一节　兄弟结怨

经历风雨方显英雄本色，铁木真是家中长子，又是部落未来的首领，他在父亲惨死后一下子长大成熟了，面对困境，他没有退缩，与母亲一起担负起家庭的重担。他带着弟弟们牧马射猎、捕鱼捉鼠，提供家人基本的生活保障，使家人不至于忍受太多的饥饿。

诃额仑夫人看到铁木真如此能干懂事，心中十分欣慰。她现在是一家之长，深知肩上责任重大，丝毫不敢放松对孩子们的养育教导，尤其对于铁木真，她牢牢记得丈夫临终的遗言，要把他培养成一位真正的英雄、宛若驰骋万里的骏马、振兴家族和部落的领袖。

前面说过，铁木真有一个异母弟弟，他叫别勒古台，一直跟随家人一起生活。虽然他的母亲早逝，但是在诃额仑夫人的精心养育之下，他成长得健壮威武，非常勇猛。铁木真是长兄，对这位弟弟关爱照顾，从不欺凌无礼，像亲生兄弟一样对待他。

就在这段苦困的日子里，兄弟几人之间发生了一件意想不到的事。

一天，铁木真带着几个弟弟去斡难河畔钓鱼。很快，他们就钓到了一条小鱼。兄弟几人高兴地冲上去抢夺小鱼，盼望着今夜能有一顿美味鱼汤。别勒古台身强力壮，首先夺到了小鱼，他一蹦三跳，口中喊着：“瞧，我的鱼，我钓到鱼了。”合撒儿不满地噘着小嘴，嘟囔道：“凭什么说是你钓的？明明是大家一起钓的，不是吗？”别勒古台睨视着刚刚复原的合撒儿，蛮横地说：“哼，就是我钓的，你管得着吗？”铁木真站起来制止两人，他大声说：“你们就知道争吵，不知道钓鱼非常辛苦吗？不要再吵了！”

又有一次，铁木真带着弟弟们射杀云雀，也被别勒古台首先抢到了，惹得合撒儿等人又是一阵抱怨。铁木真因此觉得别勒古台桀骜不驯、恃强凌弱，就把这些事情告诉了母亲斡额仑夫人，希望母亲能够出面管教他。斡额仑夫人听说了事情的前后经过，她说道：“你们是兄弟，应该互相团结，不能因一点小事就彼此抱怨。”她还说：“铁木真，你不要忘了父亲的临终遗言，你要带领你的兄弟们为父报仇啊！”

铁木真听了母亲的劝说后，心中虽然不服，却也不再言语，他知道母亲为人胸怀宽广，她的教导也许是对的。

可是，事情的发展有时候出人意料。这天一早，铁木真起床后，他像往常一样安排兄弟们各自劳动干活，他看看别勒古台说：“你去放牧马匹吧！家里只剩下最后九匹马了，你要仔细看管，千万不要出意外。”然后，他带领合撒儿等人继续去河边钓鱼。

别勒古台赶着马匹来到山坡上，自在地吹着口哨，看着马匹悠闲地吃着嫩草，心情格外舒畅。最近一段时间，他多次在兄弟们之间出风头、占便宜，心想，看来我在家中最厉害，无人敢管束我。骄傲容易遮住人的双眼，让人失去智慧。就在别勒古台志得意满之时，他忘记了自己的重任，九匹啃食青草的马匹自顾地漫步食草，渐渐地离别勒古台越来越远，它们到了远处的一座山脚下。

等到别勒古台清醒过来,寻找马匹时,九匹马已经不知去向。他焦急万分,这是家里仅剩的马匹,如果丢失了,可怎么办?现在家中贫困艰难,唯一值钱的财产都没有了,他们一家人将如何度日?别勒古台来不及细想,他知道自己得罪了兄弟们,不敢告诉他们马匹丢失的消息,慌忙拔腿寻找马匹。

天黑下来时,马匹终于找到了。别勒古台仔细观看,九匹马只剩了八匹!有一匹银灰色皮毛、膘肥体壮的马不见了,它是父亲临死前刚刚俘获的一匹骏马,全家人都非常喜欢它。铁木真更是宠爱它,经常说,将来一定要驯服这匹马,让它做自己的坐骑。

铁木真听说银灰骏马丢失了,勃然大怒,他训斥别勒古台:"你欺负兄弟,抢夺食物,我早就看不惯了。现在,竟然把家中的马匹丢失,我要惩罚你!"

别勒古台心中胆怯,悄悄跑出家门,不敢回家。合撒儿等人怂恿铁木真,他们说:"别勒古台不服兄长管教,屡次抢夺他人财物,今天又无故丢失马匹,长此以往,如何与他一起生活、共同发展?他长大了一定会背叛我们,不如趁现在我们把他收拾了,免得以后成为祸患。"

血雨腥风中长大的孩子们心中充满了仇恨,在他们的眼里,世界是残酷的、无情的,不是你死就是我活,年幼的他们做了一个冲动又合乎他们性格的决定。铁木真胸中怒火燃烧,无法原谅别勒古台,他听了众位兄弟的议论,觉得很有道理,就决定说:"好吧,一旦打探到别勒古台的下落,我们就齐心合力将他除掉。"

## 第二节　五箭难折

　　兄弟们计议已决,偷偷行动,搜寻别勒古台的下落。第二天,合撒儿快速跑回帐内,在铁木真的耳边悄悄私语,然后铁木真霍然站起,大声说道:"太好了,我们这就走。"说完,他带好弓箭,带着几个弟弟气势汹汹地走出帐去。

　　斡额仑夫人正在帐外的草地上整理毛皮,几个孩子的异样举动引起了她的注意,她喊住铁木真问道:"你们要干什么去?"她见他们兄弟手挽弓箭,面带怒色,猜想他们要去与人打架争斗,所以不安地询问。铁木真支吾着说道:"我们……我们去练习射箭。"斡额仑夫人仍然心怀疑虑,因为她的孩子们从来不在早上起来练习骑马射箭。她说:"练习射箭是好事,可是一定要注意安全。"她逐个看看几个孩子,突然问道:"别勒古台怎么不在? 他去哪里了?"昨天别勒古台外出牧马,回来后脸色沉郁,没吃几口饭就匆匆出去了,今天怎么没跟兄弟们在一起呢? 合撒儿听母亲这么问,忙回答说:"他在外面等我们呢! 我们这就去找他。"说完,几个孩子对视一下,慌慌张张逃走了。

　　斡额仑夫人望着孩子们远去的背影,心中越发惊疑,难道他们有事瞒着自己? 他们年纪还小,深处如此恶劣的环境之中,四周有凶恶敌人对他们虎视眈眈,如果一旦与其他部落发生冲突,这几个孩子还不是白白送死？想到此，斡额仑夫人不敢停留，她紧紧追随铁木真他们而去。

原来，合撒儿一早来到斡难河畔，发现别勒古台一人坐在河边，他既没有同伴也没带弓箭弯刀，独自一个人坐在河边，望着清澈的河水一动也不动。合撒儿觉得这是机会，所以赶紧回去禀报铁木真，铁木真闻此就带领弟弟们匆匆赶来了。

他们一路疾行，渴望着早一点来到河边，没有留意身后尾随而来的母亲斡额仑夫人。铁木真来到一座山包前，遥遥望见在河边呆坐的别勒古台，他挥手示意弟弟们蹲下来。接着合撒儿拔出弓箭，搭在弓上朝别勒古台瞄准。合撒儿的射术高超，在众位兄弟中无人敢比，他瞄准多时，仍然没有射出箭去，铁木真着急地问："怎么回事？快射啊！"合撒儿无奈地叹口气："离得太远，我担心射不准，不就打草惊蛇了吗？"兄弟们听后觉得有理，又聚拢在一起商量对策。

斡额仑夫人紧随孩子们身后，远远地，她见兄弟几个停下来，只见合撒儿弯弓搭箭，准备射杀远处河边的一个少年。斡额仑夫人心中一阵紧张，她突然想到，合撒儿是不是要射死别勒古台？她被自己的这个想法所震惊，加快步伐赶了过来。

兄弟几人见母亲突然出现在眼前，不由得倒吸一口凉气。斡额仑夫人从他们的表情中已经看出，他们心中有鬼，胸怀不仁。她怒声责问铁木真："你身为兄长，鬼鬼祟祟地想要做什么？"铁木真垂下头，诺诺地说出了事情的来龙去脉。斡额仑夫人听后，不禁怒从心起，她指着铁木真和合撒儿兄弟俩痛骂："你们这种行为，和杀人魔鬼有什么两样？你二人之一的铁木真，自我的身体里出来，就手里握着黑血块，另一个就像一只合撒儿狗,所以取名叫合撒儿,看来你们真是嗜杀成性之徒！你们的残暴行为就像下山的恶虎、控制不住愤怒的狮子、打算生生吞食猎物的蟒蛇、俯冲自己身影的海东青、偷吃其他鱼的鱼狗、贪吃羔羊的雄驼、趁着风雪之夜袭击而来的狼群、管不了自己的幼崽就要吃掉的豺狼、见什么捕获什么的猛虎、横冲直撞的野兽。"她越说越伤心,最后说:"你们现在身处险境,除了影子哪有你们的朋友;除了马尾哪有你们的皮鞭？你们忘记泰赤乌人对我们的掠夺和羞辱了吗？我看你们没有能力复仇雪恨了！"

斡额仑夫人教子

　　铁木真跪倒在地,默然不语。斡额仑夫人痛骂多时,吩咐合撒儿去河边喊来别勒古台。兄弟五人凑到一起了,斡额仑夫人伸手拿过铁木真身背的箭,数出来五支,合成一把,递给孩子们说:"你们谁能折断这一把箭？"兄弟几个接过五支箭,用力弯折,可是五支箭牢牢地捆绑在一起，谁也没能把箭折断。

　　看着孩子们满脸疑惑的神情，斡额仑夫人仔细地讲起了祖先阿兰豁阿教子的故事，她说："你们的祖先凭借团结一致的精神，创立部族，建立汗制，成为蒙古大草原赫赫有名、功勋卓著的英雄豪杰，这是多么了不起的事业！我也希望你们兄弟能够像祖先一样团结起来，抵抗内忧外患，再次抒写家族的辉煌历史，为父报仇雪恨，成就一番伟大业绩。"

　　铁木真五兄弟猛然醒悟，一起跪在母亲斡额仑夫人面前，发誓兄弟间永远和睦相亲，团结互助，共同完成为父报仇、重振部族雄风的大业。

　　在斡额仑夫人的谆谆教导之下，铁木真兄弟五人团结起来，和睦相处，再也没有发生过争斗和残杀。他们五个人相互辅助，共同进步，很快成为斡难河畔英勇的小武士。附近一些部落牧民开始与他们交往，铁木真一家不再孤单无助。

# 第三节　十一岁的安答

　　又一年过去了,铁木真 11 岁了,他个头更高,体格也更健壮,带领弟弟们跃马弯弓,很有一副威武的气势。这一年夏天,植被繁盛,禽兽丰美,辽阔的草原像一张温暖的绿毯子,轻抚着它的每一个子民,孕育着成片的鲜花和数不清的生灵万物。这是多年未有的好时光,这是草原人们喜庆的日子。

　　斡额仑夫人满脸喜悦,她知道饥饿暂时离去了,孩子们终于可以吃顿饱饭了。她日日辛勤地劳作,为孩子们缝补衣服,准备三餐。她还学会了一门手艺——整理禽兽的皮毛。皮毛是草原牧民的财富,用它可以换取食物、盐巴、衣服等各式各样的生活用品。每当铁木真几人猎获了禽兽,她总是熟练地扒下猎物的皮,把它们晾晒在帐外的风口里,炎热的季风吹过,皮毛很快干燥,就可以储存起来了。

　　一天,铁木真猎获了一只狍子,兄弟几人把狍子搭在马背上,驮回家去。路上,几个人又说又笑,非常开心。突然,远处传来一阵急促的马蹄声,他们极目远望,一匹黑色骏马朝这边飞奔。

　　马跑近了,他们才看清,马上还驮着一个人!马背上的人好像受伤了,他趴在马背上,一动也不动,任由骏马飞驰。

　　骏马很有灵性,它跑到铁木真几人面前就停下了。也许它知道主人生命垂危,希望有人能够救护他。

　　铁木真看看马上的人,似乎是一个少年,他喊了几声,马背上的人一声不吭。合撒儿说:"肯定受伤了,抬下来看看。"

　　兄弟几人七手八脚地抬下马背上的少年,铁木真定睛一看,不由得大吃一惊。原来马背上的人是他的朋友,三年前在泰赤乌部认识的札木合! 他喊叫几声,札木合脸色苍白,昏迷不醒。铁木真急忙检查他的身体,只见他背部鲜血已经渗透了衣服,血水正一滴一滴地落到草地上。铁木真不敢怠慢,和几个兄弟一起把札木合抬到一处树荫下,然后小心地脱下他的衣服,命令合撒儿几人去采集草药,为札木合疗伤。

　　经过救治,札木合有了反应,可是背部仍然血流不止,这可如何是好? 莽莽草原,孤苦的铁木真兄弟哪有止血的良药? 如果不能止血,札木合就性命难保,无法活下去了。焦急的铁木真转来转去,他看到脚边的狍子,想起了一个主意。

　　铁木真曾经听老人们说过,受伤的勇士如果血流不止,可以把他放到剖开的禽兽肚腹之中,如此一来,鲜血必定能够止住。

　　想到此,他取弯刀划开狍子的肚子,狍子刚刚咽气,肚腹之中热气未散,血色鲜亮。铁木真和弟弟们抬着札木合,把他背部朝里勉强塞进狍子的肚腹中。这是一只成年的狍子,体格较大,划开的肚腹正好裹住了札木合的后背。铁木真几人静静地等待着,等待奇迹出现。

　　铁木真不停地取水,为札木合擦拭干裂的嘴唇,终于,札木合睁开了双眼,他微弱地问道:"这是什么地方?"

　　铁木真赶紧走过来回答:"是我,朋友,我是铁木真,您忠心的朋友。"

"铁木真?"札木合虚弱的声音重复着。

"是啊,三年前,我们都在泰赤乌部,当时你还救了我一命呢!"

经过铁木真提醒,札木合记起来了,他勉强一笑,轻声问道:"今天可是你救了我的命?"

合撒儿俯身过来,粗声大气地说:"是我兄长救了你,要不然你早就没命了。"

铁木真一边制止合撒儿,一边劝说札木合:"你醒过来就好了,不管你发生了什么不幸,我都会竭尽全力相救的,现在你伤势没有痊愈,暂时到我家去养伤吧!"

身负重伤的札木合住在铁木真家的帐包内,受到斡额仑夫人和孩子们热情地招待,他们拿出最好的食物,捧出最甘甜的马奶酒,照顾札木合,希望他早日康复。斡额仑夫人说:"铁木真,这是你患难相交的朋友,你一定要珍视这份情义。"

半个月后,札木合伤口愈合,身体渐渐好转,他对铁木真讲了自己受伤的经过。原来,他们部落与篾儿乞惕人争夺牛羊,发生了冲突,最终演变成厮杀,札木合的父亲率军与敌战斗,部队被敌人打散了,札木合不幸背部中箭,任由骏马驮着逃出来。

铁木真安慰札木合说:"你安心养伤吧!过不了多久你就可以回去寻找亲人了。"就这样,这对少年朋友昼夜不离,开始了人生第一次也是至关重要的一次交往。

札木合身体恢复了,他跟随铁木真兄弟一起射猎、捕鱼,过着自由开心的日子。这天,铁木真和札木合坐在斡难河畔,河水映照着两人的身影,随水波荡来荡去。铁木真记起母亲"除了影子哪里还有朋友"的教导,猛然想道,札木合是我的朋友,我要与他结为安答(结拜兄弟)。他转身对札木合说:"听先辈老人们讲,人若结为安答,不仅自己能得到益处,还能够互相帮助,我们结为安答吧!"札木合一听,眼中闪烁着光彩,激动地说:"这也是我的心意,我们结为安答,共同抵抗敌人!"

于是,两个小少年跪拜在长生天下,斡难河边,共同发誓说:"从今以后,互相帮助,永不背叛!"他们互赠礼物,表达心中的诚意。铁木真有一块灌铜的踝骨,那是蒙古强盛时收到的贡品,铁木真家是王族,自然保存着这种高级的物品。铁木真四五岁时,父亲把这块灌铜的踝骨送给他做玩具。如今,铁木真把这块踝骨拿出来,送给他一生当中最重要的朋友——他唯一的安答札木合。札木合接过踝骨,藏在身上,也从腰间拿出一块踝骨,这是麋鹿的踝骨。他把自己的鹿踝骨交给了铁木真。两人交换完礼物,心里十分高兴,手拉手沿斡难河飞跑。

11岁的铁木真完成了人生很重要的一次活动,他知道艰难的环境中需要他人的帮助,只有互相扶助,才可能更好地生存下去。后来的事实证明,在铁木真的一生当中,札木合确实是非常重要的一个人物,关于他们二人之间的恩怨,还有好几个故事。

## 第四节　义结金雕

　　铁木真和札木合结拜后，不久，札答剌部派人把札木合接回去了。铁木真依依不舍地送走了札木合，心里若有所失，他独自背着弓箭，沿肯特山麓游逛。走着走着，一只山鸡从眼前飞过，窜进山林不见了。铁木真奇怪地想，山鸡惊恐地飞来飞去，难道有猛兽袭击它们吗？想到此，他急忙取下弓箭，准备射杀突然而至的野兽。过了一会儿，林中仍然没有动静，空中却传来大雕的叫声。铁木真明白了，这是飞雕在捕食。他悄悄躲到树下，观看飞雕如何捕获山鸡。果然，大雕如飞箭一样迅疾，瞅准山鸡的下落，一下子就把山鸡叼走了。铁木真看得出神，心想，我要是有一只大雕该多好啊！

　　回到家后，铁木真把这个想法告诉了弟弟们，他们几人也一起响应，纷纷建议捕获大雕。可是大雕凶猛残暴，几个小孩子怎么能抓得住它呢？就在兄弟几个绞尽脑汁想办法的时候，母亲斡额仑夫人把他们喊去了。她对几个孩子说："最近，有些投靠泰赤乌部的乞颜人回来了，他们遭到泰赤乌部人的排挤，听说铁木真越来越有出息，打算回来重新振兴乞颜部。"

　　"肥可汗"塔儿忽台称汗后，一直提防乞颜部人，不把他们当自己人看待，安排他们冲锋陷阵、狩猎捕获，做些沉重的工作，却

金雕素以勇猛威武著称。古代巴比伦王国和罗马帝国都曾以金雕作为王权的象征。在宋元时期，特别是忽必烈时代，强悍的蒙古猎人盛行驯养金雕捕狼

不给他们相应的待遇。为此，乞颜部人非常气愤，后悔投靠了塔儿忽台，他们四处打听，听说铁木真一家安全地活下来了，一部分人便想回归本部，拥立铁木真，脱离塔儿忽台的残暴统治。

铁木真听闻，急忙问："母亲，我们是不是该回巴拉古浩热了？"巴拉古浩热是他们原先的驻地，他们就是从那里历经艰险来到肯特山下的。

斡额仑夫人点点头说："你们的父亲临终时，把他的领地和部众遗留给了你们，你们不能这样漫无目的地生存下去，你们要继承父亲的领地和权力，成为新一代的主人。冬天过后，我们就搬回去。"

铁木真早就盼望着这一天了，整个秋季，他忙着带弟弟们狩猎捕获禽兽飞鸟，做着返回的准备。一天，他们又来到山下，看

见大雕捕食山鸡,铁木真呆呆地望着那只金色大雕,无限向往。从此,他每隔一段时间来观察一次,观看大雕捕食。渐渐地,大雕成了他的朋友,见了他,总是欢快地叫上几声。铁木真也很开心,他每每看到大雕,都会放开嗓子高声喊叫,好像他们彼此能够听懂对方的话。

冬天来临了,大雕捕食猎物越来越困难,冰冷的雪地上少有动物痕迹,它不停地盘桓空中,希望寻找到一口填饱肚腹的食物。可是,雪飘冰封千里,坚冰冻地三尺,哪有动物活动的影子?孤独的大雕飞来飞去,可怜地哀叫着。叫声传到铁木真的耳中,他从声音判断出,大雕饿了,这是饥饿的哀号。他也忍受过饥饿,他不能看着自己的朋友忍受这样的痛苦,他把储存的猎物拿出来,一块块扔给饥饿难耐的空中霸主——那只金色大雕。大雕吃了一块鹿肉,就展翅飞走了,它的叫声不再凄惨,而是满含感激之情。

严冬过去,春季再度降临,铁木真家要搬回去了,他对着蓝天高声喊叫,他告诉大雕,自己要走了。而后,他和家人一起收拾行装。家里唯一的女仆豁阿黑臣也喜滋滋的,几年来,她一直跟随着铁木真一家,不管多么贫苦都没有离开。她听说要搬回去,忙着和斡额仑夫人整理帐包和马匹。一家人忙忙碌碌,边干活边说笑,老女仆豁阿黑臣望着壮硕的铁木真说:“小主人天生金贵,回去后一定会振兴我们的家园。”铁木真素来尊重老女仆,把她当作长辈一样看待,听她讲述许多先人的故事。他听老女仆夸奖自己,也乐得笑起来,他走到老女仆身边,诚恳地说道:“是您的仁慈安慰了我们,是您的智慧教导了我们,如果没有您,我们也许坚持不到今天。”豁阿黑臣慌忙说道:“小主人千万不要这么说,我是夫人的奴仆,夫人到哪里我就到哪里,这是上苍的旨令啊!"

　　铁木真一家上路了,他们乘着温煦的暖风,兴高采烈地返回驻地。突然,空中飞来了大雕,它急速地俯冲下来,停到了铁木真的马背上,一动也不动。铁木真兴奋地朝它问道:"大雕,你要跟我们一起走吗?"大雕昂起头颅,眨动一双犀利有神的眼睛,仿佛同意铁木真的说法。合撒儿看铁木真惊喜的样子,开玩笑说:"瞧你高兴的,大雕会说话吗?还问它干吗?"众人听闻,一阵开怀大笑。

# 第五节　再度结拜

　　果如斡额仑夫人所说,泰赤乌部容不下乞颜部人,经常排挤欺负他们,逐渐地,塔儿忽台私自称汗的蒙古各部再起纷争,各部自立山头,不再听从他的命令。这时,原乞颜部贵族听说铁木真母子安然无恙,又回过头来寻找他们的下落,意欲重新推举铁木真为乞颜部首领。

　　铁木真一家回来了,几户过去的部众前来迎接他们,帮他们安下营帐,替他们豢养马匹,一副真心诚意的表现。铁木真本来就是父亲指定的继承人,这几年来的苦难岁月又磨炼了他,他深深懂得责任重大,不可掉以轻心。他征求母亲的意见后,暂时带领几家部众开始了艰苦的创业之路。真不知道这艘飘摇在大草原风雨之中的小小船只,能否顶得住即将来临的狂风暴雨?

　　铁木真 12 岁了,他像一棵茁壮的树苗一样见风就长,成了一位英俊的小少年。他的弟弟们也长大了,一个个跟在他的身后,成为他最早的"士兵",听从他的指挥,一边练习技艺,一边狩猎放牧,过着艰苦却充实的生活。铁木真时时提醒自己,父亲的大仇未报,一定要勤练本领,有朝一日手刃仇敌,替父报仇。

　　这天,他骑马飞驰在斡难河畔,突然有人喊他的名字。铁木真手搭凉棚,朝远处瞭望,远远地,一队人马风驰电掣般地朝这边飞奔过来。很快,人马来到眼前,铁木真定睛细看,最前面的正是自己的安答札木合!他高兴地大叫着迎上去,与札木合紧紧抱在一起。

久别重逢,分外激动,他们述说离别后的思念之情。札木合说:"我听说你们搬回来了,所以特地来看望你。这里还有赫王的礼物。"原来,札木合与赫王也有亲缘关系,论起来,他与赫王还是兄弟呢!

铁木真接过一包礼物,感激地说:"多谢赫王牵挂,有时间我们一定前去答谢。"

"答谢就不用了,"札木合说,"赫王也知道你们的情况,他听说你回来了,非常高兴,鼓励你好好努力,重振你父王的部落。"

铁木真郑重地点头说:"我会的。"

札木合在铁木真家里停留了一段时间,他们骑马射猎,讨论草原大事,十分投机。札木合说:"去年结拜时,你我年幼,不懂得结拜规矩,草草地交换礼物了事。我回去后,禀告父王,他告诉了我结拜的礼仪。今天,我们再行结拜一次,一来表明我们的情义更深,二来正式结拜显示庄重。"铁木真爽快地答应下来。

这次,他们在广阔的长生天下,设下香案,摆上贡品,郑重其事地行过九拜九叩大礼,而后,两人对天发誓,互为安答,永不相欺!两位少年不再以儿时玩具为礼物,而是各自拿出精致的铁箭头,互赠对方,表达深深情义。

铁木真与札木合两度结拜,足以看出两人关系多么深切,彼此把对方看作生命里至为重要的一部分,他们正是草原上不可多得的两只雄鹰,不日即将展翅翱翔。

两人二度结拜后,札答剌部再次传来消息,札木合的父亲在

与人交战中不幸身亡,催促札木合赶紧回去处理后事,继任首领之位。两位少年再次洒泪作别,札木合像一头愤怒的牛犊,疯狂地冲回自己的部落驻地,他面临着新的考验和机遇,不知道他与铁木真的情义会不会有所变化?

成吉思汗图

少年铁木真费尽心思,刚刚脱离贫困的折磨,却又陷入部族争斗的灾难之中。原来,泰赤乌部首领塔儿忽台不能容下铁木真一家,更容不下渐渐长大成人、显露才干的铁木真,他三番两次设计陷害铁木真,因此,部落间展开了你死我活的残酷斗争。铁木真人单势孤,却英勇善战,与敌人巧妙周旋,处处显示出超人一等的智谋。经过多次较量,不知他能否摆脱敌人的穷追猛打?

第七章　少年树威

# 第一节 小荷才露尖尖角

　　铁木真回到巴拉古浩热,乞颜旧部众陆续回归,渐渐地,这个小部族人口越聚越多,他们团结在斡额仑夫人和铁木真身边,过着相对稳定的日子。

　　铁木真已经十三四岁了,他有着健壮的体魄和聪慧的大脑,他已经略微懂得如何与部众相处,如何管理自己这个小小的家族。他年龄不大,却有着宽广的胸襟,他感激每一位回归的乞颜人,他说:"你们归来就是对我最大的支持,父王去世了,蒙克力离去了,让我们携手共进,战胜苦难,树立乞颜部昔日的雄风!"人们看到铁木真虽然年幼,做事却认真负责,颇有谋略,怀有坚定的信念,不免受到鼓舞,更加尊重铁木真。有一件事情足以证明这个少年会成为未来的草原霸主。

　　乞颜部旧贵族蒙克力,曾经接受也速该临终嘱托,辅助铁木真管理乞颜部。乞颜部受到塔儿忽台的挑拨和打击,四分五裂,这位顾命大臣也悄悄离去了。几年来,他投靠了好几个部落,希望找到自己安身立命之所,最终,他到了札答剌部,成为札木合父亲的一名臣属。札木合的父亲去世,札木合管理了部众,这时,蒙克力听说铁木真是札木合的安答,非常恐慌,害怕札木合对自己不利。果然,札木合觉得蒙克力抛弃幼主,心怀不轨,理应受到惩罚，开始瞧不起他。

蒙克力想来想去，打算回归乞颜部，摆脱札木合。他派人送来口信，征求铁木真的同意。一些旧部众纷纷斥骂蒙克力，说他不仁不义，不配回到乞颜部，有人还劝说铁木真，凭借与札木合的情义，请他处置这个乞颜部的第一罪臣。

铁木真听到议论，想起那些被抛弃在荒原的日子，激动的心情难以控制，他说："自从父亲去世，我们乞颜人就像口袋里的牛犄角一样，互相顶撞，攻伐挣扎，内乱不断，造成部众分散，家族衰微，这难道还不够吗？我们还要继续残杀给敌人机会吗？除了影子哪里还有我们的朋友？我们应该好好想想该如何走下去。"

他的话震惊了每一个族人，他们深深忏悔，低头不语，内心却佩服这位少年主人，觉得他胸怀宽广，定能成就一番大事。

铁木真没有同意蒙克力回归，也没有怪罪他；相反，他托人给札木合捎去口信，说蒙克力智勇双全，是位难得的人才，希望札木合能够重用他。

铁木真还是位眼界开阔的少年，他认识了一位远方的客人，通过这件事，他清楚地看到，莽莽草原之外，还有更丰富的世界。

有一次，巴拉古浩热驻地来了一名穆斯林商人。这个人自称阿三。他骑着一头白毛骆驼，赶着一千只羊，他说自己在汪古惕部营地逗留了几天后，一路行至斡难河下游。听说此地盛产皮毛，想换取一些貂皮和松鼠皮之类的皮货。在当地开阔的亚寒带森林里，生活着无数的禽兽，猎人们捕获猎物，分食骨肉，剥离皮毛。禽兽的皮毛是猎人的财富，可以换取丰盛的日用品。

阿三的到来让巴拉古浩热欢腾起来，孩子围绕着这位长胡须、身着奇异服装的中年汉子转来转去,询问外面世界的情况。
驻地走出一位乞颜部旧贵族,他对铁木真说:"这位客人来自远
方,衣着奇异,不知道他要干什么?"

铁木真笑着说:"他叫阿三,也会说我们的语言,他说要用他
的羊群换取皮货。"

一千只羊要换取多少皮货?人们疑惑地想着,有人大胆地
问道:"阿三,你赶着这么多羊赶路,不怕有人抢掠吗?"

阿三笑微微地说:"真主保佑,不用担心路途危险。你们的
皮货才是真正畅销的物品,为什么不拿出来与我交换呢?"阿三
游历在中国北部边境的蒙古族、回族和汉人之间,通过交换物
品,获取利润。

成吉思汗西征。公元 1219 年,成吉思汗为了肃清乃蛮部的
残余势力以及消灭西域的强国花剌子模,借口花剌子模杀
害蒙古商队及使者,亲率二十万大军西征。1225 年,成吉
思汗凯旋,将本土及新征服所得的西域土地分封给四个儿
子,后来发展为四大汗国

　　人们不再怀疑，纷纷拿出多年积攒的皮货，与阿三交换羊群。斡额仑夫人辛勤劳作，也整理了好多皮货，她与阿三交易，换了近百头羊，十分高兴。

　　阿三满意地看着换取的皮货，在巴拉古浩热驻足了几日。铁木真第一次见到本部族之外的客人，觉得好奇，阿三讲述草原之外的事情更是引人入胜。他把阿三接到家里，热情招待他。从此，两人结下忘年之交，阿三多次赶着羊群、带着日用品来到巴拉古浩热，为乞颜部众带来丰盛的物资。铁木真也了解到草原之外还有一个更加精彩的世界，年少的他热血沸腾，向往着外面更神奇的地方，正是这些强烈的好奇与大无畏的精神，最终帮助他西征欧洲，成为世界上独一无二的伟大霸主。

　　铁木真的家族得到了片刻喘息，他们过了一段安定又富足的日子。这样的时光能否持续下去呢？铁木真又将怎样走向他辉煌的成功之路呢？

# 第二节　旧怨新仇

"肥可汗"塔儿忽台听说铁木真不但活了下来,还聚集乞颜部旧人,打算重振部落雄风,他感到了重重的压力。他本来想让恶劣的环境替他收拾弱小的铁木真,哪里想到铁木真贵人命大,竟然战胜了艰苦的条件,依旧生龙活虎地生存着、奋斗着。在他看来,这是莫大的威胁,威胁着他的权力和威望,让他片刻不得安宁。为此,他秘密派遣人马,不停地对铁木真家族进行骚扰。

一开始,泰赤乌人暗地行动,盗窃铁木真家族的牛羊、马匹和猎物。乞颜人发现牛羊少了,猎物不见了,非常奇怪,他们集合起来商量说:"我们在这里居住了很长时间,从来没有丢失过东西,如今是怎么了?"

斡额仑夫人说:"豺狼又来了,我们要提高警觉啊!"

合撒儿说:"哪里来的豺狼? 我们防备极其严密,豺狼怎么会屡屡得手呢?"

铁木真说:"这不是一般的豺狼,而是要置我们于死地的豺狼。"

合撒儿有些糊涂,他摸摸脑袋,不解地问:"你们到底在说什么呢?"

别勒古台说:"是泰赤乌人,父亲去世时,他们抢夺我们的部众和牛羊,差点把我们逼上绝路。今天,他看我们挺过来了,又开始下黑手了。"

斡额仑夫人点点头说:"孩子们,你们长大了,我们不会再屈服在泰赤乌人脚下,拿起你们的刀剑,把他们赶出去。"

铁木真安排几个弟弟日夜守护牛羊,还派遣几个年轻的部众轮流守夜,保护家族的安全。他们的这些措施阻止了泰赤乌人的盗掠。

塔儿忽台见铁木真一家不好对付,更加气恼着急,他秘密召集心腹,商量剿灭铁木真一家。有人说:"可汗不要疑虑,趁他们年幼赶紧把他们消灭,不要留下祸根。"有人说:"可汗曾经收留过铁木真,你可以派人去招抚他,看他愿不愿意归顺。"塔儿忽台思索多时,决定派出使臣去见铁木真,劝说他带领全家归顺。

使臣见到铁木真说:"可汗念你们孤儿寡母,无人照顾,请你们归顺泰赤乌部,拥立塔儿忽台汗,做一个忠实的臣民。"

铁木真怒火燃烧,他用弯刀击打着草地,愤愤地说:"五年前,他看我们年幼,狠心地把我们抛弃了。今天,他看我们兄弟成人,可以为他出力了,就来召唤我们,真是太欺负人了。你回去告诉塔儿忽台,我是乞颜人,他是泰赤乌人,我们都可以继承海都汗的基业,我不会向他屈服。"

使臣把铁木真的话带给塔儿忽台,他恼羞成怒,拍打着帐包说:"一不做,二不休,既然好心劝你你不听,就别怪我不客气了。"

塔儿忽台故意派人去铁木真家族附近放牧,然后谎称丢失了牛羊,诬陷合撒儿偷走了牛羊。因此,他派出兵马前去捉拿罪犯,两家怨恨再起。

铁木真带着少数部众赶到牧地,看到他们捉住了合撒儿,怒不可遏,大声呵斥说:"你们屡次盗窃我们的牛羊,我们没有捉你们,今天反而诬陷我们,看来不动刀枪难以解决问题了。"说着,掏出弯刀,冲敌人杀过去。泰赤乌兵卒素知铁木真兄弟勇猛,见他们如初生之犊不畏虎的阵势,更加惊惧,丢下合撒儿夺路逃走了。

斡额仑夫人听说儿子们打败了泰赤乌人,心生担忧,她急忙吩咐铁木真说:"泰赤乌人不会善罢甘休,你们赶紧准备,防备他们再次入侵。"

果然,塔儿忽台又组织人马来了。这次,他派了上百兵丁,骑着骏马,挎着弯刀,雄赳赳气昂昂,显然不把铁木真兄弟放在眼里。他们把铁木真家团团围住,扬言捉拿盗窃罪犯合撒儿。

铁木真见敌人来势汹汹,他仔细思索,终于想出了主意,他说:"俗话说'射人先射马,擒贼先擒王',我看他们虽然人多,可是只要射杀了首领,他们必定一哄而散。"弟弟们和部众纷纷称善。铁木真派别勒古台前去迎战,派合撒儿暗地射击对方首将。合撒儿箭术高超,他搭好弓箭,朝对方将领射去,只听一声惨叫,飞箭射中了敌人首领的右脸颊,他疼得滚落马下,哀号不已。

泰赤乌人急忙救起落马将领,担心中了铁木真等人的埋伏,慌忙逃奔回去了。

铁木真兄弟见敌人退去,高兴地击掌庆贺。他们狂呼着"握嗷入",奔跑在蔚蓝的天空下,清澈的斡难河边,无垠的青草地上,像一群无拘无束的小兽,尽情地享受胜利的快乐。后来,铁木真成人后，每次领兵打仗，发起冲锋时，总是让他的军队大呼"握噢入"，作为进攻的口号。以致敌人听闻到"握噢入"，就会丧胆而逃，不战自败。

**蒙古骑兵作战图**

十几人打退了泰赤乌上百兵卒，足以显示这群孩子的勇敢和机智，他们有理由这么疯狂，有理由这么发泄。五年来，他们忍受了太多磨难和屈辱，这群孩子尝尽了人间苦难，看到生存就是一场斗争，他们开始拿起武器，捍卫自己的家园和领地。不知道塔儿忽台能否善罢甘休，铁木真家族是不是真的从此走向了稳定和安宁？

## 第三节　再赴泰赤乌营地

铁木真射伤泰赤乌将领,惹恼了塔儿忽台,他想,铁木真只有十几岁就如此神勇,必须好好想个对策啊！几年来,塔儿忽台虽然明抢暗害,欲置铁木真于死地,可是碍于两家的亲缘关系以及部众的意见,不敢明目张胆地去杀害铁木真一家。如今,眼见铁木真动了刀枪,伤了自己的将领,他也揭下虚伪的面纱,挑动部众说:"铁木真年幼狂暴,竟然无辜杀害我部将领,他这样胆大妄为,早晚会成为我们的敌人,成为草原上凶残的噬血恶魔,我代表家族和蒙古国,派兵去捉获他,问问他为什么这样做?"

因此,泰赤乌部展开了疯狂的抓捕活动。

铁木真为了躲避泰赤乌部的抓捕,不得不采取各种办法,保护自己不被他们抓去。斡额仑夫人提醒他说:"孩子,敌人强大,躲避不是长久办法。依我看,我去找塔儿忽台谈谈,问问他为什么处心积虑地要我们母子的性命。"

斡额仑夫人只身来到泰赤乌部,她要求见塔儿忽台,质问他抓捕铁木真的理由。塔儿忽台接见了斡额仑夫人,假惺惺地说:"如今蒙古重新确立汗位,蒙古是一家了,可是铁木真不听管束,我派人劝他归顺,被他骂回来了;我派人捉拿盗窃罪犯,被他射伤了。你说,我能不捉他来问明原因吗?"斡额仑夫人听罢,微微一笑："你是可汗,怎么能跟孩子一般见识呢?他误伤了将领,我让他来给你认罪。"

塔儿忽台听说铁木真要前来赔罪,立即笑逐颜开,他说:"只要他来了,一切都好办!"他想,只要铁木真敢来,我就把他抓起来。

铁木真兄弟听母亲说要铁木真去赔罪,非常不甘心,气愤地说:"我们没做错什么,为什么去赔罪?"别勒古台紧张地提醒道:"塔儿忽台不怀好意,兄长前去,恐怕凶多吉少。"铁木真已经明白母亲的意思,他安慰弟弟们说:"你们放心吧!塔儿忽台不敢要我的命。"

接下来,斡额仑夫人和铁木真精心准备着,先安排别勒古台带着所有部众埋伏在泰赤乌部周围的树丛内,然后他们牵着骏马,藏好弯刀,带着金雕来到了泰赤乌营地。母子二人泰然自若地走进塔儿忽台的营帐内。

泰赤乌人看着这对勇敢的母子,目光中流露出惊奇的神色,他们不怕死吗?来到这里一定会被抓起来的。

塔儿忽台见铁木真真的来了,一面暗自惊讶,一面急忙安排人马伺机捉拿他。他假装热心地接见斡额仑夫人母子,献上精美的马奶酒和丰美的牛羊肉。斡额仑夫人欠身施礼说:"铁木真是来赔罪的,没有资格享受这么丰盛的招待,你让他先道歉赔罪吧!"

塔儿忽台这才意识到自己有失分寸,慌忙说:"既然来了,就算赔罪了,不要再客气了。"

铁木真闻此,略一拱手,说道:"你已经原谅了我,我就此告辞了。"说着,转身走出营帐。

　　塔儿忽台没有想到铁木真这么迅速地离去，大吃一惊，急忙命人前去追击。他暗暗叫苦，想到这是他们母子的计策，以此摆脱对他们的追杀啊！

　　斡额仑夫人从容地劝阻塔儿忽台："铁木真年幼，不懂礼数，你身为可汗一定要宽恕他。他这样匆忙离去不能算是罪过吧？"塔儿忽台手下人叫道："这样无视可汗就是不敬，应该捉起来。"斡额仑夫人说："可汗已经原谅了铁木真射伤将领的罪过，这样的事情可汗一定也不会放在心上。"

　　铁木真走出营帐后，飞身上马，金雕应声而至，停在他的肩膀，他打马向营外冲去。此时，泰赤乌部守营兵卒一拥而上，围住了铁木真。铁木真见他们只有十几个人，一手抽出弯刀，一手拍拍金雕的翅膀，金雕飞起来，绕着周围兵卒击打狂叫。泰赤乌兵卒一阵大乱，铁木真趁机冲出敌营，跃马飞驰在广阔的草地上。

　　塔儿忽台和斡额仑夫人坐在营帐内，兵卒进来报告，说铁木真逃走了。二人听闻，一个心情沮丧，一个面露喜色。斡额仑夫人说："铁木真真不懂事，我回去后一定严加管教，他走了我也该回去了。"

　　他手下人忙趴在他耳边说，铁木真走了，可以留下斡额仑夫人做人质。斡额仑夫人看出了他们的狼子野心，威严地说道："你们留下我，我也没有意见，不过今天是也速该去世五周年的祭日，你等我回去祭拜完毕，再回来做你们的人质也不迟。"

　　众人听闻，面面相觑，一个个目瞪口呆，谁也无话可说了。

　　斡额仑夫人从容地离开了泰赤乌部。

　　再说铁木真，他跃马狂奔，眼看身后追兵将近，便匆忙拐进一处树丛里。别勒古台等人在此做了埋伏,他们见追兵来了,一个个放开嗓子,高声喊叫着"握噢入、握噢入",声音震天动地,气势夺人魂魄。泰赤乌追兵里有许多乞颜部旧部众,他们见铁木真母子勇闯敌营,已经深感佩服,如今见树丛里埋有伏兵,不敢轻易进入,在周围转了半天,见天色渐晚,就匆匆回去了。

铁木真母子又一次摆脱了敌人的迫害,在与塔儿忽台的斗争中,他们显示的机智和勇敢感染了每一个乞颜部众,也感染了泰赤乌部众。人们惊讶地看到,铁木真如神人一样屡次摆脱险境。他们私下议论,铁木真得到了长生天护佑,他一定会成为草原上勇猛的雄鹰。这时,铁木真的名声已经传出很远,邻近部落也纷纷传颂他智勇双全、勇斗塔儿忽台的故事。

塔儿忽台多次陷害铁木真不成,反而提高了铁木真的声誉,让人们都知道铁木真神勇无敌,好不气恼。他决定不惜一切代价,无论如何也要捉住铁木真。

有关专家认为,如今收藏在中国历史博物馆的成吉思汗画像是世界上最早的,而收藏在台北"故宫博物院"的成吉思汗画像也十分珍贵,是明代临摹的作品

# 第四节　神雀相救

　　塔儿忽台与铁木真之间展开了一场生死游戏，一方咬牙切齿扬言捉拿对方，一方千方百计地设法逃脱捕捉。在铁木真十四五岁的时候，他的主要生活内容之一就是躲避泰赤乌人，以防被他们捉去。

　　铁木真多次躲过泰赤乌人的追踪，他的英勇名声也渐渐传开。一次，他被泰赤乌人追到了一处山林里，林子里树木稀少，草丛繁密，铁木真见追兵将近，无处躲藏，他只好攀爬树枝，躲到大树上。追兵也闯了进来，他们几十个人吆喝着搜寻，一会儿挥刀砍草丛，一会儿搭箭乱射，企图恐吓铁木真，让他受惊自动站出来。铁木真蹲在树枝上，一声不吭，他知道敌人人多，自己一个人不是他们的对手，只能耐心等待。追兵忙活半天，找不到铁木真，便聚在一起商量说："抓不到铁木真，回去后可汗一定会怪罪我们，不如我们分头行动，看看能不能抓到他。"几十人分成四五批，分头搜索。

　　他们仔细地察看铁木真是否躲在草丛里，然后逐个检查林子里的大树，看他是否藏在树上。铁木真眼看着追兵就要来到他藏身的大树旁了，他屏住呼吸，手握弯刀，怒目圆睁，心想，只要他们发现了我，我就跳下去与他们拼个你死我活。

追兵吵吵嚷嚷着走近大树了,一个兵卒突然指着天空说:"看,那边飞来了什么?"众人随他手指的方向望去,空中一群雀鸟喳喳叫着飞过来。其他兵卒不屑地说:"有什么大惊小怪的?不就是一群雀鸟吗?"

雀鸟不偏不倚,正好停在铁木真藏身的大树上。

追兵看到树上停满雀鸟,一人说:"树上肯定没有人,有人的话鸟是不敢停下来的。"有人跟着附和道:"对呀,这棵树上没有人,我们到前面看看。"几个人边说边从树旁擦身而过,离开了铁木真藏身的大树。

躲在树上的铁木真眼见追兵远去,松了一口气,他望望头顶的雀鸟,无限感激地说:"感谢你们的救命之恩啊!"此后,他从不射杀这种雀鸟,把它当成自己的守护神。

铁木真得到雀鸟相救,又一次脱离了泰赤乌人的魔掌。天黑了,他猜测追兵已经远去,便跳下大树,沿树林想悄悄摸回自家营帐。他家的营帐就在斡难河边,离此处不足百里远的路程。铁木真是骑马逃出来的,他把马匹拴在林边,等他出来的时候,发现马匹不见了。他想,一定是追兵偷走了我的马。没有马匹,怎么回到家中呢?铁木真一天没有吃饭了,饥饿、劳累使他感到特别困乏。他坐下来,望着黝蓝色的夜空呆呆地出神,真不知道这种逃难的日子还要持续多久?

当铁木真坐在林边愣神的时候,远远地,草地上出现了一抹驮油灯的光亮。灯光忽明忽暗,渐行渐近,朝铁木真这边来了。

难道追兵又来了吗?铁木真吃惊地想着,急忙站立起身,藏到一棵树后,悄悄地观察着。来人走近了,一前一后两个人,他们都骑着深褐色的马匹。前面的人五六十岁,穿着深色蒙古袍,头上戴着宽边的帽子，看不清他的神色；身后是个少年，十七八岁的模样，穿着比较鲜亮，脸色黝黑，神态自若。铁木真观望多时，心中思忖，看少年不像是恶人，这么晚了，他们要到哪里去？如果方便不妨与他们一起赶回营帐。想到此，他快步走出树林，拦住两人的去路。

两人正埋头赶路，猛然从树林里跳出一个人来，吓了一跳。他们迅速拔出腰刀，勒住马匹，大声喝问："什么人？ 干什么的？"

铁木真弯身施礼说："朋友，不要惊慌，我也是赶路的，路过此地，马匹被老虎叼走了，无法回家，如果方便，请你们带我一起回去。"

年纪大的人看看铁木真，想想说："就你一个小孩子吗？"

铁木真说："就我自己，我家就在前面斡难河边，不知道你们是不是赶往那个方向？"

少年人爽快地回答："我们正要去斡难河边的铁木真家，你认识他吗？"

铁木真一听，奇怪地想，难道他们是我家的朋友？ 还是我家的敌人？ 他正疑惑，年老的人又说："我看你气色不凡，如果我没有猜错，你就是也速该巴特尔的儿子铁木真！"

铁木真更加惊奇，他从来没有见过这个人，他怎么会认识自己并且知道自己的名字呢？ 他看着眼前两个人，不知道是否要说出自己的真实身世？ 因为他担心这是泰赤乌人的诡计，担心中了他们的圈套。

# 第五节　第一个侍从

铁木真面对两人的询问,略一迟疑,随后干脆地回答:"我正是铁木真,请问你们怎么知道我的名字? 为什么要到我家里去?"

他的话音未落,两人已经翻身下马,来到铁木真面前深深施礼。年老的人说:"我是乌利扬罕部落的扎尔其古岱,当年你出生的时候,我曾经为你相过面,斡额仑夫人答应我,让我的儿子做您忠实的奴仆。"随后,把当年铁木真出生的情况详细述说给了铁木真,拉过身边的少年说:"这正是我的儿子者勒篾,他如今长大成人,可以来侍奉您了。"

者勒篾走上前,再次施礼说:"我愿意听从您的命令,做您最忠实的奴仆,替您安营扎寨,为您出征杀敌。"

铁木真吃惊地看着这对父子,明白了他们的意图后,内心一阵激动。他望着扎尔其古岱说:"多谢您的美意,这么多年了,您一直不忘铁木真一家,我代表我的母亲感谢您。可是,如今我遭到敌人追杀,自己尚且无处安身,哪里能连累您的儿子呢?"

扎尔其古岱摇摇头说:"您是尊贵的草原之主,天子降临人间,不过暂时遭受磨难而已。终有一日,您会突破重重困难,成为草原上独一无二的君主。"

者勒篾也说道："您身处险境,我正好可以帮助您。"

扎尔其古岱说道："上天的旨令不可违抗,您就收下者勒篾吧。"几年来,他已经听说了少年铁木真勇敢地和泰赤乌人周旋的很多故事,他凭借超凡的预测能力,联想当年铁木真刚刚出生时所呈现的异象,猜测到铁木真一定会大有前途的,所以不负前约,把儿子者勒篾送来了。

铁木真满含热泪,紧紧地握住者勒篾的手说:"太好了,你是我影子之外的第一个同伴,我答应你,你随我来吧!"

者勒篾也高兴地说:"我像一只离群的孤雁,今天终于找到了队伍,我一定尽心尽力,毫不怠慢,做您最忠实的臣属。"

扎尔其古岱满意地看着二人,笑呵呵地说:"尊敬的铁木真国主,我已经把儿子交给您了,希望您费心教导。者勒篾,你要记住自己说过的话,永远忠诚于自己的主人,不要有二心。你们君臣已经相识,我也该回去了。"交代完毕,他打马转身飞奔而去。

铁木真和者勒篾一直望着扎尔其古岱远去,他们才骑上同一匹马,向着驻地飞奔。

回家后,铁木真把者勒篾介绍给母亲,斡额仑夫人激动地说:"扎尔其古岱真是个有心人啊!这么多年没有忘记当初的约定,亲自把儿子送来了。铁木真,你要记住,人们对你寄予了厚望,你一定要努力创造一番事业来。"

此后,铁木真家的营帐里又多了一位少年,他和铁木真兄弟一起吃住,一起射猎练功,一起对付敌人的入侵。者勒篾身材不高,体格健壮,浓密的黑发下一张饱满黝黑的脸庞,一双褐色的眼睛炯炯有神,他的手臂特别有力气,能握住百十斤重的大刀,舞动起来,霍霍生风。他还擅长摔角,技艺比合撒儿还要高超。

**成吉思汗陵壁画**

　　有了者勒篾的加入,乞颜部的战斗力明显提高了。铁木真屡次遭到泰赤乌追捕,早就厌烦了,他开始考虑组织部队,对抗泰赤乌人。他命令合撒儿带领部众在营帐周边挖壕沟、设障碍、布疑阵,阻挡敌人的入侵;他命令者勒篾教授大家格斗技艺,提高个人作战能力。

　　经过一番整治,乞颜部有了一支小小的部队,人数不多,却个个武艺高强、精通战术,骑马射箭、耍刀舞枪的本事不在他人之下,作战能力非常强。

　　此时,前来归顺的部众越来越多。斡额仑夫人看到这种情况,内心非常高兴,她暗暗祈祷,希望长生天保佑他们一家和部众安然度日,不再受到外敌的欺负。

　　"肥可汗"塔儿忽台见铁木真一天天成熟,部落一天天强大,自然万分恼怒。他责怪兵丁办事不利，连一个小孩子都抓不住，现在可好，铁木真羽翼渐丰，前去投靠他的人越来越多，如此下去，可怎么得了？

就在塔儿忽台苦思冥想之际，塔塔儿人却打上门来。他们听说塔儿忽台自立为蒙古可汗，再次发兵攻打蒙古国，打算消除蒙古人的势力，独自称霸草原。

塔儿忽台知道塔塔儿人势力强大，又有强大的金朝做后盾，自己不是他们的对手，吓得惊惶失措，问计群臣，希望他们能想出个好主意。

他的一位大臣上前献计说："可汗不必担心，铁木真与塔塔儿人有杀父之仇，如今他不服管教，私自组建部队，与我们为敌。我们可以趁机散播消息，告诉他们塔塔儿人来了，挑拨铁木真与塔塔儿人决斗。我们可以坐收渔翁之利。"

塔儿忽台一听，高兴地哈哈大笑："好啊，铁木真能摆脱我的追捕，可是一定逃脱不了塔塔儿人的手掌，让他们互相残杀吧，哈哈哈。"


肥可汗借刀杀人，引来铁木真的杀父仇人塔塔儿人。面对杀父仇人，铁木真单身赴敌营，招来强敌围困，被迫逃亡山林，九天九夜不得饮食，无奈之下，只有冒险突围，却落入肥可汗设下的埋伏中⋯⋯

铁木真生死存亡难以预料，这位少年英雄究竟如何度过他的囚徒岁月？

第八章　复仇被掳

# 第一节　寻父仇结识毛浩来

　　泰赤乌人很快放出风声,扬言说塔塔儿人敫日古拉来了,来寻找也速该的后人,他们要把乞颜部人赶尽杀绝,以除后患。

　　如今,铁木真已经16岁了,他长得身材高大魁梧,四肢发达健壮,宽宽的额头闪烁着熠熠光彩,一双如鹰隼一样深褐色的眼睛深含智慧,他的武艺高强,摔角格斗不比他人逊色,他学会使用好几种兵器,刀剑枪戟样样拿手。更可贵的是,他团结了第一批忠诚于他的军队,这群少年组成的部队成为他征战世界的最初力量。听到塔塔儿人的消息,他怒不可遏,召集部队要去跟塔塔儿人拼命。

　　斡额仑夫人也听到了这些风声,她清楚,塔塔儿人此次来一定是针对蒙古国、针对塔儿忽台的。那么这些风声有可能是塔儿忽台的诡计,打算诱使铁木真与塔塔儿人交手,自己坐山观虎斗。想到这里,她一阵紧张,见铁木真冲动地要去报仇,急忙阻止说:"塔塔儿人并不知道我们的行踪,他们为什么突然要来剿灭我们呢?其中肯定有缘故。再说我们力量薄弱,怎么能抵挡住强大的塔塔儿人呢?你这样冒失前往,不等于去送死吗?"

　　铁木真说:"父仇不报,我怎么能够心安呢?七年来,我时刻不忘父亲临终遗言,等待报仇良机,现在敌人就在眼前,难道要我无动于衷吗?"

弟弟们也叫嚷起来:"走,为父亲报仇去。""我们长大了,就要报仇雪恨。"

斡额仑夫人看着激动的孩子们,再次拿出也速该的精神之旗,手捧着它说道:"你父亲虽然死了,可是他仍然活在我们心里,我也想为你们的父亲报仇,孩子们,你们是一群弱小的雏鹰,怎么能斗得过凶狠的豺狼?再等等吧!等到你们更加强大的时候,再去寻找敌人也不迟。那个时候,你们一定要为父亲报仇雪恨!"

**骁勇善战的蒙古骑兵。13世纪初**,在中国北部的大草原上,活跃着一支与众不同的骑兵部队。这支蒙古骑兵摆脱了欧洲传统军事思想的束缚,建立了世界上规模空前的宏伟帝国。这支军队的建立应归功于雄才大略的铁木真。正是他把一个许多部落的民族,建成为一个无往不胜的军事组织

经过斡额仑夫人再三劝说,才阻止了铁木真等人的复仇行动。

可是,仇恨的火焰在铁木真胸中熊熊燃烧,越烧越旺,年少的他无法控制这股仇恨之火。这天,铁木真吃完早饭,来到帐外骑马射箭,他看到深秋的阳光下,百草繁密,长到了齐马腹的高

度。猛然间,他记起当年父亲带自己外出求亲的事情,那也是一个深秋季节,他们父子跨骏马、踏繁草,顺着马匹指引的方向前行,寻找到了可爱的姑娘,订下了一门满意的婚事。谁曾想,父亲在归途中惨遭陷害,塔塔儿人对父亲下了毒手。铁木真越想越生气,他回到帐内,取下父亲生前用过的宝剑,骑上一匹黄色宝马,打马准备远行。斡额仑夫人正从外面挤牛奶回来,她问铁木真要去干什么。铁木真回答说要去狩猎,然后手起鞭落,宝马飞驰远去。

　　铁木真策马狂奔,转眼来到扎赍特部勒格图巴彦的家乡附近,他放眼四望,发现不远处的土岗上有人正在放牧。他骑马过去询问塔塔儿部的驻地所在,放牧人转过身来,与铁木真互相打量对方。这是一个身材高大、脸色黝黑的少年,他手里握着一条铁棒,看上去与铁木真年龄相仿,也在十六七岁上下。

　　少年听了铁木真的问话,将铁木真上下端详,微笑着说:"听说塔塔儿人是来消灭蒙古国的,你为什么打听他们的驻地?"铁木真满面怒色地说:"恐怕塔塔儿人没有这个本事。"少年见铁木真长得威武不凡,一脸贵重之气,说话掷地有声,含有杀气,想了想,问道:"你从斡难河畔来,可是乞颜部人?"铁木真有些奇怪,反问道:"你打听乞颜部做什么? 难道那里有你的仇人?"少年哈哈大笑起来:"乞颜部哪里有我的仇人? 我听说乞颜部的铁木真神勇无敌,屡次与塔儿忽台战斗都胜利了。我们这里的人把他当作神灵一样看待,纷纷传言他是未来的蒙古大汗。"铁木真听了,笑笑无语。少年人却不甘心,他说:"你要是乞颜部人,答应我一个条件,我就告诉你塔塔儿人的驻地。"

　　"条件?"铁木真惊讶地问,"什么条件?"

少年人拱手说道:"你能劝说铁木真与我摔角比武,我就告诉你。"

铁木真见少年不急不躁,似乎有意拖延时间,觉得蹊跷,担心事有变故,不由分说,走上前去,摆开架势,与少年打斗起来,你推我挡,互不相让,几个回合下来,少年敌不过铁木真,被重重地摔倒在草地上。

少年是他们部落中的摔角能手,屡屡与人摔角比赛,从来没有输过,后来他听人说乞颜部贵族铁木真武功高强,骑马、射箭样样精通,而且摔角也很拿手,塔儿忽台多次捉拿都逮不住他。人们跟他开玩笑说,如果他与铁木真摔角,肯定用不了几个回合就会被撂倒。少年人好胜心强,喜欢结交勇士高手,对于这些说法他牢记心中,一心渴望找到铁木真,能够与他比赛摔角。他是一般部落的部众,哪里能够轻易见到身为王室部落首领的铁木真?今天见到铁木真问路,知道他是乞颜部人,他足智多谋,不肯放过任何机会,提出了这样奇怪的条件。少年说什么也没有想到,站在眼前的人正是他日思夜想的铁木真。

如今被摔倒在地,少年十分佩服对手的本领,他跪在地上,高声说道:"山外有山,人外有人,你技艺高超,我输得服气,请问你的尊姓大名。"铁木真看他情真意切、直爽豪气,于是坐下来跟少年说了自己的姓名、身世以及此次寻找塔塔儿人的目的。少年这才得知眼前这位正是铁木真,急忙磕头不止,他说:"我叫毛浩来,早就听说了您的威名,知道您功夫高强,我愿意投靠您,服侍在您的鞍前马后。"

危难时刻能够收兵买马,铁木真非常高兴,他连忙扶起毛浩来,说道:"欢迎你,好,让我们一起去杀死仇敌,报仇雪恨。"

# 第二节　只身复仇

经过毛浩来指点,铁木真知道了塔塔儿人的驻地。毛浩来把牛羊赶回家中后,再次与铁木真会合,他说:"只有你我二人,为防不测,你去探营,我在后面做接应。"铁木真满意地点点头,心想,毛浩来年龄不大,却很有心机。

铁木真与毛浩来一前一后,接近了塔塔儿人驻地——萨尔嘎拉草原。他们在远离敌人营帐的地方分手,铁木真只身深入敌人内部。这里恰好住着杀害父亲的塔塔儿人敖日古拉。他一路打听,寻找到了一座帐篷。铁木真小心地牵着马来到帐篷前面,把马拴到一个木桩上,假装是经过此地的路人,询问帐外的一个女仆:"我路过此地,想讨口水喝,顺便问一下,这里住的可是高贵的敖日古拉吗?"女仆人说:"正是我的主人敖日古拉,你进去吧! 他不但会给你水喝,还会赏给你甜美的马奶酒呢!"说完,转身走进帐篷。铁木真听说敖日古拉就在里面,略思片刻,便跟着走了进去。

大帐内坐着两个夫人、两个男孩,还有刚刚进来的年轻女仆,他们有说有笑,夫人在看护孩子,女仆在缝补衣裳。他们见铁木真走了进来,女仆站起来说:"夫人,就是这个人想讨水喝,还打听主人。"两位夫人抬起头来,仔细打量铁木真,看他年轻英俊，一脸怒气，不由得露出惊讶的神色。她们说："我们是敖日古拉的妻子，不知道客人从哪里来？敖日古拉外出狩猎了，你有什么事情吗？"两个四五岁的男孩子嬉笑着跑过来，站到铁木真面前好奇地问："你从哪里来？带我们一起玩好吗？"夫人喊叫两个孩子："不要乱闹，客人是你们父亲的朋友，你们不要无礼。"两个男孩笑嘻嘻地跑到母亲身边，撒娇地说："父亲说给我们带回大麋鹿，是不是真的呀？"

　　铁木真看着一家人其乐融融，看着两个天真的孩子，眼前再次浮现父亲去世时他们兄弟痛哭的场景。那时他只有九岁，最小的妹妹不足一岁，六个幼小的孩子围在父亲遗体旁，哭了多久啊！泪水都灌满了斡难河。父亲去世后，几个孩子又经历了世间悲苦艰险，那些非人的日子像一块坚硬的石头，磨硬了他的心肠……

　　直到今天，他还要不断躲避泰赤乌人的追捕，这一切都是谁造成的？是他，是塔塔儿人，是敖日古拉，是他亲自设下毒计，亲手捧给了父亲毒酒，让父亲撇下孤儿寡母，含恨离世。这时，铁木真耳边响起父亲临终时嘱托的话语："我子孙后代永远要汲取的教训，对待敌人，只有弯刀利箭，不可仁慈手软。"

　　铁木真不再犹豫，他拔出宝剑，怒目环视帐内诸人，声色俱厉地说："十六年前，我父亲手握这把宝剑，征服了塔塔儿人，因为我的出生，他赦免了所有塔塔儿俘虏，没有把他们杀死；七年前，塔塔儿人恩将仇报，设计毒死了我的父亲，我手中握着的正是他当年用过的宝剑，如果不是敖日古拉在酒中下毒，区区塔塔儿人哪里是我父亲的对手？多少时光过去了，宝剑忍无可忍，为父报仇来了。既然敖日古拉不在家，我就给他留下信号，让他来找我吧!"说着,挥剑朝帐内人砍杀。

成吉思汗是个马上皇帝,他跨马挥刀走下肯特山,跨过斡难河,统一了蒙古草原,攻下了金朝的中都,又将马蹄所到之处视为自己的领土,掠夺人口和财物,为自己的子孙经营了一片理想的领地

　　帐中人见铁木真挥剑斩杀,吓得抱头乱窜。他们狂呼着:"救命啊! 救命啊!"可是,愤怒的铁木真哪肯放过他们,他手起剑落,片刻之间,就把敖日古拉的妻儿、女仆都斩杀了。他抓起地上的衣裳擦拭宝剑,然后坐下来,等待敖日古拉归来。

　　铁木真杀了仇人的家人,心中怒气渐息,他坐等多时,不见敖日古拉回来,心想,他一定去远处狩猎了,既然已经杀了他的家人,他回来后肯定会找我复仇,到时候再杀他不迟。想到此,他起身来到帐外,正巧,一位老人骑马赶回来,他是敖日古拉的一个家仆。他看见铁木真从帐内走出,一身杀气,吓得调转马头要跑。铁木真身手敏捷,上前拦住老人说:"你告诉敖日古拉,就说乞颜部也速该巴特尔的儿子铁木真来找他为父报仇了。他不在家，我把他全家杀了，他如果有胆量，就应该来追赶仇人。"铁木真说完，策马奔去。

　　他来到营地外，毛浩来还在焦急地等着呢！二人见面后，铁木真把赴敌营杀敌家人的经过简单一说，毛浩来说："你杀死他全家，一定激怒了敖日古拉，赶紧回去准备迎敌吧！"铁木真说："我故意杀死他全家，好让他来找我报仇，要不然，我什么时候才能找到他为父报仇？"看来，铁木真复仇之心多么迫切！他恨不能立刻见到敖日古拉，将他碎尸万段，报了血海深仇。

　　毛浩来说："我们赶紧回去准备，防止敌人袭击。"

　　铁木真点点头，赞许地说："你说得很对，我们立刻回去。"

# 第三节　毛浩来扬威

铁木真和毛浩来回到巴拉古浩热的时候,已是傍晚时分,夕阳的最后一抹余晖还挂在西天浅淡的云朵上。铁木真远远地看见母亲斡额仑夫人正站在自家的帐包前,身穿藏蓝蒙袍,头顶大红围巾,吆喝着什么。

铁木真心情激动,打马向母亲跑去。他来到母亲面前,施礼问候,母亲看到儿子平安归来,特别高兴,嘘寒问暖。铁木真把毛浩来介绍给母亲,并简单叙述了结识毛浩来的经过。

斡额仑夫人知道铁木真只身复仇,事情已经无法挽回,不再责备他,打量着他新结识的毛浩来,看得出他是个有出息的小伙子,仪表堂堂,一表人才。能结交这样情投意合的朋友,她打心眼里为儿子高兴。她急忙把毛浩来请进自家帐中,拿出鲜嫩的羊肉和上好的马奶酒招待他。

就这样,毛浩来在铁木真家住了下来,与铁木真形影不离,一起习武打猎,探讨用兵方略,成为铁木真一生中最亲密的朋友。

铁木真知道,塔塔儿人早晚会来报复的,回到家第二天,他就传令乞颜部属下部落,调集兵马,招募勇士扩充部队,做好迎敌准备。他让毛浩来帮助他训练自己的部队,苦练杀敌本领,演练排兵布阵,谋划战术攻略。

　　起初许多人对毛浩来这个毛头小伙子很不服气,认为他年纪轻轻,稚毛未尽,会有什么本领? 合撒儿和者勒篾更是看不上这个长得粗黑略显笨壮的少年,他们见铁木真如此重用他,心里很不满意。

　　为了让大家对毛浩来心服口服,铁木真安排了一场军事演习,命令毛浩来和不服气的一方分成两队,双方各带两百兵丁去攻占一座山谷,抢夺山谷里的马匹,谁最后得到马匹,把马匹赶回营地,谁就获胜。

　　不服气的一方仗着胆大勇武,挥舞着弯刀,呐喊着不假思索地就冲进了山谷,一阵猛打猛攻,很快就赶跑了守军,夺得了马匹。正当他们得意洋洋,赶着马匹要往回走,显示自己的胜利的时候,却遭到了埋伏在山谷出口的毛浩来部队的包围和伏击。毛浩来命令弓箭手,万箭齐发,箭簇像雨点般射进他们的队伍,射得他们寸步难行,伏地自保,根本没有还手之机,最后只好无奈投降,把马匹送给毛浩来。

　　演习结束,铁木真把部队集合在一起,说道:"要想取得战斗的胜利,不仅要英勇无畏,还要讲究策略和战术。毛浩来虽然年轻,但他足智多谋,正是帮助我们战胜敌人最强大的力量。"从此,人们对毛浩来刮目相看,服服帖帖地听从毛浩来训练他们的队伍。同时对铁木真慧眼识人、目光远大、驾驭有方的领导才能更加敬佩,甘愿追随他杀敌立功。

　　正当铁木真加紧备战,准备迎敌的时候,敖日古拉带领塔塔儿人找上门来了。狡猾的敖日古拉探听到蒙古各部正在互相杀伐,泰赤乌部与乞颜部势不两立,觉得可以利用他们之间

**在铁木真的领导下，蒙古的乞颜部迅速崛起**

的矛盾，让他们自相残杀。他派人出使泰赤乌部，与塔儿忽台密谋，联合对付铁木真。塔儿忽台见铁木真果然去复仇了，暗自得意计策成功，这时敖日古拉主动上门与自己联兵，他问诸臣如何应对。有人说："塔塔儿人与我们世代为仇，不能与他们联合。"有人说："可以假意联合，先除掉铁木真再说。"他的心腹大臣看出他的心意，献计说："塔塔儿人虽然与我有仇，可是现在我们不是他的对手，不如暂时联合，对付铁木真，这样一来，为他们出力，估计他们不会对我们无礼。"塔儿忽台想用铁木真的头颅换取自身的平安！他当即同意这个意见，答应与敖日古拉联合对付铁木真。许多部众见他如此无耻，忘记俺巴孩的惨死，背叛先祖遗训，与仇敌为伴，都愤怒地离开了他，转回铁木真的部落里。

　　铁木真因此赢得了更多部众，属下有大小许多部落，他成为乞颜部的首领，也成为蒙古各部的希望。

　　敖日古拉搬来泰赤乌部的兵马作为援军,很快包围了巴拉古浩热铁木真他们的驻地,敖日古拉一马当先,对着铁木真的部队叫骂不停。

　　铁木真一生当中的首次大战拉开了帷幕,他调动部队,重用将才,安排兵卒,决定与仇敌决一死战。

# 第四节　首战失利

　　铁木真披挂整齐，头戴银色头盔，身着棕色铠甲，背搭强弓箭簇，手提弯刀，走出帐篷，登上了高地，只见营外塔塔儿的兵丁黑压压一片，摇旗呐喊，鼓角争鸣，掀起阵阵烟尘。他随即命令弟弟合撒儿和别勒古台带领一百名卫军出营摆阵迎敌，又命令者勒篾和毛浩来，率领各自的部队，从左右两翼，对敌人发起猛攻。

　　铁木真跨马挥刀，一马当先杀入敌阵，双方展开了激烈的战斗，直杀得天昏地暗，飞沙走石，日月无光，鸟兽惊魂。铁木真毕竟兵少将寡，寡不敌众，渐渐地有些招架不住，他们只好退回营中，拼死守护营盘。

　　后来，铁木真发现战局对自己越来越不利，就杀红了眼，看到仇人敖日古拉，不由分说，单枪匹马杀入了敌阵，挥刀直取贼首。敖日古拉也不示弱，举刀向铁木

成吉思汗的戎装画像

真杀来,两人你来我往,刀光剑影,杀了二十几个回合,难分胜负。这时,敖日古拉有些胆怯了,他心想,没想到铁木真小小年纪,刀法竟如此娴熟厉害,招招用狠,处处直奔要害。他这样一想,胆气就泄了三分,气力随之大减,只有招架之功,没有还手之力了。俗话说,两军相争勇者胜。敖日古拉知道难以获胜了,只好虚晃一刀,打马落荒而逃。

铁木真正杀得兴起,哪容敖日古拉逃走,他双脚一磕骏马的肚腹,骏马就像得到军令,箭一般地向前窜去,紧紧地追赶着逃窜的敖日古拉。

也许是仇恨蒙蔽了铁木真的心智,父亲惨死的情景一直在他的眼前浮现,使他忘记了危险。他单骑追赶着落荒而逃的杀父仇人敖日古拉,一直追到了远离自己大营的一片芦苇丛中。敖日古拉还在策马逃窜,像一只丧家之犬,他紧紧地趴伏在马背上,害怕铁木真从背后搭弓射箭,他有意在芦苇丛中忽隐忽现,引诱铁木真一步一步进入泰赤乌人设下的伏击圈。

如果是在平时,大敌当前,铁木真绝不会脱离自己的队伍去追赶一个逃窜的败将。但今日,眼前的杀父仇人让他忘记了整个的战争,忘记了自己的部队还在誓死拒敌保卫营盘。敖日古拉正是利用了他报仇心切的心理,把他引向了死亡的边缘。

河边的芦苇丛越来越茂密,敖日古拉的身影也越来越模糊,影影绰绰,在芦苇中闪动。铁木真越来越心急,他使劲用双脚磕打着马腹,催促着战马加速前行,而高大茂密的芦苇阻挡着骏马的步伐,使它奔跑起来磕磕绊绊,芦苇的叶子刮在铁木真和军马的身上,发出哗啦哗啦的声响。

正当铁木真骑马在芦苇丛中奋力前行的时候,他的坐骑忽然一个趔趄,栽倒在地。原来骏马被泰赤乌人投下的绊马索绊倒了。埋伏在芦苇丛中的士兵一拥而上,围住了铁木真。铁木真镇静下来,手舞弯刀,与敌兵一阵厮杀。就在他筋疲力尽、无力抵抗的时候,他的金雕飞过来了,它扇动一双巨大的翅膀,直扑四周的敌兵。在金雕的帮助下,铁木真瞅准机会,钻进芦苇丛深处,躲藏起来。敌兵见他跑了,当然不死心,急忙丢下大雕,分头搜寻。铁木真藏在芦苇深处,观察地形,知道离此处不远就是一片山林,他弯下腰身,快速前行,朝山林奔去。

泰赤乌人见铁木真远逃,一面派人追击,一面簇拥着塔儿忽台来到乞颜部营地,帮助塔塔儿人攻打乞颜部阵营。他们对敖日古拉说:"铁木真一逃,这些人就是无首之龙,没有多大本事了。不如派一个能言善辩的人劝他们归降。"敖日古拉同意了,接着,塔儿忽台派人对着死守在大营里的铁木真部下喊话:"你们的首领铁木真已经逃跑了,很快就会被我们抓到,你们快快开门投降,归顺泰赤乌部,纳贡称臣,免受刀箭之苦,灭族之灾!"

铁木真的弟弟和毛浩来等人一听铁木真被逐,忙去禀告斡额仑夫人,请求斡额仑夫人做出决策,是降是战,就听夫人一句话。斡额仑夫人沉着冷静,思索片刻说:"铁木真异人天相,自有神灵保佑,不会有生命危险,我坚信他很快就会回来。我们坚决不能投降,做敌人的阶下囚有损我乞颜部的威严。留得草原在,自有马奶酒。现在我们骑上骏马,举起弯刀,听从毛浩来的指挥,杀出一条血路,到那神秘的兴安岭大森林深处,暂避敌人锋芒,总有一天我们会赶着自己的马群再回到这个地方的。"说完,嘱咐毛浩来带队突围。

毛浩来把队伍集合起来,让者勒篾动员一些勇猛的武士担当前锋杀敌开路,他率领大部分人马保护斡额仑夫人等妇女、儿童,冲出了敌人的包围,向着日出的东方边杀敌边退。

泰赤乌人见斡额仑夫人率领人马突围而去,就命令部队停止追击,鸣金收兵,前去劫掠铁木真部族里那些没来得及赶走的牛羊马匹、粮食财物,将整个营帐洗劫一空,满载劫获物资,陪同敖日古拉,班师撤回自己的领地。

这一次战斗,是铁木真缺乏理智导致了失败,是他为自己的年轻付出的代价,是他成长道路上的重要经历,是用血的代价换来的最宝贵的财富,是他成熟起来迈向辉煌的未来的开始。

# 第五节　逃亡山林

再说铁木真,他逃到了山上的森林里。林子里树木浓密,长满了雪松、落叶松以及各种高矮不一的树木,大部队无法在此展开行动,可以安全躲藏其间。铁木真坐在一棵大树下,略作休息,静下心来思索,不知道双方交战情况如何,母亲和部众是否安全。

此时,铁木真身上只有一把弯刀,弓箭丢了,骏马丢了,铠甲也零散了,只剩下几块碎片挂在身上。他抬头望望,繁密的林木遮盖了蓝天,这里除了树木就是树木,看不见出路也听不到外面的声音。他孤零零地坐在树下,考虑着下一步该怎么办。

天渐渐黑了,林中的黑夜来得更快,更恐怖,四周全是黑幽幽的树木,或高或低,或粗或细,密密严严,阴森可怖。铁木真累了,他傍着一棵大树沉沉睡去。饥饿、追捕、困苦、失败,一系列的灾难追随着这个小小少年,不知道明天等待他的又是什么。

天光微亮,铁木真不再停留,他摸索着准备走出森林,回归部落。他小心地拨开重重藤蔓,在树丛间穿梭前行。昨天,泰赤乌追兵一路尾随追击,他们也来到了森林外面,他们是离去了还是等在外面呢?铁木真不敢大意,接近森林边缘了,他爬上大树,向外面观望,恰巧几个泰赤乌兵卒正在林边来回走动,看来他们不肯轻易离开,打算围困山林,逼迫铁木真就范。

铁木真连忙退回林中,他又饥又渴,四下寻找,终于找到一处泉水。他跪下来畅饮一番,抬头寻找食物。刚刚进入夏季,林木大多盛开着花朵,哪里有可以食用的果子?他搜来寻去,好不容易寻觅了几个野果,赶紧添到腹中充饥。过不多时,他转到山林的另一处出口,他爬高远望,周围也是泰赤乌追兵!铁木真一连转遍四周,发现山林已经被包围。泰赤乌追兵扎下营帐,只等待铁木真饥渴难耐走出去时就把他抓获。

看来塔儿忽台铁了心,下了死令,一定要捉住铁木真。面对重重围兵,铁木真只好退回山林,另做打算。他知道目前最要紧的是解决食物问题,只要有东西吃,就可以与敌兵消耗时间,对抗到底。他不停地转来转去,搜寻可以食用的果子、野菜,甚至出没其间的禽兽。林间食物稀少,三天后,铁木真坚持不住了,他想,如此下去,耗尽了体力,恐怕连走出去的力气都没有了,不如趁现在突围,或许还能逃出去。他决心一下,手握弯刀,大步往外走去。小英雄艺高人胆大,想趁自己尚有气力,冒险突围。

铁木真大步向前,突然身后被人拉了一把,他惊奇地跳转身,圆睁双目察看身后动静,空荡荡的林子里一眼望不透的全是树木,哪里有人的影子?"谁?"他低身呵斥着,猜测到底是谁拉了自己一把。他谨慎地来回走动,防备敌人突然袭击。过了半晌,仍然毫无动静,铁木真松了一口气,他摸摸身后的衣服,发现背部被勾破一道,心里一下子明白了,肯定是树枝勾住了衣服,所以他觉得被人拉了一把。他一边摸着破的衣服,一边奇怪地思索,为什么树枝勾住衣服?难道是长生天提醒我,不让我此刻出去?长生天是仁慈的,他护佑我们一家,让我们摆脱了无数灾难,今天,他一定是保护我不让我陷入敌人手里。铁木真想到这里,不再贸然出击,而是继续躲在林中等待。

又过去三天,铁木真忍受不住了,饮用泉水、吞食野果的日子已经有六天了,生龙活虎的他变得虚弱无力、憔悴不堪,他再次决定冲出去,也许还有一线生机。

铁木真一手握着弯刀,一手拄着木棍,顺着山林北边往外走。快到树林出口了,突然一块巨大的白色岩石从天而降,轰然一声砸在他的眼前。这块石头有帐篷一般大小,不偏不倚地落到铁木真前面,阻挡他继续前行。他望着大石,心里明白,这是长生天再次提醒自己,外面有强大的敌人,不能出去冒险。铁木真摸着巨石,沉思片刻,又按原路退回去了,他不能违背长生天的意愿。

又过去了三天三夜,铁木真已经躲在林中整整九天了!九天来,除了饮水就是采食几个野果,随着身体一天天虚弱,他已经连野果都寻觅不到了。可怜的小英雄横下心来,即便出去死在敌人刀下,也不能躲在这里活活饿死。决心已下,铁木真艰难地走到大石旁,他用最后的力气,砍断大石上的藤条和树枝,开出一条通道,慢慢走出山林。

林子外,泰赤乌兵丁守候多日,终于等到铁木真主动出来了,呼哨一声围上来,不费力气就捉住了毫无抵抗能力的铁木真。

铁木真虽然被囚,受尽凌辱,却毫不屈服,他机智地逃脱牢笼,逃到楚鲁家中,藏身羊毛堆,躲过了敌人一次又一次的追查。炎炎夏日,酷暑难耐,躲藏在羊毛堆里的铁木真忍受怎样的折磨?他的勇敢,他的智慧,为他赢得了一位朋友,一位勇士,他是谁呢?

第九章　成功脱险

# 第一节　被掳为囚

铁木真被捉住了，塔儿忽台和敖日古拉得意地哈哈狂笑，命令兵丁把铁木真押上营帐。敖日古拉见到虚弱不堪的铁木真，走到他面前冷冷说道："你杀我全家，我要你血债血还！"铁木真勉强抬起头颅，怒睁英锐的双目瞪视杀父仇人，用尽气力说："卑鄙小人，用计毒害我的父亲，算什么好汉？你家人替你而死，你才是真正的凶手！"

敖日古拉气得脸色铁青，狠狠啐了一口，眼露凶光，他从鼻子里哼着说："死期就在眼前，还敢嘴硬？我让你死无全尸，到了黄泉，你那死鬼父亲也不认识你！"说着，转身走到塔儿忽台面前，怒气冲冲地说："铁木真这杀人恶魔，请你快快将他处死！"

塔儿忽台何尝不想杀害铁木真，只是他的部众臣属很多是乞颜部人，他能这么明目张胆地处置铁木真吗？他略一沉吟的时候，帐内大臣中走出一个人来，此人四十岁左右，身材适中，一缕长髯飘洒胸前，看上去，脸色白皙，文质彬彬，一副深沉儒雅的气概，他上前施礼说："可汗，我有话要说。"塔儿忽台睐着眼睛看看说话的人，见是速勒都孙部的陶尔根希拉。

塔儿忽台不耐烦地说："有话赶紧说！"

陶尔根希拉的部落被迫归顺塔儿忽台，他眼见塔儿忽台沉

**成吉思汗骑马画像**

迷酒色,贪婪嗜杀,只求自身安宁富贵,无心振兴蒙古大业,心里早就怀有不满。几年来,在屡次与铁木真的斗争中,他看到少年铁木真神勇明智,越斗越勇,名声大振,暗地里预测铁木真一定会大有作为,成为未来草原的主宰。今天,他见到铁木真后,见他历经多日饥饿困乏,仍然目中有火,脸上有光,显露神灵之色,不免更加坚定这种想法。他知道敖日古拉与铁木真有血海深仇,他一定会怂恿塔儿忽台杀害铁木真以绝后患。他当然不愿意看到一代英雄死在无谓的屠刀下,这才急忙出面阻止。

陶尔根希拉说:"可汗,铁木真虽然该杀,可是他的家人逃亡在外,尤其是他的几个弟弟,我听说他们武艺高强,勇猛无敌,如今杀了铁木真容易,如果他的弟弟们和他一样苦苦寻仇不是很麻烦吗?"他一边说着,一边回头意味深长地看看敖日古拉,似乎在提醒他，一个铁木真已经杀了你一家，他的几个弟弟联合起来你还有好日子过吗？敖日古拉也是个聪明人，他看到陶尔根希拉的眼神，不由得打了个冷战，眼前浮现全家惨死的场景，心里一阵阵发寒。

塔儿忽台听了陶尔根希拉的话，觉得也有道理，他想，就这样杀死铁木真，必然引起部族仇恨，乞颜部人会放过我吗？他瞅瞅敖日古拉，见他面露犹豫，也不再表态。一时间，泰赤乌部大营里一片沉默。

过了一会儿，原先乞颜部的臣属也走上前，他们说："铁木真桀骜不驯，不服管教，罪不致死，如果劝说他投降，拥立可汗，不是更好吗？"

陶尔根希拉静观帐内局势，猜测众人心态，知道他们为自己的话所动，听见有人上前呼应，请求不杀铁木真，心中高兴，再次说道："可汗，为今之计，不如暂时关押铁木真，作为人质，诱捕他的家人，等到将他全家抓获，劝降还是处死，再做决定不迟。"

塔儿忽台正左右为难，不知道如何处置铁木真，杀他吧，怕部族众人不服；不杀他吧，害怕得罪敖日古拉，自己也不甘心。听见陶尔根希拉这个计策，可谓两全其美，不免满意地点点头，问敖日古拉："依您之见，这样可好？"

敖日古拉此次前来，只带了本部兵丁，本来打算利用泰赤乌部和乞颜部的矛盾，让他们自相残杀，坐收渔利，没有想到把自己全家性命都赔上了。他想，我远离国土，人少势微，泰赤乌部和乞颜部毕竟是同一个祖先的人，要是他们不听我的，我能有什么办法？他也害怕惹怒蒙古人，遭到和家人一样身死异地的下场。如今，仇人铁木真就在眼前，却杀不得，他恨得咬牙切齿，无奈地说："也好，抓住他的家人，一并处死！"

塔儿忽台传下令去，给铁木真套上沉重的枷锁，派人严格看押。为了让各部都知道铁木真被掳为囚，也为了显示自己的强大，同时为了侮辱铁木真，他还命令铁木真轮流到各个家族去，到各个蒙古包内做奴为囚，遭受各个部众的奚落。

铁木真开始了囚徒生活，他被迫戴着木枷、脚镣，每天到不同的帐篷内，接受看管，遭人嘲讽，有时会遭到打骂，真是度日如年。这天，铁木真轮流到了一家营帐，他被兵丁押进来，交给了主人。主人是塔儿忽台的近臣，阿谀奉承，谄佞媚主，很讨塔儿忽台喜欢，他一脸不屑地看看铁木真，而后故意长吁短叹："你可真是有福的人，不用干活就能吃遍天下啊。你看你，这家住了那家吃，几世修来的福气呀！"说完，轻蔑地笑笑，转身离去。

铁木真怒视此人，知道他心怀恶意，并不搭话。该吃饭了，主人端着一碗马奶酒来到铁木真面前，递到他嘴边说："我听说勇士离不开美酒，你这么勇敢一定也喜欢喝酒，来，喝了这碗酒吧！"铁木真强忍怒火，仍然没有搭话。主人冷笑着说："不喝？好啊，真是敬酒不吃吃罚酒，不喝就别想吃饭！"说完，转回去和家人坐在帐包内大吃大喝，整整一天也不给铁木真东西吃。夜里，铁木真又饿又累，他蹲下来靠着帐包休息。突然，主人又来到眼前，他对着铁木真一阵冷嘲热讽，然后，喊过仆人把铁木真推出帐包，让他在帐外草地上过夜。多亏时值六月，夜风温暖地吹来，铁木真眼前一黑，昏迷过去。

第二天，铁木真好不容易睁开眼睛，昏睡一夜的他终于醒过来了，他发现自己躺在一个帐包内，周围还有几个人。他挣扎着想坐起来，一个年长的人急忙伸手阻止他说："不要动，你昏睡了整整一夜,今天早上,他们把你送过来时,你还昏迷不醒呢!"铁木真轻轻点点头,他明白了,今天轮到这家看管自己了。不知道今天会度过一个什么日子?

身边还有两个少年,他们见铁木真醒来,高兴地捧过马奶酒说:"先喝碗酒吧!"说着,一人扶起铁木真,一人把酒送到他的嘴边。铁木真伸手接碗,他惊喜地发现,自己手上的木枷不见了,他看看腿脚,脚镣也不见了。他感激地看看周围的人,眼中充满泪水。年长的人说:"喝吧,喝吧,喝碗酒就有力气了。"

铁木真端过酒碗,一饮而尽,而后激动地说:"多谢你们相救。"

两个少年一边收拾酒碗,一边说:"你的英雄事迹到处传扬,我们都很敬佩你,当然要救你了。还有……"他们还想说什么,年长的人连忙用话岔开了,他说:"你们小孩子知道什么? 别打扰贵人休息了,快出去干活!"

铁木真看着这家人对自己宽厚,心里逐渐踏实了,他仔细辨认眼前的人,觉得他非常面熟,他模模糊糊想起,这个人就是自己被捕时,出面为自己求情的人! 他记得不错,这里正是陶尔根希拉的家,他再次救了铁木真。当日,铁木真被捕时,身体虚弱,神志模糊,没有记清献计救自己的人,今天,他见到陶尔根希拉,联想前后情景,心里明白了,这人是自己的救命恩人! 他在这里好好修养了一日,恢复了不少精力。夜里,两个少年又端来精美的肉食和马奶酒,让铁木真饱餐一顿。铁木真坐在帐内吃饭,听到帐外不停地传来捣奶的声音,心想,这家人真是能干,他们肯定是调制奶食的好手。他猜得不错,陶尔根希拉一家确实是调制奶食的能人,他们家人从早到晚,不停地劳作,所以捣奶声一直响到下半夜。

　　铁木真吃饱饭,精神倍增,他走出帐包,来到陶尔根希拉家人捣奶的地方。两个少年正在捣奶,他们见铁木真走来,赶紧起身相迎。三个少年坐在草地上,一边谈话一边干活。铁木真这才知道,两个少年正是陶尔根希拉的儿子,他们一个叫楚鲁,一个叫沉白。三人谈到天光放亮,楚鲁和沉白才给铁木真戴上木枷,兵丁来了,他们带走了铁木真,把他送往另一家营帐。

# 第二节 智勇双全脱牢笼

铁木真身为囚徒在泰赤乌部生活了十几天，每一日都是那么漫长、难熬。每当夜深人静时，他难以入睡，焦急地思索着如何能够逃出去。戒备森严，守卫甚紧，要想出去，谈何容易！

尽管希望渺茫，铁木真却一刻也没有放弃，他悄悄观察，静静地寻找着时机。皇天不负苦心人，机会来了。

塔塔儿首领听说敖日古拉与泰赤乌部联合击败了乞颜部，掠取了许多牛、羊、财产，非常满意，颁下诏令，赏赐敖日古拉，命他三天之内携带掠获的财物回归本国。

敖日古拉要走了，塔儿忽台为了表达诚意，决定整个部落上下举行欢宴，庆祝与塔塔儿人的"友谊"，也祝贺顺利抓获了铁木真。

欢宴当日，塔儿忽台屡屡给敖日古拉敬献美酒，希望他回去后多多美言，劝说塔塔儿首领不要再与蒙古为敌。敖日古拉满口应允，说："我回去后，不日就会回来，与你一起捉拿铁木真的家人，为我全家报仇。"

你来我往，推杯换盏，美酒佳肴，不胜快哉，很快，泰赤乌营地官兵醉倒一片，一个个衣带歪斜，醉意蒙眬，有的酣然入睡，有的胡言乱语，有的扯着嗓子高歌，有的呆立一边仿佛失去了知觉。

　　铁木真被捆绑在营外草地上,今天,塔儿忽台为了让他目睹与敖日古拉的"友谊",让他看看金国皇帝对他们的肯定,所以特别下令把铁木真留下来,不叫他到别人家的营帐里。铁木真眼看众人忙碌不停,举杯欢宴,觉得腹中饥饿,又困又乏,天色渐晚,吃喝完毕的泰赤乌兵丁却不给铁木真送来饭食,他叫喊了几次,无人理他,任由他饿着肚子看他人饱食狂饮。饥饿的铁木真万分恼怒,他试图挣脱木枷,可是枷锁极其结实,根本无法挣开。

　　夜幕降临,负责看守铁木真的两个士兵也喝醉了,他们说着粗话,呵斥着沦为阶下囚的铁木真。他们走到铁木真面前,抬脚踢打了他几下,口里骂着难听的话语。铁木真怒不可遏,瞪视着两个看守,一言不发。两个看守羞辱了铁木真一番,歪歪斜斜地相互搀扶着坐在地上。

　　铁木真见他们醉沉沉的,心想,他们醉了,此刻正是我逃跑的机会。他仔细听听四周的动静,发觉连日的宴饮让泰赤乌人放松了警戒,周围静悄悄的,可能多数人都回帐篷睡觉了。铁木真心里一阵激动,天赐良机助我逃脱啊! 他耐心地等待了一会儿,两个看守醉眼蒙眬,眼看就要睡着了。铁木真举起木枷,对着一个看守的头顶猛砸下去,只听砰的一声,看守没来得及发出喊声,倒在地上死去了。另一个看守吓呆了,抬起头茫然地注视着铁木真。铁木真趁此时机,迅速地再次举起木枷,对着这个看守砸下去。看守略一躲闪,木枷擦过他的头颅。铁木真猛一回身,木枷顺势砸在他的头上。铁木真憋足了力气砸下去,这一砸,势大力沉,看守哪里承受得住? 他摇晃几下,也倒下去不动了。

　　铁木真勇敢地除掉了两个看守之后,急忙挣断脚镣,匆忙逃向深深的夜色之中。此夜正是六月十五日,月华如练,树影婆娑,莽莽草原,亮如白昼。这里是泰赤乌人的驻地,方圆几百里都是他们的部众,铁木真一边匆忙逃跑,一边考虑着逃向哪里。

　　再说看守场所,过了多时,换班的士兵进来了,看见地上有两具看守的尸体,而铁木真已经不知去向。他们惊慌地报告首领,说铁木真逃跑了。

　　塔儿忽台一听此言,大为震惊,下令火速追踪铁木真,一定要把他抓回来。

　　泰赤乌人和敖日古拉出动了许多士兵,四处搜索铁木真。

　　铁木真跑着跑着,来到了一处湖水边。这时,身后的追踪声越来越近,他来不及细想,一头埋进长满水草的湖水里。湖中茂密的水草遮挡了铁木真的身体,来回搜寻的士兵没有发现他。铁木真见士兵们远去,悄悄地露出头颅,观察周围的情况。少年铁木真不但勇敢地砸倒了看守逃了出来,还知道利用天然环境保护自己,足见他智勇双全,智谋过人。他仰面躺在水中,慢慢漂浮着,不敢有丝毫动静。

　　恰在此时,陶尔根希拉骑马走了过来。当日,正是他出言劝阻塔儿忽台,救了铁木真一命,前几天,铁木真轮到他家看守时,他与家人再次救了铁木真,并且精心照顾他。原来,几日来,他一直思虑着如何营救铁木真,今夜酒宴散后,他骑马慢腾腾地走着,仍在思考营救铁木真的问题。

　　陶尔根希拉也是个有心人,他在水边走着,借着月光看到水中漂浮着一个身影,急忙下马走到湖边仔细观看,这才注意到水中的铁木真,看他身上还戴着挣断的木枷、脚镣!他叹口气说:

"水不留痕,天不留迹! 你这般躺着很对。正因你有这样的智谋,且又目光炯炯,灵光满面,所以,泰赤乌人才如此妒害你呀! 等追兵回去了,你赶紧去找母亲和弟弟们。我决不向他们告密。"说完,把铁木真救上岸来,自己打马走了过去。

在这种情况下,如果是一个一般少年,恐怕就会按照陶尔根希拉的劝告,立即逃走去寻找母亲、家人,不会有进一步的打算。但铁木真非寻常少年,他此时想的是,我身处险境,天黑路生,泰赤乌人守备森严,哪能轻易逃出去? 这个人多次救我,值得信赖,不如跟随此人,暂避一时,才是安全的办法,以后再慢慢想办法彻底逃脱。想到此,智勇双全的铁木真悄悄尾随陶尔根希拉,顺着他离去的方向快速奔去。

铁木真一路找寻,突然一阵熟悉的声音传进耳中,那是搅奶器正在搅动的声音。他辨认出,前方就是陶尔根希拉家,因为他知道他们家每日通宵达旦地调制奶食。铁木真循着声音来到前方的帐包,一闪身飞快地溜了进去……

陶尔根希拉刚刚回家不久,他拴好马匹,脱下长袍,正准备去捣奶处看看,猛然见到铁木真闯进帐篷,不由得大惊失色,慌乱地拉住铁木真问道:"我叫你快快离开,你怎么跑到我家里来了?"

## 第三节　楚鲁救主

铁木真果然逃到了陶尔根希拉家,十分高兴,他见陶尔根希拉惊惶失措,施礼请求道:"外面泰赤乌人设下重重关卡,我这样恐怕难以逃出去,希望您能收留我,允许我在此暂避一时。"

陶尔根希拉面露难色,生气地说:"不是我不收留你,我在此地人单势孤,地位微贱,哪有能力保护你? 如果被人发现你藏在我家,我一家老小就没命了,塔儿忽台不会放过我的。"陶尔根希拉说得没错,塔儿忽台把铁木真视为眼中钉、肉中刺,一心想置他于死地,几经波折终于抓住了他,他却逃走了,而且被自己的属下藏匿起来,塔儿忽台能不动雷霆之怒、发豺狼之威吗? 他一定不会轻饶陶尔根希拉窝藏之罪的。

铁木真咬咬嘴唇,手指天上的明月说:"长生天护佑,恶人一定不会得逞,请您无论如何再次帮助我! 父仇未报,部族未兴,我不能这样糊里糊涂死去。"他情深意切,主意坚定,不肯离去。陶尔根希拉心生担忧,害怕受到牵连,脸色变得阴沉冰冷,语气冷淡地说:"你快走吧! 要不然追兵赶来,再走就来不及了。"说着,转身就要离开。

铁木真哪肯放过一线生机,他急忙拦住陶尔根希拉,两人低声争执起来。

　　二人一个执意要留，一个决心不留，一时僵持不下。此时，他们的举动引起两个人的注意，他们就是陶尔根希拉的两个儿子沉白和楚鲁。两人正坐在月下捣奶，听到父亲回来了，还和一个人低声私语，奇怪地走了过来。他们借着皎洁的月光，看清父亲正和铁木真推推搡搡，吃惊不已，走上前低声问道："父亲，你们在干什么呢？"

　　铁木真看到沉白和楚鲁，摇晃手上的木枷说道："我打死守卫逃了出来，外面追兵很多，我出去了必定死路一条。希望你们能够收留我。"

　　楚鲁听闻，瞪着一双大眼睛佩服地说："你果然名不虚传，英勇过人，居然打死守卫逃出来了。好，你就在我家躲避吧！等到追兵退去，再走不迟。"

　　陶尔根希拉听见儿子这么爽快地答应铁木真的请求，生气地把他们拉到一边，低声呵斥说："你们懂什么？如果塔儿忽台知道我们窝藏了铁木真，还不要了我们全家性命？我们还是劝他赶紧离开，大家都得安宁。"

　　楚鲁望着父亲，表示反对，他说："我们猎人都知道，雏鸟受到追捕就会躲进树林，不管什么时候，树林总是无私地包庇雏鸟，让它免受杀戮。如今铁木真逃到了我们家，我们为什么不收留他呢？难道任由他独自面对凶恶的追兵，面临杀身之难？"

　　沉白也附和哥哥的话，请求父亲说："我们不能见死不救，铁木真是少年英雄，并没有犯下死罪，为什么非要让他死呢？"

　　听到两个儿子的言论，陶尔根希拉叹气沉思，他一直想营救铁木真，今天见他逃出来了，也很高兴，所以劝他赶快去找母亲、家人，可是他可没有想到要收留铁木真，这毕竟是拿全家性命做抵押的事情啊！

　　楚鲁见父亲犹豫，不再说话，他看到铁木真身上还残留着挣断的木枷、脚镣，转身拿过一把大斧，来到铁木真面前说："我帮你卸下这些沉重的负担。"说完，用斧子砸下铁木真身上的木枷、脚镣，把木枷扔到火堆里，把脚镣交给沉白，吩咐说："扔到远处的河里。"

在辽阔的蒙古草原上，寒风呼啸，大地点缀着许多白色的帐篷。它们就是蒙古包，即蒙古人所称的"格尔斯"。蒙古汗国时代可汗及诸王的帐幕最大可容 2000 多人，分固定式和游动式两种

　　铁木真卸去了枷锁，备感轻松，他感激地对楚鲁说："多谢勇士仗义相救。"陶尔根希拉见儿子如此做，也只好不再驱赶铁木真，而是和他们一起商量计策，如何帮助铁木真安全地逃出泰赤乌营地。

陶尔根希拉见多识广,思虑甚密,他把几个孩子召集到帐内,一再叮嘱说:"此事关系非常大,千万不要走漏了风声,最要紧的是为铁木真找个藏身的地方。"

蒙古习俗,帐包安扎在平坦的草地上,一家老小生活在一起,四周全是平缓起伏的草地,到哪里寻找地方藏身呢?

楚鲁焦急地走来走去,他知道陈设简单的帐包内藏不下铁木真,一望无际的草地上也藏不下铁木真,畜棚马群中更藏不下铁木真,那么到底该把铁木真藏在哪里才能躲过追兵的搜捕呢?

## 第四节　藏身羊毛堆

　　铁木真和楚鲁家人思索多时，想不出可以藏身的好场所。陶尔根希拉说："天色已晚，估计今夜追兵不会搜到家里来，你们先给铁木真准备饭食，吃饱了去休息吧！养足了气力好与敌人斗争。"

　　楚鲁点点头走出去，他端进来鲜嫩的牛肉和可口的马奶酒，放到了铁木真眼前。铁木真狼吞虎咽，很快吃完了肉，喝足了酒，精神顿时好了许多，便随同楚鲁、沉白一起去休息了。多日来，他一直饱受凌辱，今天终于挣脱了锁链，这是多么大的成功。铁木真接受了陶尔根希拉的建议，卧倒而眠，他想，明天见机行事，一定要顺利逃出去。

　　陶尔根希拉的担忧不无道理，铁木真的逃走震怒了塔儿忽台和敖日古拉。这两个狼狈为奸的家伙派兵追踪了整整一夜，却没有铁木真的下落，他们恼羞成怒。敖日古拉说："方圆几百里都是泰赤乌营地，这里是可汗您的地盘，铁木真一个毛孩子，他就是插上翅膀也不会这么快就逃出去了。可汗，一定是您的属下图谋不轨，窝藏了铁木真，您要下令仔细搜索！"

　　"肥可汗"塔儿忽台摇晃着肥胖的身躯，一张油光光的脸气得一会儿紫一会儿青，他听了敖日古拉的话后，脸色稍微平缓下来，点头说：“有道理，这些胆大包天的家伙竟然敢窝藏铁木真，真是不要命了！传我的命令，挨家挨户搜索，不搜出铁木真誓不甘休！”

泰赤乌营地一片慌乱，兵丁如临大敌一般背弓箭、持弯刀、跨战马，一排排刀枪明亮，一队队气势汹汹，一列列马嘶人喊，分赴各营各帐，搜寻铁木真，捉拿窝藏犯。敖日古拉亲自带领一队人马，像恶鹰扑食，似豺狗觅路，在泰赤乌营地掀起一阵恶风恶浪，他欲除铁木真，哪里顾得了其他人的生活。所到之处掀翻帐包，打烂畜棚，损毁车辆，就连一坛坛美酒也不放过，诈称检查有无罪犯，而开坛狂饮，害得一帮牧民有苦难言，有怨无处诉，眼睁睁地看着家园遭受摧残，却不敢言语。

陶尔根希拉眼见搜索如此疯狂，心里一阵阵紧张，他与铁木真等人商量说：“搜了两天，眼看就要到这里来了，你们看藏到哪里合适呢？”两天来，楚鲁一直在外面打探消息，他听说了敖日古拉的种种恶行，气得咬牙切齿，骂道：“敖日古拉活得不耐烦了，如果他敢来，我一刀砍断他的两条腿。”陶尔根希拉制止儿子说：“现在不是拼武力的时候，我们得想办法蒙混过关，不要让他们发现铁木真。”众人正在紧张地讨论，一个少女走了进来，她十三四岁的模样，身材高挑，面如白玉，一双水灵灵的大眼睛闪着聪慧与善良，她是陶尔根希拉的小女儿，名字叫合答安。她走到大家面前，一边倾听他们议论，一边不停地抖落着手中的羊毛。

楚鲁烦躁地抓着头皮，看着妹妹干活，没好气地说：“大热天，不出去整理羊毛，跑到这里干什么？”

合安答斜了楚鲁一眼，噘着嘴说：“我都整理了一大车了，来帮你们出出主意不好吗？”

　　"你能有什么主意？塔儿忽台撒下了天罗地网,你说藏到哪里他们找不到？"

　　合安答人小鬼大,并不惧怕大家的质问,她歪着头想了想,突然眼珠一转,高兴地说："有地方了,让铁木真大哥藏到羊毛堆里吧!"

　　"羊毛堆？"大家你看我我看你,而后不约而同地点头,"对,就藏在帐后的一堆羊毛里。"

　　主意已经决定,陶尔根希拉带着儿子和铁木真来到帐后。这里堆着一大车的羊毛,合安答刚刚将它们整理完毕。新剪下来的羊毛散发着浓重的气息,在六月的酷热天气里,像是一块待蒸发的白云,又像是一盆发酵已久的面团。楚鲁望着羊毛堆,不安地说："藏在里面会不会太热了？"

　　一直没怎么说话的铁木真忙说："热点没什么,只要能躲过敌人的搜捕,怎么做都值得。"

　　陶尔根希拉满意地看着铁木真,夸赞地说："你能承受住痛苦,就一定能迎来幸福。孩子,就委屈你藏在羊毛堆里吧! 相信长生天会帮助你脱离灾险,免受杀戮。"

　　就这样,铁木真藏到了羊毛堆里。

# 第五节　再收楚鲁

　　楚鲁一面暗地打听搜兵的进展情况,一面随时随地通告铁木真,让他做好准备,以免藏在羊毛里时间过久,闷热难耐。

　　藏身工作完成不久,敖日古拉带着兵丁横冲直撞地涌了进来。他打量着正在低头捣奶的楚鲁兄妹,厉声喝道:"见到铁木真,一定要把他交出来,不然的话你们就没命了。"楚鲁兄妹只管埋头干活,并不理他。陶尔根希拉迎出帐篷,他满脸堆笑地说:"将军登临贱门,有失远迎啊! 快快请进,进来喝碗酒。"说着,他做了请进的动作,请敖日古拉进帐叙话。

　　敖日古拉斜眼瞅瞅陶尔根希拉,心想,当日正是他出面请求,塔儿忽台才没有杀死铁木真,如今他跑了,会不会和眼前这个貌似文弱的人有关呢? 他冷笑几声,阴阴地说:"铁木真逃走了,我有时间喝酒吗? 听说你足智多谋,料事如神,你说,铁木真会藏在哪里呢?"陶尔根希拉并不惊慌,他微微一笑:"铁木真一个小孩子,他能藏到哪里呢? 当初他藏在山里九天九夜都被捉住了,我想,这次他一定也会很快就自投罗网。"听了这番言语,敖日古拉怒容渐消,四处瞅瞅,命令身后的兵丁说:"仔细搜索,不要漏过任一处可疑的地方。"他转身随同陶尔根希拉走进帐包。

　　兵丁们翻箱倒柜,赶马撵羊,弄得陶尔根希拉家里一团糟糕。楚鲁兄妹愤怒地盯着搜兵,一言不发。突然,一个兵卒来到他们面前,呵斥说:"起来,起来,搜一下,搜一下。"楚鲁没好气地说:"有什么好搜的? 奶食里能藏进人吗?"兵卒歪着头瞅了楚鲁一眼,不屑地说:"有没有藏人? 当然得搜搜才能知道。"说着,用长矛去挑已经调制好的黄油,咣啷一声,黄油撒了一地。楚鲁上前一把揪住兵卒,大声说道:"辛辛苦苦做好的奶食被你撒了,你赔!"两个人挥拳动腿,扭做一团。楚鲁身材高大,武艺高超,使一对板斧霍霍生风,万人莫敌,他一只手就能舞动百十斤的大刀,所向披靡。今天,他跟兵卒扭打成一团,没几下,就把兵卒压倒在地。他举起拳头,像雨点一样打在兵卒身上。兵卒哇哇狂叫,无人敢上前阻拦。

　　帐内的敖日古拉和陶尔根希拉听到外面吵闹,赶紧走了出来。陶尔根希拉制止楚鲁说:"快放手,怎么这么无礼!"楚鲁不服地说:"是他先弄坏了我们的东西。"陶尔根希拉故意上前边举手打楚鲁边大声说:"还敢顶嘴,打死你!"父子俩一前一后在帐外追打着。

　　敖日古拉看到一摊黄油,再看看站立一边的沉白和合安答,明白了怎么回事,假笑着劝阻陶尔根希拉:"别跟小孩子一般见识,既然搜查了,我们也该走了。"陶尔根希拉停住脚步,气喘吁吁地说道:"将军见笑了,这个孩子就是欠管教。"敖日古拉不再搭话,带着兵丁往外走去。

　　他们在前面走,陶尔根希拉跟在后面相送,走着走着,敖日古拉突然站住了,他注意到了不远处的一堆羊毛。羊毛堆高高耸立,像座巍峨的小山,看来这家非常富有啊! 他略一迟疑,转身朝羊毛堆走去。陶尔根希拉心里扑通狂跳几下,他不自觉地用手抚着胸部,尽量让自己平静下来。

敖日古拉就要走进羊毛堆了,如果他翻动羊毛,那么藏在里面的铁木真就会暴露无遗,再次被擒。千钧一发之际,陶尔根希拉突然呵呵笑起来:"将军怀疑羊毛堆里藏人了? 这么热的天,羊毛里怎么能藏人? 再说,就是真的有人藏在里面,将军来了这么久,恐怕也憋闷死了。"他说得不紧不慢,不慌不张,似乎在与敖日古拉讨论问题。敖日古拉放慢脚步,回头疑惑地看看众人,而后示意身边的兵卒前去搜查羊毛堆。

兵卒一步步靠近羊毛堆,陶尔根希拉的心提到了嗓子眼上,他真不知道该如何是好了,只好眼睁睁地看着兵卒走进羊毛堆。眼看兵卒的手就要触及羊毛了,猛然间,一声大喝,楚鲁从后面冲上来,他手持一对明晃晃的板斧,拦住兵卒说:"你是什么人? 闯到泰赤乌人的家园里无故搜查,破坏财物,折腾这么久了还不够吗? 我看你是狗仗人势,活得不耐烦了!"说着,挥舞大斧直取兵卒。兵卒吓得躲闪一边,不敢应招。刚才他们都看见楚鲁神勇威猛,不费吹灰之力击倒了与他搏斗的兵卒,早就畏惧三分,现在看他手舞大斧,更加胆怯,无人敢上前与他对抗。

敖日古拉见此,知道楚鲁在骂自己呢! 心里虽然不快,也不敢放肆逞能了,心想,这里毕竟是泰赤乌营地,如果弄得太不像样,塔儿忽台那里也不好交代。想到此,他朝陶尔根希拉说道:"我也是奉命做事,既然没有逃犯,我们这就走了。"招呼兵丁们灰溜溜地离去了。

搜兵远去,楚鲁急忙拨开羊毛堆,救出藏在里面的铁木真。酷暑时节,铁木真躲在羊毛堆里多时,浑身湿透了,汗水直流,气

成吉思汗与其二弟哈撒儿、四骏（孛斡儿出、木华黎、孛罗忽勒、赤老温）、四獒（忽必来、者勒篾、者别（哲别）、速别额台）的骑马出征像，他们目光坚定、神情坚毅，为完成丰功伟业而团结奋斗。整个雕塑以一种动人心魄的美震撼着人的心灵

息急迫，虚弱无力。楚鲁赶紧把铁木真搀扶到帐内，帮他换下衣服，为他准备吃喝饭食。

　　铁木真终于逃过了搜捕，他休息一会儿，渐渐恢复了体力。陶尔根希拉招呼儿子和铁木真聚拢一起，说道："搜兵虽然走了，我担心敖日古拉已经产生怀疑，他不会对我们善罢甘休的。你们赶紧准备一下，趁他们刚刚离去，赶紧走吧！"

　　接着，他命令侍从们备足干粮，烤了一只羔羊，装了两壶马奶酒，作为铁木真路上的口粮。楚鲁取来弓箭，牵来马匹，走到铁木真面前说："我今天终于遇到了明主，我不能在家里日夜捣奶了，我要与你一起走，一起去建功立业。"家人一听，吃惊不已，劝阻说："铁木真正在逃命，路途危险，你不能跟随前往。"楚鲁说："正是路途险阻，我才要跟随保护他，我执意要走，你们不要留我了。"

　　楚鲁心意已决，众人不再相劝，他们把两个少年送出帐包。铁木真跪倒在地，眼含热泪说道："感谢你们舍命相救，大恩大德,永不相忘。"磕头完毕,起身和楚鲁一起飞身上马,扬尘而去。

　　铁木真日夜兼程回到驻地,哪曾想见到的却是一片废墟惨境,人畜皆无。他茫然四顾,不知道亲人去了何方?他听说家里仅有的八匹马被盗时,不顾天黑路远,奋力追赶。路上,他结识了另一位朋友布古尔吉,后来布古尔吉成为铁木真征战四方的大将,被命为众人之长。这对少年英雄能不能夺回马匹,惩治盗贼呢?

第十章　勇夺失马

## 第一节　寻找亲人

铁木真与楚鲁两人马不停蹄、星夜兼程赶回乞颜部驻地巴拉古浩热。为防敌军追击，他们不敢走大道，专挑僻静之处、荒草之地前行。一路上，他们饿了，吃携带的干粮酒肉；渴了，饮路边泉水，一刻不敢耽误。铁木真归心似箭，渴望早日见到母亲、家人，早点得知他们是否安然无恙。

这天，两人奔跑多时也没有遇到一处泉水，秋阳如火，烧烤着茫茫草原，炙烤着两个逃奔的少年。携带的干粮酒肉已经吃完了，楚鲁又饥又渴，不免露出焦躁情绪，铁木真也是口渴难耐，但他一点也不灰心，看看紧跟身后的楚鲁，鼓励他说："前方就是巴拉古浩热，到了驻地，就有水喝了。"楚鲁受到鼓舞，打起精神，催马追赶。

两位少年打马飞行，渴望见到亲人，渴望寻找到充饥之物。可是，上天偏要磨炼他们的意志，要想成为英雄就要忍受常人无法忍受的苦难。两人赶到巴拉古浩热时，发现幹额仑夫人已经带领众人离开了这里。铁木真看到昔日与弟弟们抗敌的营寨还在，他们走进去，里面却空空如也，什么也没有了。铁木真徘徊多时，带着楚鲁到泉水边饮水歇息，然后两人略一商量，铁木真说："肯定是母亲和毛浩来带着大家离开逃难了。人畜前行，必定会在草地上留下痕迹,我们顺着人畜的痕迹追赶,一定能追上他们。"楚鲁赞同铁木真的意见,他替铁木真饮马,又偷偷地把营地内一把剩余的野果子装起来。

铁木真和楚鲁又上路了,他们强忍着饥饿,一边搜寻人畜痕迹,一边慢慢前行。他们发现人畜顺着斡难河离去了,所以也顺河而下,寻找亲人。中午时分,天气依然炎热,铁木真累得倒在河边滩地上,多日来战争苦难,被掳为囚受辱,铁木真哪里有过片刻安稳?他望着蓝天思忖着亲人的去向。楚鲁走过来,拿出偷藏的一把野果,递到铁木真面前,让他充饥。铁木真翻身坐起来,看着真诚的楚鲁,眼里泪水闪烁。

铁木真手捧野果,站立起身,站在河边坚定地说:"我一定要找到亲人,积聚力量,振兴部族势力。"

苦难和艰辛,一次次降临到少年铁木真的头上,但他没有灰心,没有气馁,相反,在磨难中他锻炼了意志,增长了勇气和决心。

就在这时,远处走过来一个人,他拄着铁棒,走路一瘸一拐,头发蓬松散乱,面目难辨,好像身患重病。楚鲁立刻操起大斧,护卫在铁木真身边,低声说道:"你快躲起来,我对付那个人。"他担心有追兵前来加害铁木真。来人越走越近,铁木真仔细端详,发现来人的身影如此熟悉,难道……

来人也发现了铁木真二人,他停留片刻,观望四周,而后抓起铁棒,飞快地向铁木真跑来。楚鲁手疾眼快,策马迎上去挡住来人,厉声说:"你想干什么?"来人并不答话,依然往铁木真身边靠近。楚鲁高举大斧,劈头盖脸地朝来人砍去。来人也不示弱,挥舞手中的铁棒招架斧子。两个人你来我往,斧砍棒砸交战一团。铁木真坐在马上,观看两人打斗,心中越发疑惑,他看到来人的棒法如此熟悉,身形动作也不陌生,这个人到底是谁? 他快速地思索着,焦急地观察着,这时,楚鲁虚晃一招,侧身躲过来人当头一棒,掉转马头朝来人背后砍去。来人并不躲闪,而是磕马镫飞速地朝铁木真跑去,只听他边跑边喊:"国主,你快快随我来。"铁木真眼前一亮,他猜对了,来人正是毛浩来。

毛浩来足智多谋,他陪同斡额仑夫人率众逃难安顿以后,决定带领部分勇士回去解救铁木真。为了确保成功,他假扮病人在前面探路,正好遇到了前来寻找亲人的铁木真和楚鲁。铁木真认出毛浩来,十分激动,他连忙喊住楚鲁:"不要打了,是自己人!"楚鲁放下斧子,来到铁木真面前,奇怪地问道:"你怎么不早说?"毛浩来抹一把汗水,喘着粗气说:"我以为泰赤乌人又派出人马来诱捕我们呢!"说着,把当日交战、铁木真逃走后,泰赤乌人曾经诱劝他们投降,斡额仑夫人临危不惧,带领大家逃到兴安岭森林去的经过,详细述说一遍。铁木真听罢,由衷佩服母亲的勇敢果断,赞赏毛浩来等人神勇不屈,也深深痛恨敌人的恶毒狡诈。他知道母亲、部众安然逃过劫难,放下心来,介绍毛浩来和楚鲁认识,然后会同前来营救自己的勇士返回他们避难的场地,准备迎接斡额仑夫人和部众回归家园。

斡额仑夫人见铁木真安全归来,心中万分喜悦,她见到楚鲁,连连夸赞他少年英杰、勇敢仗义,感谢他对铁木真的救命之恩。接着,斡额仑夫人和铁木真等人商量说:"泰赤乌人已经对我们进行了疯狂的掠夺和抢劫,夺走了我们的牛羊马匹,抢走了我们的车辆财物,我们已经所剩无几,我们不能长久地困在林中,还是回去,回到我们的驻地,重新建立家园。我估计他们不会很快对我们发动战争了。"合撒儿天真地问:"为什么? 难道他们也会良心发现?"铁木真笑笑说道:"他们哪里有良心? 只不过看我们没有财物可抢,又惧怕我们勇猛不好对付,所以暂时消停一会儿。"斡额仑夫人点点头说:"只怕敖日古拉报仇心切,不肯放过我们啊!"楚鲁走近前说道:"大家尽管放心,敖日古拉已经被召回国了,现在应该早就走了。"众人听了,这才展颜微笑,他们收拾营帐,扶老携幼,高高兴兴地赶回巴拉古浩热。

回到驻地,斡额仑夫人带领大家搭建帐篷,重建家园,一派热火朝天的劳动场景。人们一边干活,一边诅咒着可恶的泰赤乌人认贼作父,竟然勾结塔塔儿人来杀人越货,真是不可饶恕啊! 老女仆豁阿黑臣激动地说:"长生天不会放过任何一个恶人。等着吧,总有一天他们会遭到应有的惩罚,得到报应的。我们的国主一定能战胜仇敌,带领我们过上自由富足的好日子!"

射雕英雄图

大家听她如此慷慨陈词,情绪更加高涨,更加起劲地劳动,用心准备与敌斗争的各种武器和装备。

安营扎寨完毕,铁木真接见各个勇士,把楚鲁介绍给大家。这时,他发现弟弟哈撒儿和比勒古岱不见了,心中纳闷,慌忙询问他们的下落。斡额仑夫人说:"回来的路上,他们负责看护马匹。哪曾想,遇到了几个盗贼,他们偷走了家里仅有的八匹马。哈撒儿和比勒古岱带着几个卫兵四处寻找去了。"

　　铁木真一听,不免心生担忧:弟弟们年幼,万一遇到不测,不但马追不回来,自身也很危险。想到此,他不顾日落天黑,飞身上马出去追赶弟弟们,寻找失窃的马匹。

　　他一个人顺着草丛疾行,一直追到了深夜。这是一个月朗星稀的夜晚,夜空深邃幽蓝,无边无际,月亮像一盏明灯,指引着铁木真前行的方向。走了多时,他觉得饿了,停马远望,发现远处阿尔鲁特部有一户人家亮着火把灯盏,便策马走了过去。

　　铁木真会得到帮助吗?他能不能追回失窃的马匹呢?

## 第二节　路遇布古尔吉

铁木真走到那户人家营帐外,看到营帐不远处拴着许多马匹,不由得想到,自己家里仅有八匹马,还被盗了,不知道失窃的马匹在不在这群马里呢?他打马走近准备看个仔细。忽然一个十五六岁的少年举着弯刀,骑着骏马飞奔过来,拦住了铁木真,喝问道:"深更半夜,你为什么偷看他人马匹?想干什么?"

铁木真听到响亮的问话,后退几步,打量眼前少年,见他与自己年龄相仿,脸色白净,头发暗紫,仪表不俗,满身正气,思忖他不是寻常少年,就拱手说道:"我是乞颜部的铁木真,我家里的八匹马被人偷了,我的两个弟弟出来寻找。我担心他们年幼,打不过盗马贼,所以跟出来接应他们。路过这里,看到成群的马匹,自然想起我家被盗的马,就过来看看。"

少年听说眼前的人叫铁木真,立即堆满笑容,他重新端详铁木真,见他虽然衣着破旧,面露困乏,一双眼睛却闪着异样的光彩,于是歪着脑袋顽皮地说:"我早就听说了你的名字,草原中人人盛传你将来要当帝王。可是你如果能回答上我提的问题,我才信服你,我才会告诉你失马的方向。"

铁木真点点头,微笑着同意了他的提议。

少年说:"人人都说你将来会成为帝王,请问你能扳动多大

**成吉思汗画像**

的弓箭？能举起多重的石头？你有什么资格当帝王?”

　　铁木真认真地回答说:“治理部众靠的是仁义和才能,不能靠武力。你听说过熟练的勇士如何宰割肥牛吗?他们宰割一头庞大的肥牛,手起刀落,哗啦啦几下子,完整的牛就切割成块了,牛的皮肉、骨头各归其位,毫不费力,这是为什么呢?因为他们了解牛的生理结构,清楚牛的筋骨和关节缝隙,知道从何处入刀,从何处用力,所以显得简单轻松。而有些人力气蛮大,面对一头大牛,只会用劲去砍,去剁,处处碰到坚硬的骨头,费尽了力气却起不了好效果。我认为治理国家也一样,需要用技巧,而不是用蛮力。”

　　少年听呆了,他们草原子弟只知道骑马打猎,哪里听说过这么精确美妙的比喻?哪里懂得治理国家需要的真正本事?他翻身下马,跪在铁木真面前说:“我信服了,您一定会成为真正的帝王，我叫布古尔吉，愿意诚心归附，誓死效力，做您忠实的臣民。"

铁木真含笑扶起布古尔吉，拍打他身上的尘土说："不用多礼，我也相信你一定会成为英雄豪杰。"布古尔吉脸色微红，他歪着脑袋将白天看到的情景述说一遍。

原来，今天上午，他亲眼见到几个人赶着几匹马从这里路过，他们大声吆喝着，几匹马并不听他们指挥。布古尔吉当时就想，看这几个人贼眉鼠目，肯定是偷了人家的马。奇怪的是，这几个人并不慌张，一点也不担心马主人追赶的样子。一个盗贼说："他们自顾不暇，哪里顾得上寻找马匹？"另一个人说："我们这叫顺手牵马，可汗不来兴师问罪就不错了，他们还想要马匹？"布古尔吉好生奇怪，不明白盗贼为什么这么猖狂。现在一切真相大白，原来是盗贼趁铁木真部众遇难，趁火打劫，所以说马主人没有时间也不敢追赶他们。

布古尔吉知道了失马是铁木真家的，盗贼趁乱盗马，不由得心生愤怒，指着远处说："我看到他们吵嚷着往那边去了，估计现在走出去很远了。"铁木真得知盗贼确实从这边下去了，谢过布古尔吉说："不管他们走出去多么遥远，我一定要把马匹夺回来。"说完，就要打马追赶。布古尔吉伸手阻拦说："我看你行走多时，一定饿了，不妨先到我家中休息，吃饱再去追赶也不迟。"铁木真追马心切，他说："耽搁时间，就是放纵盗贼，我要赶紧追赶，回来再吃。"

布古尔吉见他赶路心急，不再相邀，对铁木真笑笑说："你略微一等，我去去就来。"他快马赶回帐篷，不一会儿，手里提着一个包裹跑出来了。他走到铁木真面前，递上包裹说道："里面有一只刚刚烤好的羊腿，两壶马奶酒，你边吃边赶路。我知道盗贼的去向，愿意为你带路。"

铁木真接过羊腿，高兴地说："有你帮忙，真是太好了！"

在布古尔吉的带领下，铁木真星夜追赶，下决心要追上盗贼，夺回失窃的马匹。

## 第三节　夺回失马

　　两位少年策马狂奔，一路追赶，一天过去了，只看见马匹走过留下的痕迹；两天过去了，仍然没有见到马匹和盗贼；第三天，布古尔吉有些不耐烦了，他搓着双手，望着遥遥无边的草地，泄气地说："是不是我记错方向了？也可能是盗贼改变了路程？"铁木真仔细观看沿路痕迹，分析说："茫茫草地，只有有水的地方才能生存，这一路上我都看过了，只有这条路径上不缺水。再说，路上马匹啃食草地的痕迹这么明显，说明盗贼一定沿这条路下去了，而且就在不远的前方。"听此分析，布古尔吉信服地点点头，他们提起精神，继续追赶下去。

　　第四天，铁木真和布古尔吉路过一个帐包，他们饿了，走进去寻找吃的。帐包的主人听说他们勇敢地追赶盗贼，热情地接待了他们，说："昨天，有几个人确实赶着马匹从这里过去了，他们说快赶回驻地了。"铁木真一听，急忙招呼布古尔吉说："如果盗贼赶回驻地，他们人多势众，我们只有两人，恐怕很难夺回马匹，必须趁他们赶回驻地之前就要赶上他们，才能夺回马匹。"布古尔吉握紧拳头说："对，一定要趁早夺回马匹。"

　　两个少年不顾人马劳顿、路途险阻，备好马匹又勇敢地追了下去。追了整整五天的时候，他们历尽艰险，奇迹般地追上了盗贼。

他们追到盗贼的营地,看到营帐外拴着八匹马,正是铁木真家里丢失的马匹!两人喜出望外,悄悄商议,铁木真说:"他们有四个人,我们不能硬拼,应该悄悄行动。"最后,他们决定在深夜盗贼酣睡之时,动手夺马。

夜深了,一轮弯月在天空的云朵里漫步,时隐时现;大地上,虫鸣草静,衬托出夜色分外安宁。铁木真和布古尔吉走出藏身的树丛,他们饮尽随身携带的最后一口烈酒,快速摸到盗贼的营帐外面。此时,盗贼们酒足饭饱,正在酣睡,哪里想到帐外两个少年郎胆量超人,苦苦追寻了五天五夜,此刻正在动手夺回自己的马匹!

两人挥刀砍断圈马的绳索,将马一匹匹牵出。八匹马见到铁木真,高兴地围着他转圈,低声打着鼻息,它们也许在说:"主人,你终于把我们救了出来。我们真想立刻回家啊!"铁木真轻轻地抚摸着几匹马,看见它们目光中流露出喜悦神色,悄悄地说:"不要慌张,一会儿就可以回家了。"

不料,牵马的声音惊动了盗贼,他们赤裸着胳膊,拿着刀追杀出来。盗贼们打着火把,高声叫嚷着,见面前只有两个小孩子,便不把他们放在眼里,挥舞刀枪,上前一阵乱砍。

铁木真见盗贼冲上来,一边挥刀招架,一边对布古尔吉说:"我对付他们,你牵马到一边躲避。"说着只身与四个盗贼战到一起。布古尔吉大声回答:"我来就是要帮你的,哪有站到边上的道理?"说着,急忙跳上马背,拔出弯刀,也冲了上来,他武艺高强,勇猛异常,与铁木真一起打得盗贼们连连败退。两个少年血气方刚,艺高人胆大,挥舞弯刀一阵猛烈拼杀。结果,三个盗贼被砍落马下,剩下的一个见势不妙,钻进草丛就要逃跑。

　　布古尔吉大声喊道:"快给我弓箭,我来射他。"铁木真取下弓箭,瞄准逃跑的盗贼说:"你已经帮了很大的忙了,还是我来射。"说着,他拉弓放箭,只听嗖的一声,箭正射中了前方盗贼。

　　这样,神勇的两位少年,夺回了八匹被盗的马,还得到了盗贼的四匹好马,非常激动。他们赶着十二匹马高高兴兴地回到了布古尔吉的家里。

　　布古尔吉的父亲拉胡巴彦见儿子带来了一个陌生少年,还赶着十二匹马,赶紧询问他的来历。布古尔吉对父亲言说了铁木真的姓名以及两人勇追失马的经过。拉胡巴彦听闻此言,又惊又喜,喜的是铁木真日后成大业,儿子能够与他成为好友,也会出人头地;惊的是铁木真目前受到多个部落追杀,仇人很多,儿子与他交往会有危险。再三思虑,他劝说儿子一定要小心行事,不可大意,同意他跟随铁木真左右。老人看着两个英武少年,意味深长地说:"你们二人从今以后应该相互关照,相互尊重,不要恶语相欺,背叛离弃。"铁木真和布古尔吉点头答应。果如拉胡巴彦所嘱,日后,这两位英雄终生为友,不离不弃,直到生命的终结。

# 第四节　众人之长

　　拉胡巴彦命人准备酒宴款待铁木真，挽留他在家留宿一夜。第二天，铁木真辞别布古尔吉一家，临行前，他说："朋友，如果不是你的帮助，我的马不可能找回来。如今，不但失马找回，还多得了盗贼的四匹良马，我们应该将马匹分开，共同拥有。你说，你想要几匹？"

　　面对他的慷慨大方，布古尔吉一家流露出敬佩的神色，布古尔吉说道："我看你遇到困难，才挺身相助；我佩服你的为人，才愿意与你交往。这一切，并非因为我想获取好处，怎么能分你的马呢？我是家里的独子，父亲辛劳一生，置办了不少家业，足够我吃穿用度一辈子，我不会贪图你的分毫财产！"

　　两人边说边走出营帐，铁木真再次拜别他们一家，赶着十二匹马回到了巴拉古浩热驻地。铁木真又结识了一员少年大将，日后，布古尔吉出生入死，征战四方，为蒙古的强大立下了汗马功劳。后来，蒙古建国，铁木真称汗，他封赏功臣时，还有一段动人的故事。

　　铁木真成为成吉思汗，封赐众位将领，跟随他征战打天下的人都得到很高的奖赏和荣誉，有人做了大官，有人成为王侯，有人得到了想要的财宝、美女。可是，铁木真却只字不提布古尔吉,既不赏他也不贬他,对他置之不理。这时,许多人奇怪地议论:"布古尔吉大将军战功赫赫,为什么不赏奉他?""听说他是大汗最早结识的朋友,难道大汗把他给遗忘了?""说不定有什么私情,我们哪会清楚?"

这座雕塑名为"成吉思汗身边的各族才俊"。就如"成吉思"一词的含义一样,成吉思汗似广纳百川的沧海,吸收来自各民族的才俊,用他们的智慧为蒙古帝国服务。其中,最为著名的也许要算契丹人耶律楚才(左三)和"全真七子"之一的"长春子"丘处机(右三)

　　面对众多议论和猜测,布古尔吉微微一笑,什么话也不说。他的家人也沉不住气了,抱怨说:"你曾经冒着生命危险帮助大汗夺回被盗的马匹,后来,我们一家抛弃安稳的生活,带着所有的家当投靠了他,你跟随大汗出生入死,南征北战,谁的功绩比你大? 为什么他们都得到了高官厚禄,而你呢? 却什么也没有!大汗一定是把你忘了,你应该赶紧去找大汗,问个究竟,问问他为什么忘记少年时的恩人? 为什么不遵守诺言?"

布古尔吉并不着急，他乐呵呵地看着家人，坦然说道："如果我贪图富贵安逸的话，我怎么会跟随大汗呢？ 当初，我怀着敬佩之心投靠大汗，难道是为了今日的荣耀吗？ 我们拼战多年，是为了统一蒙古各部，是为了减少部族纷争和人们伤亡，现在大业完成，我就心满意足了，还要争夺什么高位和财禄？"

他的豁达和开阔的心胸感染了众人，人们不由得把这些话悄悄地传递到了铁木真的耳朵里。身为大汗的铁木真听了大家的议论和布古尔吉的言论，哈哈大笑说："这么多年来，我早就知道布古尔吉的为人，他的胸襟比草原还要宽广，他的无私就像蓝天一样纯洁，他是蒙古国的骄傲，是我铁木真永久的朋友，他和毛浩来、楚鲁、者勒篾，在我除了影子没有朋友的时候投靠了我，帮助了我，我怎么能忘记他们的情义呢？ 我不赏赐他，是因为他的功勋超过了赏赐的范围，我没有更好、更高的奖赏给他，我知道他也一定不会在乎这些赏赐，在我看来，他应该位于众人之长，成为蒙古国地位最高的功臣！"

因此，布古尔吉获得了"众人之长"的称号和荣誉。

通过这件事，可以看出布古尔吉和铁木真的友情非比寻常，也可以看出铁木真不忘旧时友情，体恤部下，是一位值得效力的君主。正是这么多人的帮助和辅助，正是铁木真的英明和睿智，这群少年才最终走上了成功之路，最终成为草原乃至整个中原大地的主宰。诚如铁木真的一句名言：不因路远而不走，要走就能走到；不因物重而不搬，要搬就能搬动。他们凭借着超人的胆略、团结一致的合作精神，完成了千百年来无人完成的事业，在史书上留下了浓墨重彩的一笔！

再说铁木真，他赶着马匹回到驻地，见到母亲，述说了追踪失马的经过。斡额仑夫人和众人见他和失马都安全回来了,这才放下心来,这个小小的部落又充满了喜悦的气氛。勇追失马显示了铁木真坚忍不拔、百折不挠的毅力,他小小年纪,不畏艰险,勇敢地保护家人和财产,受到部众的爱戴和信任,为他以后统率部众抗击敌军、保护家园打下了坚实的基础。

　　铁木真秣马厉兵,壮大部落力量。他迎娶新娘,设宴款待各方豪杰,这是一个美好的日子,也是一个美好的开端,谁料到,酒席宴上有人借机生事,辱骂不休,伤人逃跑。铁木真究竟该如何平息这个事端呢?

第十一章 娶妻摆宴

# 第一节　少年立志苦练兵

　　风云变幻，世事无常，美丽的大草原上一刻也没有平静过。当少年铁木真历尽千辛万苦找回自家的马群，回到巴拉古浩热以后，虽内心想过一段平静安稳的生活，但结怨已深的泰赤乌人自恃强大，像豺狼盯上了羊群一样，咬住铁木真不放。过了一段时间，他们看到铁木真带领部众恢复了正常的生活，豢养了牛羊马匹，逐渐累积了财富，他们又开始了侵扰掠夺。他们时常派出部队骚扰铁木真领导的部落，伺机劫掠他们的牛羊马匹，殴打部落子民，强迫他们为奴做婢。

　　铁木真不堪忍受仇敌的欺辱，决定采取必要的措施保护自己的子民，粉碎敌人的骚扰。他加紧招募兵马，训练士卒，储备粮草，以应对敌人的袭击。

　　这是一个阳光明媚的早晨，铁木真看到早起的雄鹰翱翔在蓝天上，心中激荡起了无限的豪情。他又想起了父亲的惨死、外族的欺辱、部族的软弱、生活的艰辛，感觉自己肩上的担子更重了，他要责无旁贷地担起振兴部族的重任，带领全族人走出困境、走向富强。

　　想到此，他急忙将自己的四个弟弟、者勒篾、温都尔斯钦、乌能图如、毛浩来和楚鲁等文臣武将召集到自己的大帐，共同商议抗敌兴邦的大计。

合撒儿和者勒篾说："泰赤乌人欺人太甚，我们现在有了部队和刀枪，应该跟他们拼死一战。"别勒古台等人附和说："对，我们要跟他决一死战，灭灭他们的威风！"其余诸将官员纷纷赞同，表示支持国主组织兵马，打击泰赤乌人的嚣张气焰。

铁木真听到众人义愤填膺的言辞，看看沉默不语的毛浩来，问："你有什么建议呢？"毛浩来站立起身，面对众人，坚决地说："常言道：'弯弓射岩要爱惜箭头，举枪斗敌要爱惜民力。'当下敌强我弱，如同初生猛虎战狼群，还不是和敌人争强斗狠的时候。我们应该避敌锋芒，养精蓄锐，壮大自己，当我们的实力强大到足以以石击卵的地步，再出击歼敌不迟。"

铁木真认为他讲得很有道理，急忙问："我们现在应该怎么办？"

毛浩来不慌不忙地说："我们的当务之急是寻找一个安全的地方隐藏起来，发展自己，壮大实力，等待时机。一旦小虎长成大虫，必将携猛虎下山之势，狂扫大草原的恶狼猛犬！"

铁木真点头称是，决定采纳毛浩来的建议。合撒儿等人却不以为然，不屑地说："难道要我们做缩头乌龟？慢慢等待，究竟要等到什么时候？"

铁木真制止合撒儿说："你知道'欲速则不达'这句话吗？前番我不听劝告，只身寻仇，引来凶恶的塔塔儿人，差点造成无可挽回的损失。难道我们还要重蹈覆辙，再犯一次同样的错误吗？如果这样的话，我们就是愚蠢的人，不配生活在广袤美丽的草原之上！"

他断然否定了合撒儿等人冒险出击的提议，把决定暂避锋芒、寻找藏身之地的想法告诉了母亲幹额仑夫人，并征求她的意见。幹额仑夫人非常赞成他们的想法，高兴地说："羽毛未丰的小鸟飞不上天空，乳牙未退的猎犬追不上野兔。孩子，你能做出这样的决定说明你成熟了，能够全面考虑问题了，我为你骄傲！现在我们人少兵弱，斗不过强悍的敌人，我支持你们的决定！我们可以迁到祖父生活过的肯特山，那里林深树密，水草丰茂，人迹罕至，是我们休养练兵、躲避仇敌的好地方。"

铁木真按照母亲的旨意，组织起部落的全部人马，在夜色的掩护下，人不知鬼不觉，悄悄地离开了巴拉古浩热，向着布尔罕嘎拉顿山进发迁移。

路上，他们遇到了楚鲁的家人。原来，铁木真和楚鲁离开泰赤乌营地后，塔儿忽台一直对陶尔根希拉心存怀疑，认为铁木真逃走与他有关，千方百计地对他进行盘问和搜查，希望找出他私自放走铁木真的证据。幸亏陶尔根希拉见机行事，巧妙应付，才躲过了一次次盘诘。不过，他深知塔儿忽台不会放过自己，所以做好准备，带着家人和财产悄悄地离开营地，打算搬迁到巴拉古浩热。恰巧，他们遇上了正在迁徙的铁木真等人。铁木真听说陶尔根希拉带着家人来投靠自己，心情激动，当即热烈欢迎他们，并尊陶尔根希拉为众官之首，让他负责管理部内所有事务。陶尔根希拉高兴地谢过铁木真，把家人编入迁徙队伍。有了沉着冷静、见多识广的陶尔根希拉辅助，铁木真的势力更加强大，他带领部众走向了成功之路。

当泰赤乌人来到巴拉古浩热，准备再次袭击乞颜部、活捉铁木真时，留给他们的只是牛马的粪便、摇曳的小草。他们感到无比惊讶，仿佛一夜间乞颜部就从人间蒸发了，消失得无影无踪，他们只好调转马头,悻悻而去。

　　铁木真率部迁入肯特山后,一方面打猎放牧,发展生产,一方面训练士兵,苦练杀敌本领。他们根据毛浩来的建议,把士兵分成红、蓝、黄、绿四队,分别任命了四个大将军,大将军直接听命于铁木真。平时训练时,两两结队厮杀,每月轮流更替对手,互相交流训练经验,检验训练结果。四队人马分别驻扎在部落领地的周边四个角落,红居东南,蓝扼西南,黄守西北,绿镇东北。老人、妇女和儿童住在中间,夜晚马匹也圈在中间。他们把各家的牛羊马匹集中起来放养,派出精锐部队轮流看护,他们结队狩猎,共同分享猎物和粮食。整个部族纪律严明,不允许部族成员私自活动,不允许骚扰劫掠周边的其他部落。

　　经过一年多的休养生息,整个乞颜各部人丁兴旺,兵强马壮,粮草丰足。人人精神抖擞,个个骁勇善战,国强民富,蓄势以待。远近大小部落纷纷闻风归顺,请求保护。很快,在铁木真统帅护卫的草原上,再也没有互相劫掠、残害百姓的事情发生,人人盛赞铁木真正义无私、治国有方。

　　铁木真骑在马上看到自己纪律严明、战斗力大增的部队,遥望着远方天际的流云,心中暗道:父王啊,您虽然像雄鹰折断了翅膀,骏马失去了四蹄,但您的子民个个英勇无比,意志坚强,骁勇善战。他们只等我一声令下,就会冲进仇人的家园,扭断他们的脖子,踩碎他们的脊骨,踏平他们的草地,赶回他们的牛羊!父王,早晚有一天,天下的臣民都要归附在您的脚下!父王,您就睁开眼看着吧!用不了多久,我就把害您的仇人的头颅,供在您的坟墓前!

## 第二节　迎娶新娘排筵席

随着乞颜部的迅速崛起，铁木真的威名也逐渐传遍四方。各方豪杰勇士纷纷来投，使他们的实力进一步增强。

斡额仑夫人见铁木真已年满 17 岁，日渐成熟，在人们心目中的威信越来越高，地位越来越巩固，部族也得到了长足的发展，就想到，应该为他娶妻婚配了。于是她召集众人，商议为铁木真完婚的事宜。经过仔细商量，决定派温都尔斯钦和楚鲁两个能言善辩又很体面的人去拜见太斯钦，商定具体结婚的日子。两人带上九九彩礼，骑着快马迎着早晨的红日，向太斯钦所在的部落驻地驰去。他们的到来让太斯钦特别高兴，他说："我等待这一天已经七八年了，风云变幻，物是人非，亲家为我们的儿女订亲献出了生命。我心未变，教女成人，也算告慰亲家的英灵了。"太斯钦老人并没有因为也速该去世、铁木真家族遭到迫害就改变初衷。几年来，他辛勤地操持家务，一刻不停地教导女儿，盼望铁木真能够早日来迎娶他可爱的女儿孛儿帖。

很快就到了迎亲的日子。黎明的大草原，晨光曦微，宁静温馨，小草上露珠晶莹，天空中云淡风轻。这是一个良辰吉日，斡额仑夫人根据民族的风俗，斟满一杯好酒，高高举过头顶，从东到西，沿着日月转动的方向，轻轻地旋转一周，象征着天地轮回，

孛儿帖（公元 1161 年一?），姓孛思忽儿吉剌氏，成吉思汗正室。成吉思汗有数十位妻妾，分居在四个斡儿朵，其中每个斡儿朵又有数个皇后与妃子，孛儿帖居于第一斡儿朵，并且排行第一，地位最高

生命不息，然后把酒泼向即将去迎亲的骏马的马背，泼向通往远方的大道。

铁木真跨上骏马，告别了母亲，披着红日的霞光，沐浴着和煦的微风，向着新娘生活的地方催马前进。马蹄在青葱的草地上飞驰，喜悦在马背上欢愉地荡漾。很快铁木真就渡过了鲁涟河。这时，天空中闪过了一只金雕的影子，它盘旋往复，追随着骏马飞驰的身影，一路前行。不一会儿，金雕就飞到了铁木真的眼前，抖动着有力的翅膀，落在铁木真的肩膀上。原来它是铁木真心爱的金雕，它不想留在家里焦急地企盼，而是要伴随铁木真一起去迎娶他美丽的新娘。

太斯钦按照当地的风俗，为铁木真和女儿的婚礼依次执礼。古老的婚礼仪式隆重而喜庆，鼓乐喧天，琴声悠扬，杯盏相碰，香气四溢。人们满面春风，欢歌笑语，翩翩起舞，比武助兴。在司仪美妙的祝祷词中，众人簇拥着英俊的新郎铁木真和漂亮的新娘孛儿帖格勒真双双叩拜天神，答谢先祖。

礼仪结束，铁木真手携新娘登车启程。

太斯钦拉着女儿的手，眼里噙着泪水，似有千言万语要对女儿交代,思忖良久,他才对女儿说道:"天下功臣,有妇人一半。你要好好照顾丈夫,帮助他好好治理国家。"孛儿帖格勒真含泪点头应诺,依依不舍。孛儿帖的母亲拿出一件黑貂皮袄,送给女儿和女婿,她说:"这是我们家最珍贵的财物,你们带上吧!但愿它能为你们遮风挡雨,为你们带来好运。"铁木真和妻子接过黑貂皮袄,深深拜谢母亲的一片慈爱之心。他们谁也没有想到,不久的将来,这件黑貂皮袄会发挥重要的作用,帮助铁木真开始人生的第一次也是至关重要的一次外交活动。正是通过这件皮袄,铁木真成功地借助了赫王的力量,进而消灭了各个阻挡他前进的敌人,完成人生的一大转机。

铁木真和新娘坐着装饰华丽、插满鲜花的篷车在前面行走,太斯钦率领九百九十九位送亲的宗族显贵、官宦客人,紧紧跟在篷车的后面,琴鼓合鸣,一路向着肯特山部族驻地迤逦而来。

斡额仑夫人早早地就站在肯特山上等候儿子迎亲归来。她一想起丈夫为儿子订亲而遭到仇人的毒害,心里不免悲伤起来,她强忍住泪水,把悲伤压在了心底。令她安慰的是,儿子终于要娶回自己的新娘了,这也算对得起死去的丈夫,了却了他的宿愿。

此时,闻讯前来贺喜的各部落首领,也来到了斡额仑夫人的身边,与她一起迎接新郎、新娘的到来。其中也速该巴特尔的好友赫利特国的赫王,心情最为激动,他终于可以看到好友的儿子娶妻成家,成为顶天立地的男汉子了。

迎亲的队伍终于来到眼前,斡额仑夫人连忙起身率众迎接。和亲家太斯钦见礼后,斡额仑夫人接受了儿媳的叩拜。斡额仑夫人仔细打量着自己的儿媳,她看见儿媳孛儿帖举止端庄,言谈得体，温雅大方，俊秀贤淑，心中十分喜悦。她已经喜欢上这个儿媳了，她确信这个儿媳妇一定能尽心尽力地辅佐自己的儿子，管理好家庭。她一面祝福他们，一面赐给他们长寿酒。

之后，在斡额仑夫人的主持下，婚宴在几个大帐中举行，只见美酒佳酿数不胜数，鲜肉佳肴堆积如山。斡额仑夫人破例让大家开怀畅饮，尽兴而欢。人们大碗喝酒，大块吃肉，唱起高亢的民歌，跳起热情奔放的舞蹈。酒尽人醉，又摔角比武，赛马夺羊，尽情陶醉在幸福欢乐的海洋之中。

酒宴中，斡额仑夫人不停地打量着自己的儿子，突然觉得儿子高大起来，顶天立地，威震四海。她仿佛看见了儿子像一支淬火的利箭，射向人世间一切的妖魔鬼怪。

# 第三节　人心归依

　　婚宴还在进行,觥筹交错,载歌载舞,热闹非凡。铁木真搀扶着羞怯的新娘——施礼答谢前来贺喜的宾客好友。

　　他们首先来到慈祥威严的赫王面前,躬身施礼说:"肯特山虽近在眼前,却好像悬挂在天上的路,难以攀登。可汗您虽离我们遥远,影子却永远留在我们心中。希望您能以先父的友情为重,不计较我的年轻幼稚,少不更事,鲁莽无礼,原谅我们不知天高地厚,帮助我们完成人生的大业。"说完,端起甜美的马奶酒,恭敬地举到赫王面前。

　　赫王看到铁木真已经成长为一位知礼稳重、胆识过人的一方首领,心中大喜。他接过酒杯,用手指蘸着浓烈名贵的美酒,弹向太阳照耀的方向,弹向巍峨雄壮的肯特山。他转身对铁木真说:"美酒诚心的报答,像铁耙搂草,帮你聚集起离散的部众;像众星拱月,使你能够超越你父亲也速该巴特尔的光芒。孩子,赫王永远是你忠实可信的朋友,像肯特山一样,永远站在你的身后。"

　　铁木真听了,忙和妻子跪地称谢。众人无不为之感动,三呼万岁,举杯为庆。

　　各路朝贺的英雄豪侠纵情饮酒,谈笑风生。他们畅谈大草

**蒙古族搏克手。"搏克"为蒙古语,意为摔角,是结实的意思,"攻不破、摔不烂、持久永恒"。它是蒙古族"男儿三艺"之一,属蒙古族传统的体育项目。搏克绝不是一个简简单单的体育运动,而确确实实是十三世纪元朝蒙古族先进文化的结晶。**

原上的时局变幻,英雄豪杰的纵横驰骋;畅谈人生的理想壮志,苦难艰辛;畅谈兵法战事,用奇出巧。气氛热烈,各展雄才。

其中两个来自不同部落的好汉各不服气,在争辩中难分仲伯,便一起跳出席来,摔角比武,以分高下。随着众人的一阵呐喊助威,两人在席间的地毯上你来我往,闪转腾挪,擒臂捉带,马步架鹰,伺机发力,欲将对方摔倒在地。二人大战十几回合,各有胜负,一时间难决雌雄。铁木真拦住二人,敬酒称颂,心下暗暗佩服,欲收二人为将。他说:"你们武艺高强,身手不凡,我铁木真希望你们能留下来,与我一起杀敌立功,共建大业。"两人听闻,急忙施礼说:"多谢国主厚爱,我们空有一番武艺,却无处施展,现在好了,投靠在您的国家,愿意为您冲锋陷阵,共同振兴草原大地。"

铁木真高兴地再次举起酒杯,真诚地对各路勇士说出了自己的想法,邀请各位英雄好汉留下,共创一番光宗耀祖的大业。很多好汉举起双臂,纷纷响应,愿意追随铁木真鞍前马后,有福同享,有难同当,在大草原上打出一片新天地。铁木真听了众人的豪言，心中大喜，举起酒杯，与众人连干了好几杯。

　　在众人豪情万丈、各抒心意的热烈争讨中，铁木真发现一个十三四岁的男孩，口齿伶俐，妙语如珠，思路敏捷，条理清晰，有压倒众人的辩才，非常赏识。他问小男孩："你年龄不大，却智慧过人，请问你打算留下来吗？"男孩子早就仰慕铁木真的威仪，听到铁木真询问，急忙说道："好马追寻好草原，我自认为是一匹健壮的良马，当然要留在明主的身边。"众人听了，又一阵哈哈大笑。铁木真高兴地说："你就留在我身边，做一位贴身侍卫如何？"小男孩更得意了，他跪倒在地，叩头说道："我愿意侍奉在您的左右，做您忠实的奴仆。"铁木真接受小男孩的叩拜，仔细询问才知，他是别人的奴仆，自小父母双亡，连个正式的名字都没有。铁木真端详着男孩，思索着说："如今你既然跟随了我，就要开始新的生活了。我赐给你个名字，就叫'乌优图斯钦'怎么样？"男孩子赶紧再次叩头致谢，发誓说："我乌优图斯钦一定永远忠诚于国主，报答您的知遇之恩！"

　　巴苏德部的吉尔嘎岱是一个非常勇敢的小伙子，当年曾与铁木真发生冲突，用箭射死了铁木真心爱的血红马，二人因此结下了仇恨。但二人心仪已久，彼此仰慕、敬佩对方的豪侠义气。这次借着铁木真完婚的大喜机缘，吉尔嘎岱放弃旧怨，也来朝贺，真诚希望两人言归于好。这正合铁木真的心意，他也不记前仇，以礼相待，互诉心曲，让吉尔嘎岱非常感动，热泪盈眶，发誓要永远归附，像群马追随头马一样追随铁木真，永不背弃。铁木真也高兴地为他改名叫扎布，任命他为指挥使，对他充满了信任和期待。

　　众人饮酒畅谈，意犹未尽，决定到开阔的草原上射箭比武，以助酒兴。铁木真命人选出一些豢养的梅花鹿,一只一只放逐在草地上,二人一组,并马驱驰,谁先射中梅花鹿,谁为胜。然后胜者再二人一组,继续射猎,直至比出最后的优胜者。众人欢腾雀跃,纷纷上马亮箭,一试身手。那些梅花鹿一经放出,就在大草原飞驰起来,像一道彩虹,划出美丽的曲线飘向远方,而身后紧追不舍的两匹快马,更如闪电一般快捷,霎时只见两个黑点跃动在青青的草地上。

一个来自科尔沁草原的小伙子,名字叫做朝穆尔更,箭术精准,驭马娴熟,一路过关斩将,夺取了最后的胜利。众人围上来,纷纷举杯庆贺,铁木真喜在心里,当众解下自己的腰刀,赠送给这位小伙子,说道:"草原上的勇士,希望你不负众望,留下来与大伙一同创一番事业,成为一位真正的英雄。"小伙子也早有此意,就痛快地答应了,并举杯答谢众人的厚爱。

正当人们沉浸在举杯欢庆,祝贺新郎、新娘百年好合、白头偕老的喜庆气氛中时,一件意外的事情发生了,给这曲喜庆的乐章掺杂了一个不和谐的音符……

# 第四节　酒醉生变

　　婚宴的酒席还在进行。斡额仑夫人的心情特别好,这么多年她一直盼望着这一天,她盼望着儿媳早一点进门,早一点替她分担家庭的负担,早一点照顾自己的儿子。这么多年她已觉得有些累了、倦了,她多么希望丈夫还活着,那样,她就可以靠在丈夫宽阔的肩膀上好好地休息,哪怕只有一小会儿。想起丈夫,她就忍不住看一眼自己的儿子铁木真。在她的眼里,铁木真性格上跟他父亲有许多不同。铁木真性格坚毅,勇于决断,不容易被别人左右,有时不免带一些鲁莽,却有着智能的头脑和宽广的胸怀,具有常人未有的进取精神和领袖气质。在这弱肉强食的世界上,她更喜欢儿子的性格。过于善良敦厚就容易受到伤害,没有睿智聪慧的大脑更难以与人对抗。

　　儿子铁木真还在酒宴上与众人把盏欢饮,很多宾客已经带有醉意。这时她走到帐包外不远处的一个牛栏前,阳光格外耀眼,天气越来越热,像酒宴上火辣辣的气氛。牛栏里空空荡荡,她知道,牛已被放牛人赶到了河边的草滩上。有时她觉得人生在世还不如一头牛,一头牛虽然逃不脱被宰杀的命运,但它的痛苦只是临死的一瞬。并且活着时没有搏杀打斗、没有欺凌侮辱,不用为吃喝发愁、不用去想哺育后代,甚至根本就没有悲欢

一代天骄成吉思汗,率领只有二十万人的蒙古铁骑席卷欧亚大陆,建立总面积超过 3000 万平方公里的大帝国。"与亚历山大、凯萨、拿破仑相较,版图之广,基业之伟,亦故不能同日而语耳。"美国《华盛顿邮报》评出人类文明史上千年来(公元 1000 年—公元 1999 年)最重要的人物,成吉思汗当选"世界头号风云人物"。

离合。

斡额仑夫人面对空荡荡的牛栏,渐渐陷入了沉思。恍恍惚惚中,她突然听到一阵嘈杂的喧闹声。她循声望去,看到儿子的大帐前,一群人在叫骂吵闹,她预感到出了什么事情,忙赶过去看个究竟。

原来是前来贺喜的一群人,酒醉生乱,打架闹事。闹事的人是那拉海德部盗贼后裔斯钦布和,他们的部落素与乞颜部族不和。铁木真自从带领部众迁到布尔罕嘎拉顿山后,一直反对骚扰劫掠周边部落,并出兵保护那些部落不受侵害。而那拉海德部原来一直以偷窃劫掠为生,后来虽然惧于铁木真领导的勃特国的声威,归顺依附,不敢再对周边的部落行窃,只能长途奔袭,去遥远的地方重施伎俩,但成本高昂,代价沉重,收获不丰,所以心中对铁木真和他的国家的不满越积越深。这次他们迫于压力,不得不来朝贺,但心中怨气一直无法排解。斯钦布和酒醉以后,胆子就大了起来,因为一些小事,在酒桌上就与铁木真的弟弟别勒古台发生了口角,并拔刀砍伤了别勒古台。别勒古台知道是哥哥的大喜日子，于是以大局为重，没有和他计较，由旁人搀扶离开了酒席，回到自己的帐篷去包扎。

斯钦布和得势不让人，又带着随从来到铁木真的大帐外叫骂、撒野，口出污言秽语，高声叫嚷着说："乞颜部有什么了不起？也速该算什么英雄？他抢夺别人的妻子，能生下什么好儿子？铁木真以为继承父业就能统帅草原吗？你错了！当初也速该与敌交战，屡屡失败，那个时候你们在哪里？"

斡额仑夫人赶紧来到斯钦布和这群人面前，想问发生了什么事情。她见到正在狂骂乱叫的斯钦布和，冷静地问："你不在帐中饮酒，跑出来想干什么？我们有什么招待不周，你尽管提出来；如果你想讨论部族大事，等婚宴结束可以单独与国主见面。你还有什么事要说吗？"斯布钦和看到斡额仑夫人后，酒被吓醒了一半，他知道自己闯了大祸，不敢跟斡额仑夫人说一句话，就带领随从仓皇逃窜了。

铁木真正在大帐里跟各位宾客开怀畅饮、高谈阔论，忽然听到外面人声喧闹，忙派人去看看情况。出去的人马上回来报告说，斯布钦和酒醉闹事，砍伤了别勒古台，还不依不饶，带人到大帐外叫骂。铁木真听了心中大怒，拍案而起，他立即命令："楚鲁将军，请你带人把斯布钦和抓来问罪。"

楚鲁领命说："国主放心，我这就去，一定把斯布钦和活捉回来。"

楚鲁走出大帐时，斯布钦和早已慑于斡额仑夫人的威严，逃之夭夭。楚鲁立即点齐两百兵丁，跨上战马，向斯布钦和逃窜的方向紧紧追去。

弟弟别勒古台刚刚包扎好伤口，听说哥哥已经派楚鲁去追杀斯布钦和,知道会有一场大的厮杀,并有可能引发两个部落之间大规模的冲突,破坏了刚刚形成不久的安定局面,这对部族的发展很不利。他的内心焦急起来,急忙让左右下人搀扶自己,急匆匆来到大帐晋见铁木真。

他一进大帐就喊:"兄长,斯布钦和追杀不得!"

铁木真看见弟弟包着胳膊进来,一阵心疼,忙站起来欲迎上前去,听了弟弟的话,急切地问:"为什么? 我一定要宰了斯布钦和,为弟弟报仇!"合撒儿等人也说:"斯布钦和盗贼出身,秉性难改,不服管教,早晚都是祸害,不如趁早除掉!"

别勒古台一面制止众人,一面来到铁木真面前,语气坚定地说:"今天是哥哥大喜的日子,各位英雄豪杰、亲朋好友都在这里。我和斯布钦和只是发生了一点小误会,不要因为我一个人受点小伤就兴师动众,大动干戈。那样会让外人觉得我们仗势欺人,小题大做,有损我们的形象,难以让其他部族信服啊!"

铁木真和众人听了别勒古台一番话,无不惊叹称奇,赞扬他年龄虽小,却心胸宽广、顾大局、识大体,不计个人恩怨,处处为部族着想,是个贤明仁德的人。

铁木真信服地点点头,下令说:"追回楚鲁,不要让他追杀斯布钦和了。"楚鲁听令带兵转回,他听说别勒古台为了顾及大局,不计个人得失的壮举后,也走过来称赞道:"真是令人佩服啊! 我们也要学习你这种精神。"就这样,一场恩怨转眼间化为了无形,使铁木真更加赢得了草原各部落的尊敬和拥戴。

铁木真夫妇恩爱,兄弟情深,团结英雄豪杰,一心一意发展部落。这时,灾难再次降临到他头上。闹婚宴结下冤仇,斯布钦和投敌献计,引来蔑儿乞惕部三万铁骑。蔑儿乞惕部与铁木真的父亲有着深远的仇恨,他们突然袭击,掠夺了铁木真的新娘,摧毁了他的营地。转眼间,人去物非,铁木真不得不接受这个毁灭性的打击。下一步,他该何去何从? 他能否从绝境中重新振作起来呢?

第十二章　夺妻之恨

# 第一节　美满的婚姻

　　婚宴持续了三天,众人乘兴纷纷归去,新郎、新娘及斡额仑夫人全家仍然沉浸在幸福之中。这幸福一直持续了很长的日子。他们有理由幸福,也应该幸福。苦尽甘来,世事变迁,铁木真已经长大成人,他开始为自己规划更加广阔的前景。

　　布古尔吉也来参加了婚宴,并送上精美的礼物和祝福的话语,祝贺铁木真娶回了美丽的新娘。婚宴上,他看到铁木真招纳人才,豪情万丈,更加为他的为人和气魄所折服。

　　不久,铁木真派弟弟别勒古台到阿尔鲁特部请布古尔吉辅助自己。别勒古台来到布古尔吉家中,说明了铁木真的意思。布古尔吉笑着说:"自从婚宴回到家后,我就打算收拾全部家当,带领全家投靠国主,没有想到,还没来得及行动,国主倒早早地派人来了!"他即刻牵出一匹棕黄色马,顺手拎起一条青色毛毯搭在马背上,回头叮嘱家人后,骑着马与别勒古台一起来到了乞颜部驻地。铁木真亲自迎出大帐,欢迎这位忠诚的朋友,从此,布古尔吉成为铁木真的一员大将,成为他创建蒙古国的重要人才。布古尔吉拜见铁木真,发誓说:"我要永远为明君效力,成为国家最忠实的臣民。"

　　这时,铁木真的营帐内,除了他的四个弟弟,又多了四位知

蒙古国大将,开国功臣者勒蔑,自幼侍从铁木真,被誉为是
"有福庆的伴当"。平生以果敢善战著称,有"饮露骑风"之
美称,屡救铁木真于危难之中。开禧二年(公元 1206 年),
蒙古国建立时,封千户长,为十大功臣之一,享有九次犯罪
不罚的特权。与者别(哲别)、速不台、忽必来并称"四杰"。

心好友,他们分别是者勒篾、毛浩来、楚鲁、布古尔吉,四人年龄
相仿,都是十六七岁的少年郎;他们志趣相投,愿意创立一番伟
大事业;他们肝胆相照,虽为君臣,实为不可多得的至诚友人。
几位少年身怀技艺,满腔热血,胸怀抱负,摩拳擦掌。

　　这天,几人射猎归来,看到驻地四周,远远近近有人在牧马,
有人在牧牛羊,有大人也有儿童。他们手握套马杆,威风凛凛,
看样子,恶狼见了他们也会害怕! 帐包外,妇女们在剪羊毛、接
羔、挤牛奶,一派安详美满的生活场景。铁木真观看多时,由衷

地叹道："草原上幸福的日子能有多久啊？"他说得没错，草原上
生活条件艰苦，部族纷争严重，百姓们没有几天安稳的日子
可过。

恰巧，孛儿帖走出营帐，她远远地看见了铁木真，高兴地挥
舞手中的丝质头巾，向他致意。铁木真看见了孛儿帖，心情喜
悦，他的这位新娘，不但人长得漂亮，而且温柔大方，聪慧贤良，
很讨他喜爱。以后的事实证明，孛儿帖确实是非同一般的女子，
她多次帮助铁木真做出决断，在危急关头为丈夫出谋划策，从而
立下了不可替代的功劳。铁木真一直尊重、善待自己的结发妻
子，许多时候都听从她富有远见卓识的建议，使之成为自己的一
股永不衰竭的精神源泉。

看到妻子召唤，铁木真策马朝自家营帐奔来，身后跟着毛浩
来等几位少年。一行人回到营帐，围拢在地毯上一边吃喝，一边
探讨国家大事。孛儿帖亲手烤了一只肥嫩的羔羊，她命人端上
来，放到众人中间，开启樱红嘴唇，轻声说："请尝尝我烤的羔羊，
看看合不合你们的口味？"她说着，含情脉脉地瞟一眼铁木真，内
心无比激动。铁木真知道妻子心疼自己，率先吃了一口羔羊肉，
大声说道："好，好，真好。"

看他一副失态的样子，合撒儿开玩笑说："兄长，是羊肉好，
还是嫂子的手艺更好？"

众人听闻，一阵哄堂大笑。铁木真和孛儿帖双双垂下头颅，
脸色绯红。这对情投意合的少年夫妻正享受着人世间至美的爱
情，几乎忘记他人存在了。

过了片刻，铁木真恢复了常态，他又开始与众人讨论大事。
原来，铁木真娶妻之后，一直在考虑一件事情。他记起几年前与

穆斯林阿三的交易,觉得通过这种方式可以获取更多的生活用品。他提议走出草原,到南方边境汉人和金国属地,用毛皮和猎物换取粮食、食盐、布匹等用品,囤积起来,等待备用。众人纷纷称善,认为这个方法可行。孛儿帖也说:"早就听说南方是繁华富裕的地方,盛产吃不完的粮食,用不尽的绸缎,这么看来,确实如此。"

众人正在议论,斡额仑夫人在奴仆的陪同下走了进来,她看到丰盛的美味,畅谈的少年,不住地点头微笑。铁木真等人慌忙起身,让母亲坐在中间。斡额仑夫人坐下后,温和地说:"你们继续,不要被我打扰了。"

几个少年不再拘束,接着刚才的话题讨论下去。合撒儿志得意满地说:"如今我们兵强马壮,国力大增,兄长你是否该考虑出兵报仇了?"楚鲁也说:"对,泰赤乌人早就该收拾了,我们趁现在行动吧。"前番,铁木真曾经驳斥过合撒儿与敌决战的提议,认为时机不够成熟。这次,经过一年多的休养发展,他看到人马增多,势力渐强,也有了与敌一拼的想法,听到他们的提议,思忖着,默默不语。

# 第二节　黑马鬃白马鬃

一时间，大帐内静悄悄的，每一丝细微的喘息声都听得一清二楚。

孛儿帖还没有见过这种紧张场面，她默默地坐在一旁，也不敢抬头说话。

斡额仑夫人见此情景，依然面露笑意，不紧不慢地说："虽然现在实力日渐强盛，民心归附，士气高昂，声望所至，敌人望而却步，但要消灭杀父仇敌和草原上的豺狼，这些远远不够。所以我们还不能沾沾自喜，引以为豪，而是要做出更大的努力。对内要加强治理，团结一心；对外要扶弱联强，结好示弱，不能引起强邦的嫉妒和敌视。"

铁木真听了母亲的话，陷入了沉思，他深深明白母亲的用心良苦，他知道自己最近有些骄傲自大的情绪，而且在将士们之间也有这种情绪在滋生。他牢牢地记住了母亲的教诲，叩别母亲，立即把部落的大小将领、臣僚，召集在一个草原湖的岸边。

铁木真挥鞭指着湖水对众人说："春天这湖是什么情形呢？干旱缺水，只有巴掌那么大，牛羊喝水都要挤在一起。可是到了夏天，老天几场大雨，大水就会涨满湖泊，淹没这片草原，甚至使远处那条河流洪水泛滥。这一年多来，我们为了积储水源，保护草原,保障牲畜饮水,在湖的四周围起了堤堰,水大放水,水小蓄水,使我们的牛羊马匹、士卒人丁,一年四季都有清纯的好水喝。这就是这道堤堰的好处。"

"对于我们部族,什么是堤堰呢?什么是湖里的水呢?子民就是堤堰,我们君臣将帅就是湖里的水。如果我们像夏天的暴雨一样,自满骄傲、自我膨胀,而又不懂得疏导,结果会怎么样呢?堤毁人亡,百姓遭殃。到那时谁还会感激我们的恩德,拥戴我们称王,而不唾弃我们呢?"

众将领臣僚听明白了铁木真一番话的深刻含义,认识到了自己的不足,纷纷低下头去,反省自己的过错。

铁木真首先检讨了自己的错误,他说:"是我骄傲自满的情绪影响了大家,使部族上下出现了一丝麻痹大意,沾沾自喜,满足现状的想法。这是极其危险的,我要从自身做起,积极改正,也希望大家监督批评。"

铁木真没有批评自己的属下,但他用这种以身作则的方式教育了大家,使整个部族臣民都意识到了问题的严重性。很快,骄傲自满的情绪被克服,部族上下又恢复了默默沉稳、不肆张扬、悄悄发展的局面。

为了激励自己,铁木真开始制作自己的精神之旗。前面说过,按蒙古习俗,每位勇士都会选取上好种马的马鬃,绑扎成一缕,捆在长矛剑刃下面的轴上,做为一生的精神之旗,当作永恒的守护者。每当安营扎寨时,就会把这面旗帜安置在帐篷的入口处,以显示身分。精神之旗飘扬在长生天下,成为勇士们寻求梦想、追求理想的伟大旗帜。当初,斡额仑夫人为了获取自己一家应该得到的地位和活下去的机会,曾经挥舞也速该的精神之旗与泰赤乌人斗争,足见普通的马鬃一旦成为精神之旗,就具有了不可估量的神秘色彩。现在,铁木真已经拥有很多宝马良驹。他选取了几匹白色种马的马鬃,将它们仔细捆绑在长矛的轴端,制成一面白色的精神之旗,把它插在营帐门口,对众人说道:"白色是安宁的,没有战事的时候,就插上这面白色旗帜。"而后,铁木真又选取几匹黑色宝马的马鬃,制成了一面黑色的精神之旗。众人望着他的举动,不解地问:"国主为什么要制作两面旗帜?"铁木真坚决地说:"战争不会消失,我

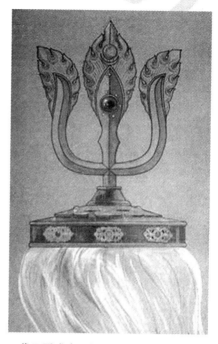

一代天骄成吉思汗所缔造的蒙古帝国国旗——"九旄白纛"。《元史·太祖本纪》记载:"元年丙寅(公元1206年),帝大会诸王群臣,建九旄白旗,即皇帝位于斡难河之源。"这是蒙古人首次对九旄白纛的记载。从这时候起,蒙古人在和平时期、庆祝时刻都立九旄白纛,将其视为民族和国家兴旺的象征。(公元年为作者所注)

要用黑色旗帜鼓舞将士们奋勇杀敌!"少年铁木真表现出与众不同的谋略和才智,他懂得战争与和平的区别,懂得如何很好地利用他的精神之旗,调动属下最大限度地发挥个人的特长。

面对一片兴国热忱,过门不久的孛儿帖也积极地投入到生

产备战的激流当中,她与斡额仑夫人两人全心全意打理家务,照顾铁木真兄妹的生活起居,全家人的生活和谐而美满。有了儿媳孛儿帖的帮忙,斡额仑夫人感觉轻松了许多,使她能够抽出时间来思考为丈夫报仇的大计,思考儿子振兴国家的宏伟目标。

　　尽管铁木真他们这样低调沉着,还是引起了一些部落的警戒和妒恨。他们又在密谋如何把这个刚刚恢复元气的国家,扼杀在摇篮之中。

# 第三节　老女仆报信

　　灾难发生在一天清晨。当时，晨光曦微、天方欲明，夜晚的最后一丝黑暗在渐渐消退，白天就要来临了。就在这时，一场突如其来的灾祸再次降临在铁木真一家的身上，让这个刚刚复苏的家庭和部族承受了沉重的打击。

　　每天天还没亮，老女仆豁阿黑臣都会早早起床，准备早饭、收拾帐包以及做其他家务。她是个勤快人，多年来跟随斡额仑夫人左右，不管多么困难，从来没有提出过离开，她的忠诚曾经给这个飘摇的家庭带来了莫大的安慰和无穷的力量。铁木真全家都极其尊重她，把她看作家中不可缺少的一员。豁阿黑臣并没有因为自己地位特殊就趾高气扬、目中无人，相反地，她更加勤劳地干活，更加忠实地服侍斡额仑夫人。如今，铁木真成亲了，家中又多了位女主人，豁阿黑臣喜滋滋地看着新主人孛儿帖，觉得她美丽大方，真是世间难得的好女子。她心里由衷地高兴，为铁木真，也为斡额仑夫人，更为这个艰难成长起来的家庭高兴。她仿佛看到微笑和希望正在朝他们招手，美好的未来就在明天。豁阿黑臣不知疲倦地忙碌着，虽然是 50 岁的人了，腿脚却很利落，耳聪目明，精神颇佳。

　　今天早上，豁阿黑臣照例起了个大早，她悄悄地来到帐包

成吉思汗的"全家福"

外,在微微发亮的晨光里摸索着找到了门口的一把剪刀。这是用来剪羊毛的。她手持剪刀,快步走在洒满露珠的草地上,凉爽的露珠打湿了她的裤脚。她想快一点剪完羊毛,好腾出时间来,全心全意照顾那几头待产的母牛。她想,一旦母牛生了牛犊,事情可就多了,现在夫人忙着与国主商讨国家大事,哪有工夫管理家务。我要多干活,快劳动,承担起这些事务,不能让夫人操心。

忠诚能干的豁阿黑臣来到羊圈旁,蹲身抚摸着几只绵羊,一边跟它们轻声细语,一边开始剪羊毛。天光还没有全亮,寂静的大草原上偶尔传来轻微的虫鸣,这些不知名的昆虫低低鸣唱,无限悲哀地叹息着生命即将终结,冬天就要来临。豁阿黑臣专心致志地剪羊毛,她的手法娴熟,速度极快,一会儿工夫,一大堆羊毛堆在眼前。她站起身来,一边拍打着成堆的羊毛,一边自言自语:"老了,干不动了,二十年前,草原上谁是我豁阿黑臣的对手?谁能比我剪得更快?"

豁阿黑臣伸展腰身的时候,放眼遥望晨光灿烂的东方。一缕缕霞光穿透云层,放射出道道光芒,映衬得草原金碧辉煌,好像这是一座美丽的宫殿。"美丽的早晨,美丽的草原!"豁阿黑臣大声赞叹着,她是草原的子民,她热爱自己的家乡和部落,她是多么善良和朴实,那一刻,她说什么也没有想到,灾难从天而降,落在了她的面前。

豁阿黑臣休息片刻,忽然听到远远传来一阵奇怪的声响。静谧的草原上,声响那么突然、那么迫切、那么嘈杂……

声音由远而近,越来越响亮。老人听着听着,吓呆了,她不敢相信自己的耳朵,慌忙俯身趴在地上。她并不是胆怯,更不是逃避,她趴在地上,采用一种古老原始却实用的方法倾听远处的声响。她把一只耳朵贴在地面上,仔细辨别声音的远近,希望搞清楚这是什么声音。豁阿黑臣趴在地上细听,不由得皱起了眉头,心跳加快了,神色变得慌张起来。原来,她判断出声响是马群在奔驰,而且正在朝他们的营地奔袭而来!不好,一定是敌人来偷袭了,老人本能地这么想着,爬起身来,匆匆地跑向斡额仑夫人休息的营帐。

她气喘吁吁地跑进去,大声喊道:“夫人,夫人,不好了,快快起来!我刚才听到大地震动,声音响亮,恐怕是泰赤乌人来偷袭我们了。”

听到惊呼,斡额仑夫人一下子坐了起来,她一把推醒身边的女儿铁木仑,母女俩披着袍子,跟随豁阿黑臣来到帐外。斡额仑夫人略微镇静心神,她吩咐豁阿黑臣说:“你快去准备马匹和车辆。”然后,她带着女儿大声疾呼,喊醒铁木真等人。

昨天,铁木真带着弟弟们和几个朋友外出狩猎,回来得很晚,他们围坐在营帐内,畅谈到半夜才陆续睡去。此刻,他们正蒙头酣睡,哪里能听到半点声响?

孛儿帖首先听到母亲呼喊,一下子惊醒了。她摇醒身边的铁木真,大声说:“不好了,可能有危险!”

　　铁木真激灵一下,翻身跃起,多年来被追杀的生活锻炼了他机警的个性,他顺手摸起身边的弯刀,迅速来到帐外。斡额仑夫人正要对他言说豁阿黑臣发觉来了敌兵,就见各个帐包内冲出了毛浩来等人,他们顾不上说话,因为敌兵的马蹄声已经像滚滚潮水响彻耳边!几人对视一下,明白敌人来偷袭了。他们飞身跑出营帐,寻找各自的战马,准备与敌搏杀。

　　斡额仑夫人带着孛儿帖和铁木仑紧随其后,来到帐外草地上。豁阿黑臣已经牵来两匹马。斡额仑夫人和铁木仑骑上了一匹马,她吩咐下去,敌人突袭,我们摸不清敌人情况,不可硬拼,应该速速离去!铁木真和众位少年骑着战马过来了,他们赞同撤走的意见,正要打马而走。突然,铁木真着急地喊道:"孛儿帖呢?怎么不见孛儿帖出来?"说着,就要进帐寻找。毛浩来急忙阻止说:"情况紧急,泰赤乌人决意要抓你,你还是快走吧!"众人不由分说,拍打铁木真坐骑,战马一声嘶鸣,扬长而去。众人保护着斡额仑夫人一起追随下去。斡额仑夫人回头大声喊道:"豁阿黑臣,一定要保护孛儿帖。"声音消失在茫茫草地上,消失在飞驰的马蹄下……

# 第四节　孛儿帖被俘

　　再说孛儿帖，她随同斡额仑夫人出帐后，看到情况危急，铁木仑在慌乱之中把蒙古袍也丢了，半裸着上身，她便急忙解下身披的黑貂皮袄披在铁木仑身上，然后回身去取其他衣服。就是这么一点时间，她失去了逃走的机会。年轻的孛儿帖必须面对她生命中最大的一次劫难。

　　孛儿帖走出营帐，发现铁木真等人已经不见了，她着急地呼唤着寻找着。此时，敌兵的喊杀声已经依稀可辨，温馨宁静的乞颜部驻地立刻陷入一片紧张之中。老女仆豁阿黑臣牵来了一辆牛车，她对孛儿帖说："快快上车，我带你离开这里。"忠心的豁阿黑臣临危不惧，决心保护孛儿帖。孛儿帖在老女仆的帮助下，钻进牛车里，豁阿黑臣安慰她说："泰赤乌人执意要抓获国主，只要国主走了，他们也就没有办法了。"孛儿帖早就听说泰赤乌与乞颜部的恩怨仇恨，明白泰赤乌人不肯放过铁木真。她双手合十，祈祷说："但愿长生天护佑我的丈夫，保护他平安脱险。"

　　主仆二人，赶着牛车，奋力前行，他们打算逃到附近的树林中躲避一时。拉车的是一头黑花母牛，它走着走着，也许是太过着急，不小心栽倒在路边的泥坑里，车子的前轴折断了。"难道是长生天不让我离开这里吗？"孛儿帖心中惊讶地想着，急忙下车查看。车轴断了,车子无法前行了。这时,铺天盖地的喊杀声和马蹄声已经响彻耳边。豁阿黑臣来不及细想,又把孛儿帖推到车上,放下车上的帷幔,严严实实地遮盖住孛儿帖,叮嘱说:"你坐在车里,千万别动,敌兵来了我自然有办法应对。"

豁阿黑臣话音刚落,几个敌兵已经来到她眼前,其中一人大声呵斥:"老太婆,挡在路上干什么? 还不快让开!"另一人察言观色,一边制止同伴一边问豁阿黑臣:"我问你,你车上装的是什么? 你知道铁木真住在哪个帐包里吗?"豁阿黑臣用手指着远处说:"就在那边,我是他家的仆人,刚刚从他家剪羊毛出来,车上装的是羊毛。"

几个敌兵没有怀疑豁阿黑臣的话,他们不假思索,策马朝远处的帐篷奔去。豁阿黑臣见敌兵远去,赶紧请示孛儿帖说:"夫人,我发现这些敌兵穿着奇怪,他们好像不是泰赤乌人。""不是泰赤乌人?"孛儿帖也觉得惊奇,还有什么人用如此凶狠的手段来对付我们呢? 她急忙掀起帷幔,准备下车。豁阿黑臣阻止说:"不能下车,后面的敌兵就要追过来了。"

果然,有一队敌兵上来了,豁阿黑臣以同样的话语回答敌兵的问话,可是,这次没有逃过一劫。敌兵不相信她的话,用刀尖挑开帷幔,一下子发现了藏在里面的孛儿帖!

孛儿帖被敌人抓获了! 直到此刻,她才明白,敌兵不是泰赤乌人,而是宿仇蔑儿乞惕部人!

与蔑儿乞惕的仇恨还要追溯到铁木真的父亲也速该。当初,也速该帮助赫王击败了蔑儿乞惕部,辅助他重新登上汗位,这是一个仇恨;其二,铁木真的母亲斡额仑夫人正是也速该从蔑儿乞惕人也客赤列都手里抢过来的。两种仇恨交织在一起,让蔑儿乞惕人把乞颜部看作死对头，十几年来，他们终于等到了复仇的机会。

　　挑起这场偷袭乞颜部战乱的正是斯布钦和！当日他从铁木真的婚宴上狼狈逃窜，回到驻地后心有不甘，恨恨地想，铁木真一个小毛孩子，凭什么来管我！哼，他以为自己躲起来就没人追杀他了，我今天偏要把他的行踪告诉他的仇敌，让他死无葬身之地，不知道死在什么人的手里。斯布钦和越想越得意，他暗暗地列出一些名单，这些人大多与乞颜部族有仇。他掂量来掂量去，突然眼前一亮，想到了蔑儿乞惕部。他知道铁木真防备非常严密，为了躲避泰赤乌人追捕，做了充分准备，而对于蔑儿乞惕部，铁木真恐怕连听都没有听说过，而恰好这个部落与他们仇深似海。

　　斯布钦和主意已定。他打点行装，备上礼物，匆匆地赶往蔑儿乞惕部驻地，不但告诉他们铁木真母子的行踪，还加油添醋，说铁木真正在招兵买马，扩充军队，扬言有朝一日收拾蔑儿乞惕部，为赫王和父亲报仇。蔑儿乞惕部首领脱脱听了，勃然大怒，他大声叫嚷着说："也速该抢夺他人妻子，帮助赫王恢复汗位，这些都是我们的耻辱，我们本来打算找他复仇的，后来听说他中毒死了，我们才放弃了攻打他的计划。怎么，他还有儿子吗？俗话说，父债子还，正好让他的儿子们来偿还这些血债吧！"

　　于是，脱脱亲自统帅三万兵马，在斯布钦和的带领下一路朝肯特山进发。斯布钦和熟知铁木真驻地的情形，知道他们布下了严密的防线，他提醒脱脱说："明主，铁木真虽然年幼，却结交了不少英雄好汉。他们精通兵法，在驻地四周设置了重重障碍，我们进攻一定要仔细谨慎。"

　　脱脱观察地形,参考诸位将官意见,决定采取趁其不备、突然袭击的战略,一举擒获铁木真等人。他们经过精心准备,夜晚突进,在黎明时分到达铁木真驻地附近,发起了全面进攻。这就是敌兵偷袭的整个经过。

　　铁木真等人哪里晓得凭空掉下来一个强大的敌人,与蔑儿乞惕部的种种仇恨铁木真只是听说而已,并没有把他们当作目前对付的敌人。看来是他疏忽了,这也是年少的他无法料及的。这场灾难直接影响了铁木真的人生,因为蔑儿乞惕部采取了"以其人之道还治其人之身"的复仇策略。

　　他们一番抢掠后,发现铁木真和斡额仑夫人逃走了,于是将整个营地洗劫一空,赶走了牛羊马匹,抢走了部众人口。这时,恶毒的斯布钦和认出了孛儿帖,他立即上前禀告脱脱:"明主,铁木真虽然逃了,可是他新婚的妻子被抓住了。"脱脱一听大喜,他急忙让人带上孛儿帖,看她年轻貌美,气质高贵,不由得动了心,想霸占孛儿帖。跟随前来偷袭的还有也客赤列都的弟弟赤勒格儿李阔,他听说斡额仑夫人跑了,但抓住了铁木真的妻子,也上前观看。他知道,当初哥哥的妻子就是被铁木真的父亲抢走的,如今风水轮流转,铁木真的妻子也被抢来了。他当即要求说:"明主,当初我哥哥蒙受了耻辱,今天要让铁木真蒙受同样的羞辱,应该把他的妻子赐给仆从,让他们永远不能相见。"

　　脱脱听了赤勒格儿李阔的建议,反而不好意思霸占孛儿帖了。他想了想说:"这样吧,既然也速该让你哥哥蒙受了耻辱,现在就把铁木真的妻子送给你吧!"赤勒格儿李阔没有想到脱脱会把孛儿帖送给自己,一向沉默胆小的他有点不知所措。

　　可怜如花似玉的孛儿帖,被当作礼物送给了蔑儿乞惕部的

**铁木真的营帐遭蔑儿乞惕人袭击，孛儿帖被抢走**

一个普通部众，她愤怒地挣扎着，希望挣脱捆绑的绳索，逃出这令人羞愧难当的场地。豁阿黑臣安慰了孤苦的孛儿帖，老人轻声说："夫人，你一定要忍耐，国主会来救我们的，我们不能懦弱地死去，而要勇敢地活下去，长生天会护佑我们的。"老人的话极大地鼓舞和抚慰了孛儿帖的心灵，她努力让自己平静下来，被蔑儿乞惕人押回了他们的驻地。

蔑儿乞惕部人依然不死心，他们顺着马蹄印，寻找到了肯特山下，打算抓捕铁木真等人。可是他们围着山麓转了半天，却始终找不到进山的道路。

斯布钦和深知驻地周围都是铁木真安排下的兵马，他不敢大意，提醒脱脱说："周围还有乞颜部众，我们不要中了他们的埋伏。"

脱脱见抢掠了不少财物，还夺取了孛儿帖，感觉此战已经成功，于是下令班师回国，不再围剿肯特山上的铁木真等人。

# 第五节　跪拜肯特山

　　孛儿帖被人带走了,此时,铁木真等人并不知道消息。他们逃出营地后,一路前行,很快钻进了深深的肯特山林之中。他们以为是泰赤乌人再次抓拿铁木真,哪里想到是强大的蔑儿乞惕部蓄谋来袭。铁木真放心不下孛儿帖,他和母亲商量说:"如果真是泰赤乌人,他们肯定赶走禽畜,俘获部众离去了,应该派人下去打探一下。"斡额仑夫人点头应允,毛浩来请命说:"就让我和合撒儿一起去吧!"

　　毛浩来再次伪装成一副病人模样,手拄铁棒,在合撒儿的搀扶下来到山脚下,他们看到周围并没有伏兵,放下心来,牵出林中骏马,翻身上马,飞速赶回驻地。驻地已经一片狼藉,牲畜被逐,部众离散,随处可见烧杀掠夺的痕迹,看来,敌人已经远去了。毛浩来仔细查看每一处痕迹,他突然皱眉说道:"此次侵犯的不是泰赤乌人。"

　　"不是泰赤乌人?"合撒儿紧张地问,"那会是什么人?"

　　毛浩来眉头越皱越紧,他拿起地上的一件破损的头盔说道:"我知道了,这是蔑儿乞惕人。"

　　"蔑儿乞惕人?"合撒儿更奇怪了,蔑儿乞惕人与他们有什么深仇大恨吗?

"是。"毛浩来坚定地说，"他们一定在熟知我们地形的人带领下突袭而来，成功地偷袭了我们。那么这个人是谁呢？"

合撒儿被毛浩来的分析弄得一头雾水，他素来只知道舞枪弄棒，不喜欢了解部族历史，也搞不懂复杂的部落关系，他根本不知道与蔑儿乞惕部还有那么大的血海深仇呢！而毛浩来机智善辩，掌握许多历史典故，深知各个部落之间的仇恨渊源，所以看到头盔的模样，一下子明白来袭的是蔑儿乞惕人，而不是泰赤乌人。

就在这时，远处一队黄色骏马疾驰而来，最前面正是陶尔根希拉。原来，铁木真对手下众臣做了安排，命令他们各自带领部分部众驻扎在驻地四周，以做策应，应付敌人袭击。可是狡猾的斯布钦和摸清了各个营帐的驻扎情况，带领脱脱躲开四周营帐，轻兵挺进，直接袭击了铁木真的驻地大营。时值中午，驻地大营遭到突袭的消息传到了四周营地，陶尔根希拉一马当先，率先带人赶了过来。

他见到毛浩来和合撒儿，得知铁木真安然无恙，这才放心地说："国主安全，我就放心了。我已经派人打探清楚，偷袭的是蔑儿乞惕人，他们在斯布钦和的带领下进来的。脱脱抢走了孛儿帖夫人和众多部众。"

合撒儿听闻，气得暴跳骂道："该死的斯钦布和，竟然做出这种卑鄙的事情。我要抓住他，一定将他碎尸万段。"

毛浩来点头说："是我们疏忽大意了，如今孛儿帖夫人被俘，我们该怎么办呢？"

陶尔根希拉说："先去请出国主，再作其他打算。"

山林里，铁木真等人折断榆树和柳树枝条，搭起帐篷，让斡额仑夫人和铁木仑在里面休息。铁木真看到妹妹身上的黑貂皮袄，更加挂念妻子孛儿帖。他焦躁地想着，孛儿帖怎么样了？泰赤乌人不会伤害她吧？直到此时，他还不知道前来袭击的人怀有怎么样的险恶用心。其实，他们正以抢走了他的妻子做为最大的胜利，他们一路欢叫着，自以为终于报了多年来的仇恨。

天快黑了，毛浩来带人终于找到了铁木真，他们给他请安问好，然后请他出林议事。铁木真询问孛儿帖的下落，毛浩来不敢隐瞒，把此次袭击事件的前因后果详细述说了一遍。铁木真听罢，呆坐在地上，伤心地一语不发。斡额仑夫人也听到了事情的经过，她抱胸而泣，哀哀说道："多少年的恩怨了，为什么要报复在我儿子的身上？长生天啊，那不是我儿子的过错，你不能因此而惩罚他，你要还给他一个公道！"

众人看到他们母子痛苦的样子，也忍不住流下眼泪。年幼的铁木仑听说嫂子被人抢走了，来到铁木真面前大声央求："哥哥，你要抢回嫂子，你快去抢回嫂子啊！"

铁木真没有流泪，他呆呆地坐了半天，起身命令毛浩来，让他把母亲和妹妹带回营地，重新安营扎寨，聚集部众，恢复生活。而后，他独自钻进树枝搭建的帐篷，垂头沉思，不肯下山。斡额仑夫人知道儿子心情难过，擦干眼泪说："我们回去吧！让铁木真一人安静一会儿。"

还是母亲理解儿子，铁木真太需要安静了。十几岁的他，面对过多少灾难和险境，他一一挺过来了。艰难的处境锤炼着一颗年轻的心，他变得坚强了，变得成熟了，变得凶狠了。可是，他却无法忍受此刻的痛苦。新婚不久的娇妻被人掳走，这意味着什么？自己的无能、懦弱？敌人的强大、凶狠？他捶打着胸脯，希望找到合适合理的答案。

铁木真一夜未眠，晨光微亮的时候，他走出帐篷，望着巍巍肯特山，跪倒而拜。他捶打着胸脯激动地说："几年来，我屡次遭到追杀，都躲进山林逃脱，今天山神又救我一命，我感激您的恩德。我还要感激豁阿黑臣老人，多亏她及时发现敌人，我才幸免于难，你们都是我铁木真的恩人。肯特山啊，您是我祖先发达的圣地，您像伟大的神一样庇护我的蝼蚁之命。以后，我会每年都来朝奉您，每日都为您祈祷祝福，我要我的子孙后代都像我一样敬奉您。"说完，铁木真面对日出的方向，解下腰带，挂到肩膀上，摘下帽子，放在手腕上，一只手放在胸前，按照传统的蒙古习俗，对着太阳行九叩九拜大礼，感谢肯特山的救命之恩。然后，以泉水代酒，洒酒祭奠神灵，希望从此永远得到山神的护佑。九叩九拜大礼是蒙古人最隆重的礼节，他们以九为吉祥的数字，九代表着至高无上的尊崇和完美，只有祭天和叩见最高国主时，才能行此大礼。

铁木真从一次次的磨难中得到锻炼，可谓历经艰辛，永不言败。如今，面对夺妻之恨，他同样没有气馁，也没有灰心。他进一步成熟了，清楚地看到

成吉思汗向腾格里祈祷。"腾格里"在蒙古话叫做 Mongke Tengri，在蒙古民间宗教中，腾格里神（天神）是最高的神。

斗争如此残酷，敌人如此凶恶，要想成功地生存下去，必须发展壮大自己的力量。铁木真凭着坚忍不拔、百折不挠的毅力，开始采取一系列措施，着手统一蒙古诸部。

他跪拜肯特山，可以看作是他的誓言，他要主动出击，歼灭那些虎视眈眈的敌人，让他们臣服于自己脚下。他要找回属于自己的财富、荣誉和地位，更要找回被掠的妻子孛儿帖。

一次次打击没有击垮铁木真，反而磨炼了他的意志，让他更加坚强和成熟。十七岁的他走出部落小天地，寻找强大的力量来支持自己，壮大部落。他带着仅有的一件珍贵礼物——黑貂皮袄上路了。他北上赫利特，见到了父亲的盟友赫王，赫王会帮助这个落难少年吗？铁木真又会遇到哪些意想不到的麻烦和危险呢？

# 第十三章　黑貂皮袄

# 第一节　献貂皮袄

　　铁木真叩拜完肯特山，从容不迫地走出山林，牵出林中马匹，策马赶回营地。营地内，大伙正在动手搭建帐篷，收拾破败家园，当看到铁木真归来，纷纷围上来。斡额仑夫人说："孩子，你能这么快回来，母亲真是太高兴了。"合撒儿也半忧半喜地说："回来就好，回来就好。"一向鲁莽的他似乎也成熟了不少。陶尔根希拉带着众位臣属拜见铁木真，向他问安请示。大家心照不宣，谁也没有主动提起此次遭到突袭、孛儿帖夫人被抢的事情。

　　铁木真面无表情，默默地巡视营地情况，和大伙一起动手干活。一直过了两天，营地内大多数帐篷搭建完毕，部众又恢复了正常的生产和生活。他心里似乎略感欣慰了，召集臣属们商量说："我们惨遭敌兵突袭，造成巨大损失，你们看我们该如何应对呢？"

　　陶尔根希拉老成持重，他首先说："这次突袭而至的是蔑儿乞惕部人，他们兵多将广，来势汹汹，听说发动了三万大军来袭击我们。"

　　"三万大军？"这可不是个小数字，帐内诸臣属交头接耳，议论纷纷。三万大军对于他们来说，简直就是天文数字，他们集合全国所有部众也不足这个数！何况出兵打仗的年轻将士，恐怕凑够一万人就不错了。一万对三万,这仗可怎么打?

　　毛浩来深谙用兵之道,他摇头不语,看来与蔑儿乞惕部交战是不可能取胜的了。

　　铁木真眼见众人无计可施,他从身后捧住了一件黑色貂皮袄,郑重地托着它走过众人面前,果断地说:"如今,大家没有好办法对付蔑儿乞惕部,我却有一个主张。"他说出了一个伟大的计划和理想,这个计划将由他手上的黑貂皮袄而实现,他的理想也因此拉开了走向实现的序幕。

　　铁木真看到自己势力微弱,要想成功抵抗敌人、避免受到危害不是件容易的事,他决定结交势力强大的后盾,庇护自己,让自己得到喘息和发展的机会。他首先想到了赫王!他是父亲的安答,父亲有恩于他,况且赫王在接受自己和妻子敬酒时,也曾经表示过要好好保护他们,有朝一日帮他们称汗蒙古国。

　　他把自己的想法一说,帐内气氛马上为之一变。有人摇头否决,有人欣喜地表示赞同,也有人不置可否地笑笑,态度模棱两可。否决的人说:"我们乞颜部是蒙古贵族,历来地位尊崇,不能低三下四向他人示弱求好,我们应该像勇士一样拿起弯刀去拼杀!"赞同的人说:"此一时,彼一时,我们力量薄弱,当然要投靠他人。"另外一些人左右摇摆,拿不准到底该怎么做。

　　铁木真胸有成竹,面对众人意见纷呈,说出了自己的看法:"如果我们仍然看不清形势,硬拼死打,就只有死路一条。当初赫王与父王结为金兰之好,也是赫王首先向父王求助的。如今我们遇到危险,向赫王求助,怎么会有失乞颜部尊严呢?有人说这是投靠他人,我却不同意这种说法。赫王求助父王重新登上王位,他投靠我们了吗?"他侃侃而谈,众人洗耳恭听,无不为铁木真的分析所折服,最终达成一致——前去黑林结交赫王!

　　斡额仑夫人听说了铁木真的重大决定后,非常高兴。她看到儿子一天天成熟,不仅继承了他父亲的勇敢和豪爽,也具有她那种务实坚韧的品格和宽广博大的胸怀,这正是成就大业必备的素质。斡额仑夫人一边高兴地想着,一边亲自为儿子烤羔羊、置酒水、备马匹,送儿子踏上寻求帮助的道路。家里唯一贵重的礼物就是孛儿帖的陪嫁——黑貂皮袄了,铁木真手捧皮袄,自言自语:"孛儿帖,你如果还活着,一定要等我来救你;黑貂皮袄,你如果有灵智,就帮助我实现愿望,求得赫王的帮助。"说完,他仔细包好皮袄,带在身上,辞别母亲,带领别勒古台和合撒儿,兄弟三人打马走进莽莽草原之中。

　　赫王的国土位于土兀剌河黑林地方。从铁木真所在营地到黑林,一路上风光秀丽,特别是春天,牧场上浓密的绿草一望无际,其间点缀着五颜六色、多姿多彩的鲜花,两岸骄杨垂柳掩映的土兀剌河,在这片草原上平静地婉蜒流淌。北面,肯特山的参差不齐的花岗岩质峰峦耸立于远方。南面,大大小小的圆形丘陵由大而小向着戈壁滩方向依次排列下去,像无数逐渐趋于平缓的浪头。西边,博格多兀拉山脉把克鲁伦河流域和土兀剌河流域分开,山上海拔 1700 米至 2500 米处生长着稠密的针叶林、桦树和欧洲山杨。这片森林受到宗教方面的保护,被认为是神灵之居所。尽管路途风光无比引人驻足,铁木真却顾不得欣赏。他不停地挥动马鞭,催促宝马快快前进,希望早一点到达黑林,早一点见到赫王,然后献上黑貂皮袄,争取到赫王的帮助。

　　三人快马加鞭,很快来到了黑林附近。土兀剌河静静地流淌着,河两岸长满了骄杨垂柳,真是一处美丽的地方。再往前

**少年铁木真向赫王进献黑貂皮袄**

走,山腰和山麓坡地则长满了茂密的外贝加尔湖松树,黑压压的一片,一眼望不到边。这片森林之所以被称为黑林正是由此而来。

赫王的营帐就坐落在黑林中央。铁木真三人在兵丁的带领下,来到赫王营帐,他见到身着华服皮衣正襟高坐的赫王,紧走几步,跪倒在地,呈上黑貂皮袄,郑重地说道:"您与我父亲义结金兰,您就如同我的父亲一样,今天献上黑貂皮袄,请您笑纳。"

赫王笑容满面地接过黑貂皮袄,用手轻轻抚摸了几下,高兴地说:"难得你一片孝心,献上如此贵重的礼物。起来吧! 我的孩子,你父亲勇猛盖世,帮助我恢复汗位。我与他交情甚厚,没有想到他遭到歹人毒害,死得冤屈啊! 如今,他的儿子就是我的儿子,我要像父亲一样辅助你,帮你实现理想和抱负。"

铁木真站立起身,谢过赫王,坐在一边,把遭到蔑儿乞惕突袭,妻子孛儿帖被俘的事情一五一十地述说给了赫王。他激动地说:"孛儿帖被他们抢走了,请您一定要帮我夺回妻子。"

赫王听罢,怒从心起。当年,他与蔑儿乞惕有着深深的仇恨。蔑儿乞惕部联合他的弟弟篡夺王位,差点置自己于死地,多亏也速该出手相救,自己才幸免于难,重新登上汗位。现在,他们竟然趁铁木真年幼,部族微弱,抢夺他的妻子,掠获他的部众财物,真是无耻! 赫王义愤填膺地说:"孩子,你不用担心,蔑儿乞惕部并不可怕,当年你父亲就曾经击败过他们。今天,我赫利特国富民强,哪里惧怕他小小的蔑儿乞惕部!"赫王说得没错,十几年来,赫利特趁蒙古各部互相滋扰之机,为避免外部仇杀,大力发展本国生产,现在已经取得了很大进步,成为当时蒙古草原上最强大的国家之一。这也是铁木真希望得到他帮助的原因。

听到赫王答应帮助自己,铁木真高兴地再次答谢。

正在这时,帐外一阵喧嚷,一个少年吵吵闹闹地走了进来。

## 第二节　结怨伊拉固

进来的少年不是别人，正是赫王的独生儿子，王太子伊拉固。伊拉固17岁了，中等身材，面目俊朗。他自幼生长在父亲的百般呵护之下，条件优越，练就了一身武功，也养成了骄奢好强的性格。

他听说铁木真来了，急匆匆地跑进来观看。帐外守营人阻挡住他，说："赫王有令，他要单独接见贵客，太子还是等等吧！"伊拉固不满地说："什么贵客？不就是铁木真吗？他有难来求助我们，为什么不让我见？"

伊拉固与守卫一阵争吵，最后，他硬生生地闯了进来。

赫王见伊拉固无礼闯营，一面申斥儿子，一面不好意思地对铁木真说："这个孩子自小娇宠惯了，一点礼貌也不懂。"于是，他大声呵斥儿子："见了客人还不赶紧施礼？"

伊拉固瞅瞅铁木真，一脸不屑地说："你就是铁木真？听说你少年英雄，无人能够打得过你，怎么你的妻子还被人抢走了？"

赫王满面怒色，上前就了伊拉固一巴掌，生气地说："不要胡言乱语！还不给我滚出去！"

伊拉固挨了一记耳光，心生怨恨，他不明白父亲为什么会如此看重一个与自己年龄相仿的少年，难道他比亲生儿子还要重要？从小到大,伊拉固一直是父亲的宠儿,还从来没有挨过打呢。今天倒好,见到铁木真,还没有说几句话,就被父亲打了,真是莫名其妙。

铁木真赶紧起身相劝:"太子快人快语,汗王不要放在心上。"

赫王垂头叹气说:"这个孩子聪明勇敢,不在他人之下,就是太娇惯了,养成了目中无人的毛病,这可如何是好?"

再说伊拉固,遭到父亲训斥后,心中不服。他见铁木真兄弟住了下来,决定寻找机会再次与铁木真较量,给他们一个下马威。

铁木真受到赫王盛情款待,留在赫利特等待赫王发兵救妻。这天,他与两个弟弟来到土兀剌河畔散步,合撒儿说:"赫王答应发兵,怎么迟迟不见动静,不会是反悔了吧?"铁木真摇头说:"赫王仁义宽厚,不会不帮我们的。"

兄弟三人边说边走,温暖的风吹动身边柳条,轻轻抚在他们的脸上,别勒古台充满向往地说:"赫利特风光秀美,真是个好地方。"远处,碧绿的草地上三三两两走动着几只牛羊,它们安闲地吃着牧草,一派田园景色。几个牧童骑着马,飞驰嬉笑。

就在他们停下来观望的时候,不远处的山包后头跳出几个大汉,一个个虎背熊腰,面露狰狞,晃着膀子朝他三人走过来。几个大汉走到铁木真面前,瓮声瓮气地说:"听说你打算请我们的国王出兵相救,那么你有什么本事呢? 有什么能耐请动赫利特勇士?"

合撒儿跳上去就要与他们搏斗,铁木真一把拦住了。他不卑不亢地回答:"请问诸位什么叫勇士? 勇士是见死不救的人

吗?"几个大汉一听,顿时没了言语。铁木真接着说:"我父亲人
称勇士,他听说赫王遇到危难,挺身而出,帮助他夺回权力,恢复
了汗位,我认为他就是顶天立地的勇士。"

　　几个大汉更无话可说,他们都清楚赫王与也速该的关系,深
知没有也速该也就没有今日的赫王,怎么能够为难也速该年少
的儿子呢? 这时,他们身后走出了伊拉固,他微微冷笑地来到铁
木真面前,不阴不阳地说:"你说的是上辈人的恩怨,我想请教
你,你到底有什么本领来搬动赫利特士兵,我们为什么要听你的
指挥?"

　　铁木真早就明白,几个大汉是伊拉固派来的人,现在看到伊
拉固站出来了,心里一阵好笑。他笑着说:"太子说得很对,我们
不应该凭借父辈获得个人的荣宠,可是今天你贵为太子,我也是
王室子弟,难道这一切不是天生注定的吗? 至于说我暂时管理
一方国土,那也是大家对我的信任,没有其他原因。"他一句话驳
斥了伊拉固,也肯定地告诉他们,自己现在代表一个国家,不能
和他们儿戏。

　　伊拉固觉得铁木真瞧不起自己,气极败坏,恼羞成怒,冲上
来就要抓住铁木真。合撒儿眼疾手快,抢先接住伊拉固的拳脚,
两人扭打在一起。伊拉固哪里是合撒儿的对手,没几招就被合
撒儿打趴在地。

　　铁木真赶紧制止合撒儿,亲手扶起伊拉固说:"合撒儿年幼,
你大人不计小人过,千万要原谅他。"

　　伊拉固一招失败,再生一招,他提出与铁木真兄弟比试箭
术。合撒儿微笑接招,结果再次打败了伊拉固。伊拉固又提出
比试刀枪,结果也打不过别勒古台。最后,他低着头说:"天外有

**《马可波罗游记》中的蒙古骑兵复原图**

天,人外有人,铁木真果然有本事,能统帅这么勇猛的将士。"合撒儿大笑着说:"这算什么? 我们国家比我们强壮的人多着呢! 你听说过朝穆尔更吗? 他的箭术比我强多了,百步穿杨,一点也不含糊。"由此,伊拉固知道铁木真非比常人,他心里埋下了一颗敬畏的种子,同时也埋下了一颗嫉妒的种子。两颗种子在不同的时间都会发芽长大,进而决定了他最终的命运。

铁木真首次外交便取得了成功,这为他以后的发展找到了一条可靠可行的道路。他在赫王的帮助下,一步步走向胜利。

这天,赫王召来铁木真,高兴地说:"告诉你一个好消息,有人要来见你,他答应助你一臂之力。"

还有谁会帮助铁木真呢?

## 第三节　再见札木合

　　铁木真略一思索，他明白了，一定是自己的安答——札木合。赫王兴高采烈地说："对了，正是札木合，他管理札答剌部落已经好几年了。目前，他们国内人丁兴旺，势力强大，如果他能出手相救，我们胜算更大啦。"

　　札木合与铁木真二度分手后，回到部落驻地，顺利地继承了首领之位，接管了位于斡难河中游的札答剌部。他机智有勇，怀有野心，推行威严政令，严格约束部众，国内出现了少有的井然有序的局面。乞颜部旧臣蒙克力也在他的手下，辅助他做出了一番成绩。最近，他听说铁木真遇到了麻烦，决定派遣蒙克力前去探望。

　　蒙克力顺河流而上，来到肯特山下克鲁伦河上源乞颜部驻地，见到斡额仑夫人后，转达了札木合的慰问之意。斡额仑夫人看到蒙克力，想起也速该临终托孤，不由得潸然泪下。她说："你一去多年，生活可好吗？"蒙克力一直感激铁木真对自己宽宏大量，不计前嫌，叩头说道："多谢夫人记挂，老臣纵然死也不能报答您和先王的恩德，我撇下幼主不管，是我的罪过。"斡额仑夫人摇摇头说："不怪你。如今铁木真长大了，你要有心，再来辅佐他也不迟啊！"

蒙克力叩头感谢斡额仑夫人，说道："国家出现了危难，幼主蒙受了耻辱，我不会视而不见的。我回去后，一定禀明我主，请他发兵相救。"

斡额仑夫人满意地说："看来也速该没有看错人，你能帮助我们，真是太好了。"

蒙克力不敢停留，立刻赶回札答剌部，向札木合汇报了铁木真遭人袭击，妻子被掳的全部经过，而后仗义执言："国主，您与铁木真有八拜之交，如今他遇到危难，应该出手救助。铁木真已经去求助赫王，赫王与铁木真的父亲也是安答，这样看来，他一定会帮助铁木真。我们如果不出兵的话，一定会惹他人嗤笑。"

札木合听后，沉思一会儿，说道："只要铁木真安答有难，我一定会全力相救的，何况对手是蔑儿乞惕人。"原来，札木合的父亲正是死在蔑儿乞惕人手中。当年，两部落经常厮杀攻伐，相互掠夺，从而结下了世代仇恨。

就这样，札木合立即带着随从，飞速赶往黑林，去见赫王和铁木真。

铁木真听说札木合近日就要来到黑林，心情激动。这位幼时好友，今天怎么样了？他记起两次结拜的过程，记起他们互相发下的誓言，记起两人共同度过的美好时光。五六年的时间过去了，札木合成为颇具名声的君主，他还记得当日的情义吗？

赫王端坐大帐之内，接见了札木合一行人。他看到这个少年君主也是一表人才，气度不凡，言谈举止中显露出凌人之势，不由得高兴地说："自古英雄出少年，有幸结交草原上两位少年俊杰，真是令人振奋！我虽然老了，却很乐意与你们一起杀敌建国！"

札木合拜见完赫王，赶紧走出营帐去见铁木真。铁木真正等待在帐外,两位安答相见,激动地拥抱在一起。札木合拍打着铁木真说:"你长高了。"铁木真打量着札木合说:"你也是。"两人手拉手走回休息营帐,互诉离别几年来的思念之情,以及各自的经历遭遇,互相探讨对付敌人的策略。

赫利特国土内,住下了未来草原上会一争霸主之位的两位少年英雄。此时,他们却是最要好的朋友,独一无二的安答。

伊拉固面对铁木真和札木合,表现出了截然不同的态度。他看到札木合衣着华丽,车马精良,随从甚多,气势壮观,觉得他才具有一位真正国主的气派,所以,每次相见都是恭恭敬敬,礼貌周全。铁木真看在眼里,却默不作声,他耐心地周旋在两个国家之间,希望快点得到他们出兵的消息。札木合似乎也很喜欢伊拉固,人前人后不住地夸奖他少年有为,将来一定也是草原上一匹驰骋万里的骏马。赫王无奈地笑笑说:"他能像你们一样有作为,那可就好了。"言下之意,他认为伊拉固比不上铁木真和札木合。

很快,伊拉固和札木合越走越近。一是札木合有意结交伊拉固,认为讨得他高兴,也就讨得了赫王欢心,可见札木合心机颇重;二是伊拉固觉得札木合人才出众,与他交往能够提高自己的地位,也能震慑铁木真的威风。这样,两个人各怀心事,也成了关系密切的朋友。倒是铁木真,有些冷落孤单,除了陪伴赫王,就是与两个弟弟游玩散心,日日在黑林之中沉思等待。

合撒儿不满地说:"札木合太过分了,他难道忘了我们的救命之恩?"

铁木真说:"话不能这么说,当初他也救过我的命。"

"那他是喜新厌旧,把老朋友忘了。"

成吉思汗拴马椿，高 10 米左右，周长 20 多米，位于呼伦湖西岸，在山崖东方 10 多米的湖水里，突兀而立。相传，成吉思汗曾在这个石柱上拴过马。

"对呀，"别勒古台也说，"想必他不记得与兄长两次结拜的情义了。"

铁木真摇摇手，不让他们继续说下去。他心里也在琢磨，札木合与我两次结拜，情真意切，不会这么容易就忘记吧？再说他智慧超人，有谋有略，绝非常人可比，应该不会被伊拉固迷惑，这么做，肯定有他的道理。这么一想，他也就释然了，劝说两个弟弟："我们不能以小人之心度君子之腹，札木合是来帮我们的，千万不能怀疑他的良苦用心。"

半个月过去了，赫王召集铁木真和札木合，与他们商议出兵攻打蔑儿乞惕部的事情。札木合当即提出完美的作战计划，他认为，蔑儿乞惕部由三个部落构成，比较分散，应该集中兵力攻打脱脱部落，夺回孛儿帖。赫王听了他的计划，满意地称赞说："好，很好！就依照你的计划去做。"札木合做事认真，有时接近苛刻，他对作战路线和时间做了严格要求，希望大家能够按时到达。

## 第四节　酒宴风波

作战计划定下来了,赫王设宴欢送铁木真和札木合。席间,赫王称赞他们二人少年英才,频频举杯相庆。伊拉固见此,有点坐不住了。他想,父汗如此看重铁木真,把他当成了自己的儿子,真是令人费解!机智的札木合看出了其中的矛盾,举杯邀请伊拉固说:"太子也是俊杰之才,来,我们三人一同干了这杯。"说着,邀请铁木真与他们一起饮酒。

赫王笑咪咪地看着三个少年,满意地点头称善。铁木真端过酒杯,恭敬地举到赫王面前说:"汗王就是天上的太阳,只有您,才能照亮我们微薄的身影,帮助我们度过重重难关,我敬您一杯。"赫王接过酒杯,一饮而尽。

酒至半酣,话语多起来,赫王突然站立起身,把铁木真让到自己的座位上。铁木真推托不得,勉强半侧身坐着,只见醉意盈盈的赫王对筵席众人说道:"铁木真的父亲救了我,我不能做不仁不义的人。今天,我正式宣布,铁木真也是我的儿子,而且是我的长子。有朝一日,他也许会继承我的王位,大家一定要尊重他。"

此话一出,满座皆惊。伊拉固首先站起来,手按弯刀就要动手。札木合惊讶之余,匆忙按住伊拉固,低声说:"且慢动手!"

铁木真慌忙离开座位，扶赫王落座，而后抬头说："汗王喝多了，酒后所言纯属玩笑。我铁木真哪敢有此奢望，请大家不要误会。"

闻此言，众人渐渐恢复常态，接着饮酒不提。

酒宴结束，铁木真想起席间经过，心有余悸。他不明白赫王怎么突然说出这样的话来，要是伊拉固拔刀相向，自己该如何处理？恐慌之时，札木合快步走进来，他拉着铁木真坐下说："刚才真是太危险了，赫王对你宠信有加，已经引起伊拉固不满了。"铁木真点头说："我只想着快点发兵救妻，哪里想到引出这么多麻烦！"札木合不屑地说："赫王父子空有一副高贵气势，实际上都是无能无德之辈，早晚会成为他人的俎上肉！"铁木真急忙制止札木合："我们受赫王恩德，怎么能说出这种背叛的话？以后千万不要这么说了。"

铁木真和札木合就此告别赫王，各自踏上归程，回国征集兵马，准备共同讨伐蔑儿乞惕部。

札木合走出黑林不远，后面追上来伊拉固。他喊住札木合，重新摆下酒宴，与他再次饮酒作别。伊拉固愤愤地说："父王一定是老糊涂了，竟然在众人面前说出那种话来，这让我何以自立？"

札木合假意安抚伊拉固："那是酒后玩笑，太子还当真放在心上了？"

"玩笑有这么开的吗？拿国家社稷开玩笑？"

"太子说得也有道理，"札木合思索着说，"人们说'虎毒不食子'，赫王怎么有立铁木真的想法呢？"札木合自恃才智过人，不在铁木真之下，他想，赫王瞧不起自己的儿子，也应该首先考虑自己啊！怎么会先想到铁木真呢？难道仅仅因为他与也速该的安答关系？要是如此，札木合和赫王也有亲缘关系，比起安答岂不是更加亲密？

恰巧一阵凉风吹过，札木合不禁打了个寒颤。他不解地抬头看看蓝天，阳光灿烂地照射四方，几朵乌云漫步闲游，一切那么安静自然，没有丝毫异样之处。他不觉抖抖身上的外衣，轻声低语："奇怪，这么暖和的天气怎么感觉冷呢？"

伊拉固只顾着生气愤懑，哪里看出札木合的情绪变化。他又端起一杯酒说："虽然你和铁木真是安答，可是我知道你们不一样。铁木真有难了，跑来求助，还不把我放在眼里，凭什么？还不是父王护着他。早晚有一天，我要他知道我的厉害！来，你喝了这杯，我们也结为安答。"

札木合笑着接过酒杯，推托说："你我结为安答，你也就与铁木真成为安答了。这样一来，你们两家关系更近，你父王还不更有理由把王位传给他。"他表面上这么说，实际上内心瞧不起伊拉固，他想，我怎么会与你这种人结拜呢？

伊拉固醉醺醺地诉说着自己的苦恼，札木合假惺惺地安慰着他。直到日落西山，两人才起身告辞，札木合带着随从急匆匆地离开了赫利特。

铁木真和札木合这次前往赫利特，决定了其后的很多事情，导致最直接的结果就是三部联兵出击蔑儿乞惕部。而由此，引起了铁木真与伊拉固的矛盾、札木合对赫利特的垂涎以及他对铁木真的嫉妒之心。后来，札木合反复无常，不断挑拨铁木真与伊拉固的关系，终于导致三方反目成仇，互相攻杀，他自己也落得国破家亡，自杀而死的下场。

再说铁木真,他与合撒儿、别勒古台一路疾行,很快回到了驻地,把赫王和札木合同意出兵的消息告诉了母亲和众位臣属。大家围坐一起,高兴地商量下一步该如何行动。

**成吉思汗母子出行图**

赫王和札木合答应出兵救人,铁木真急忙集合残部,会合他们一起攻打蔑儿乞惕部。经过艰苦奋战,他们击败了脱脱部落,救出孛儿帖,铁木真夫妻在敌营得以重逢。这次战役,联兵大胜,同时也埋下了彼此之间的怨恨和矛盾。赫王外强中干,大战在即,受制于国内政权干扰,竟然延误军期;札木合残忍嗜杀,意欲水煮俘虏……

铁木真面对此情此景,会有什么感想和行为呢?札木合邀请铁木真加入他的部落,是真心还是假意?

第十四章　联兵夺妻

# 第一节　拜毛浩来为军师

　　铁木真首先把详细的作战计划和进军路线转达给众人，他说："札木合要求赫王从黑林出发，进军到肯特山东北部；我们呢，从驻地出发也进军到此地；札木合则溯斡难河而上，与我们两路军队会师。大军行进路线确保不要外泄，防止敌人提前行动。如果有人耽误行程，必将受到严厉惩罚。"大家听罢，纷纷点头说："看来札木合名不虚传，治军有方。"

　　毛浩来仔细听完计划，凝神细思，听大家议论完毕，提出了一个问题："赫王如果进军肯特山东北部，必将路过我部驻地。如此一来，可如何安排？"

　　"果真如此？"铁木真不由得慌张地反问一句，而后坚决地说，"这样的话，我们只有提前撤退让路。"可是这么多部民辎重，如何轻易撤退？

　　陶尔根希拉上前说道："我部也有近三万部众，又要准备出兵，又要全部撤退，不容易啊。要是耽误了进军时间，不好与两国交代。"

　　铁木真也皱起眉头，两国仗义出兵，完全是为了他铁木真。如果他带头误了军期，怎么对得起赫王和札木合的一番情义！

　　时间紧迫，容不得他细想，铁木真当机立断，传令说："命毛浩来为军师,全面负责训练军队事宜;陶尔根希拉为首府大臣,负责部众转移,让开开阔大道,沿克鲁伦河支流峡谷前进,搬迁到肯特山东北部。"为了让赫利特士兵顺利通过,铁木真不得不让开大道,让部众提前沿小路前行。

毛浩来得到军令,立即着手操练军队。铁木真亲自来到队伍前,在营地训练场进行了战前总动员。他把祖传的金封典章和嵌珠箭头亲自授给毛浩来,封他为第一大军师,统率全军,指挥作战。毛浩来立誓坚决击败蔑儿乞惕部,夺回孛儿帖夫人。

铁木真亲自检阅了自己的部队,敬酒畅饮,鼓舞士气,激励斗志。全军呐喊誓师,三呼必胜,群情激奋,斗志昂扬。然后毛浩来详细地部署训练内容,传达作战计划。他精选精兵勇将八千八百人,分成八个纵队,任命楚鲁、布古尔吉、合撒儿、布呼比勒古岱、朝穆尔更等人分别为各纵队首领。八个纵队由他统一指挥,统一行动,分头出击,互相配合。他尤其强调了作战纪律,没有他的命令,各纵队不得擅自行动,令进兵进,令止军退。就这样,铁木真他们的部队已经做好了充分的准备,严阵以待,只等一声令下,就火速前进,痛快杀敌。

陶尔根希拉等几个老臣旧将,见小小年纪的毛浩来被加封为统率全军的第一大军师,心里不服;又怕他年幼无知,胆小惧敌,不敢奋勇杀敌,因此误事辱国,就故意试探他说:"国主已经请赫利特和札答剌出兵了,为什么还封你做军师? 如果你与赫王和札木合意见相左,你将如何处理?"

这可是个大问题,牵扯到此战胜负,也涉及与两国的关系,毛浩来能应付得了吗?

只见他微微一笑,向陶尔根希拉等人说:"我负责军事问题,你们却来问国家大事,叫我如何回答?"

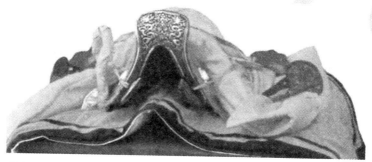

**成吉思汗用过的马鞍**

　　机灵的他巧妙地回避了问题,又提醒众人注意职责所在,不可擅权越位,不能大意妄为。铁木真听到毛浩来的回答,也满意地哈哈大笑,他说:"毛浩来足智多谋,一定能够处理好与两国军队的关系。"

　　接下来,陶尔根希拉不再质疑毛浩来,一心一意调动部众,催促他们搬出营帐,迁往新驻地。毛浩来与众位将领摩拳擦掌,跃跃欲试,做出征前的准备工作。他与铁木真再次分析敌人的情况,研究如何确保联军成功。他说:"札木合的计划不错,可是蔑儿乞惕部在河北岸,我们怎么能够突袭成功呢?"要想过河,就要乘坐舟筏,这样就减慢了行军速度。恐怕渡河之时,敌军就做好了应战准备,如此一来,怎么达到突袭的目的呢?

　　原来蔑儿乞惕部的三个部落分营驻扎,分别位于色楞格河北部流域(今该河下游)草原与西伯利亚泰加森林交界处。其中脱脱所率部落在乌拉河(色楞格河支流之一)乌兰乌德以东地区。这里是外贝加尔湖草原森林地带,牧场与松林相间,长满了落叶松和各种松树。林间盛开着杜鹃花和各种兰花,越往北森林越稠密。

铁木真这才猛然醒悟,他拍拍脑袋说:"札木合虑事缜密,怎么没想到这一点呢?如果提前备好竹筏,到时趁夜色偷渡,也许能达到偷袭的效果。"

毛浩来点头说道:"国主说得太对了,我们必须提前行动,在那里备好船只待用。"

"可是我们怎么能准备那么多船只呢?"

毛浩来思虑多时,郑重地说:"我有办法了。"他趴在铁木真耳边私语半响,铁木真不住地点头称是。最后两人相视微笑,决定依计行事。

第二天,毛浩来挑选出布古尔吉和合撒儿的两队纵兵,带领他们轻装上阵,每人骑着一匹马,身后跟着一匹马,沿肯特山麓向北疾进。

原来,他们提前赶赴蔑儿乞惕部对岸,准备船只去了。

毛浩来想到渡河之难,同时又想出了办法。他听说河岸两边有以捕鱼为生的渔人,那么他们一定有船只,一定熟悉船只的制造和使用,何不请他们帮忙呢?毛浩来带着两千多兵卒,很快来到了河岸边,并观察了地形,试探了河水。此地百姓分别属于各个部落,人员混杂。毛浩来见此,命令手下兵卒分头行动,用跟随前来的马匹换取木筏。一匹马换一只木筏,很快,搜集到了三千只木筏。毛浩来又命令兵卒把木筏收藏起来,放进附近森林,以备使用。

## 第二节　赫王误期

再说铁木真。毛浩来走后，他即刻组织军队，赶往肯特山东北部，与联军会合。由于毛浩来带走了许多精锐马匹，他们只好骑着剩余的劣马缓缓前行，等赶到约定地点时，发现札木合已经在此等候三天了！

赫利特出动了两万兵将，他们兵分两路，一路由赫王带领，一路由他的弟弟札合敢不带领。他们穿越了原铁木真部族驻地，沿着乞沐儿合溪（斡难河源头之一）进入了约定地点。这时，札木合和铁木真早就等候多时了。

札木合看到他们都误了约定时辰，非常不高兴，冷冷地质问说："我们曾经约定'宁可雨淋，不可失约'，我们蒙古人应该遵守诺言，误了期限，应该受到惩罚。你们说，怎么处理失约的事情？"

铁木真知道自己做错了，急忙给札木合施礼请罪："我甘愿受罚，接受你的一切处置。只是赫王翻山越岭，长途跋涉，来到这里实在不容易，你还是宽恕他吧！"

"难道我不是翻山越岭？难道我没有长途跋涉？正因为如此，才严格要求了时间和地点。像你这样轻易饶恕将领，怎么能够领兵打仗？"札木合立即做出反驳。

赫王来到两人面前，不好意思地说："没有想到误了三天，实

**蒙古汗国时代的金冠饰**

在是大过错,甘愿接受处罚。"

原来,自从铁木真与札木合走后,赫利特国内仍然存在不同意见。以太子伊拉固为首的臣属,反对赫王如此看重铁木真。特别是伊拉固,唯恐铁木真的加入会影响他未来的顺利继位,所以他百般阻挠,意欲阻止赫王发兵。

无奈,赫王虽然宠爱太子,却不愿意背负忘恩负义的罪名。双方经过多次协商,最终达成协议:由原来议定的出动三万兵卒,改为两万;由赫王亲自率领兵卒,改为他与札合敢不分别率领,这样才姗姗来迟。

札木合已经猜测到赫利特内部的矛盾,他故意责问赫王,怪罪他迟到误期,看看他会如何反应。赫王虽为一国之主,性格却不够坚定,容易左右摇摆,所以导致出现改变出兵数额、改派统帅将领等等一切不该出现的情况。如今,札木合得理不饶人,严肃地提出不满看法,逼问他如何处罚误期者。

赫王悄悄地喊过铁木真,与他商量说:"我们误了期限,札木合生气了,你看该怎么办?他手里可有两万精兵啊!"

铁木真见赫王只带了两万兵丁,他当然明白,目前札木合的两万兵力占了优势,况且他提出了整套作战计划,必然胸中有数,能够从容指挥战斗。铁木真想了想说:"札木合安答熟悉兵法战略,治军严谨有方,我们应该推选他为此次出征的总元帅,让他指挥联军。这样的话,他有充分的权力,才能保证完全胜利。"

如果按照国力和资历,赫王自然是当之无愧的联军最高统帅。可是兵未会师,他先行犯了错误,再让他统帅全军,肯定没有说服力了。铁木真说:"我们出兵是为了歼灭敌人,取得胜利,不能考虑个人得失。"

赫王只好点头说:"好吧,就让札木合做最高元帅,统筹安排四万兵丁。"

他们把这个想法告诉札木合,札木合非常高兴,他笑着说:"并非我贪图权力,实在是行军打仗马虎不得。像你们行军误期,不听调度,怎么能够打败敌人?"

这样,札木合荣登元帅宝座,负责调度指挥三方联军。他是个权力欲极强的人,能够统帅三军,觉得非常满足,于是积极投入到紧张的准备工作当中。

札木合亲自点兵,视察三方联军的情况。他见铁木真手下虽然只有五六千人,却一个个盔甲整齐,士气高涨,军队组织严明,阵脚稳定,鼓号齐备,不由暗暗称奇佩服。再看赫利特兵丁,两万多人分成两部分:一方在赫王指挥下,身穿白色战衣,骑着白色战马,打着五彩旗帜,一万人马装备精良;另一方在札合敢不指挥下,身穿黑色战袍,骑着黑色战马,也是高举五彩战旗,一万人马装备也不差。两万人马装束各异,札木合不由得心头一动:赫利特兵马看上去威武庄严,实际上心有旁骛。他们各怀鬼胎,并不是一心杀敌救人,看来得给他们好好做做工作。

为了调动联军士气,争取一举成功,札木合邀请铁木真和赫王再次视察军队。他要做一次战前动员。

## 第三节  札木合誓言

札木合把四万大军集合在库沐儿山谷（今肯特山东北分支），发表战前演说。时值秋日，艳阳高照，草木深深，山色凝重，四万大军摆开阵势，气势雄壮，占据了整个山谷之地。这里是斡难河、克鲁伦河诸河发源之地。蒙古高原上的几条重要河流都是从此处奔泻而出，养育了大草原上数不清的生灵万物。所以此地非比寻常，可以说是蒙古人心目中的圣地。

札木合命人在高地上挂起帅旗，摆好兵器。他跳上高台，面对四万军队，慷慨陈词："铁木真兄弟遭人抢掠，深受苦难，令我心痛之极！此仇此恨不报怎么能够忍受？我发誓消灭蔑儿乞惕部，夺回朋友的财产、部众，踏平敌人的营帐，让孛儿帖夫人安然回到家中！"话音未落，四万将士齐声高呼："誓死杀敌，护卫国主。"札木合见群情激昂，接着说："勇士们，如今，我发动义师，替他报仇雪恨。各位勇士一定要奋勇向前，杀敌立功，不辱威名。蔑儿乞惕人不足畏惧，他们听到我们拍打马鞍的声音，就会怀疑战鼓雷鸣，进而惊慌颤抖；他们听到从箭筒里拔箭的声音，就会失魂落魄。勇士们啊，我们要叩祭威武的战旗，擂动震天的牛皮鼓，拿起钢铁的刀枪，穿上征战的盔甲，张开穿心的弓箭，跨上追风的战马，向着蔑儿乞惕人驻牧的方向，踏上远征的路程！"

四万联军在札木合誓言的感召下，精神倍增，士气更加高涨。他们磨刀霍霍，备好骏马良鞍，只等着一声令下，便可全军开拔前线。

札木合做完动员，再次召集铁木真和赫王。他说："我们兵分五路，悄悄地前进，尽量避人耳目，做到人不知、鬼不觉，快速行进到蔑儿乞惕部背后。到

**蒙古汗国时代的高足金杯**

时候，兵合一处，听我指令，趁敌人不备，突袭他们的大营。"赫王点头说："突袭的办法最好了，可以减少损失，速战速决。"铁木真刚要说话，突然，札木合手拍脑门，失声叫道："坏了，我忘了一件大事！"

"什么事这么紧张？"赫王关切地问。

"现在正是秋天，河水暴涨，我们怎么跨过蔑儿乞惕部前方的大河？"

"这……"赫王也紧张得哑口无言。

"不用慌张，"铁木真站起来，安慰两人说，"我刚才正想说呢！我已经派人去河边准备船只了。"

"真的？"札木合像小孩子一样又激动又天真地问了一声，随后笑起来，"铁木真安答果然料事如神，比我考虑得周全。"

赫王转向铁木真，由衷地夸赞说："好样的，做得好！"

万事俱备。札木合下令出发,五路兵马分头行动,越过高山,跨越草原,悄无声息地接近了蔑儿乞惕部驻地河岸。

毛浩来得知大军来到了,急忙率领手下人马前去迎接,并把换取木筏的事情汇报上去。札木合看看毛浩来,心想,铁木真果然厉害,手下竟然有这么能干的人才,可惜我没有先他一步想到此招。札木合的心里微微升起一丝妒意。

在毛浩来的带领下,军队驻扎在一片安全的森林之内。札木合召集全军将领,仔细分派任务,安排具体作战方案。他命令毛浩来速去备好木筏,负责全军渡河任务;命令铁木真率领乞颜部将士率先渡河,埋伏在河边林中;命令赫王和札合敢不渡河后,从两翼直接进攻蔑儿乞惕部营地,造成敌营一片慌乱;他自己亲自率领本部两万大军,渡河后与敌正面交锋。众人领命而去,积极准备战事。

夜晚来临,空气中弥漫着一层淡淡的雾霭,这是河水蒸腾的雾气。森林之内,各色树木静悄悄地安睡着,数不清的美丽花朵也垂下头颅,一派静谧安然的气氛。谁会料到,这里正埋伏着一支大军!札木合、铁木真、赫王坐在行帐内,紧张地等待着,等着夜色再深一点,就可以下令出击了!

夜深了,札木合命人点起火把。他传下令去,全军按计划行动!只见这支天降奇兵突然杀出森林,乘筏渡河,轻而易举兵临蔑儿乞惕部营帐之下。他们能否歼灭敌人,夺回孛儿帖夫人呢?

## 第四节　夫妻重逢

借着夜色掩护,联军像一股龙卷风,迅速袭击了蔑儿乞惕营地。营地内,蔑儿乞惕人毫无防备,顷刻间陷入数万铁骑之下。只见到处一片混乱,人们四散逃遁,自顾不暇,牛羊哀叫,妇孺哭喊,交集在一起。兵临帐外,首领脱脱却毫不知情,他正在帐内搂着美婢酣睡呢!忽然听到喊杀声震天,鼓号齐鸣,惊吓得跳了起来。他来不及穿好衣服,急匆匆地溜出大帐,在侍卫的保护下,向北逃窜。

见脱脱逃走,蔑儿乞惕人更无心抵抗,于是丢下帐包、储备的粮食、各种家当以及老弱妇孺,拼命而逃。联军如入无人之境,掠获财物,抢夺部众,很快就将蔑儿乞惕营地占领了。

铁木真带领伏兵也赶来了,他看到到处都是逃窜的人群。联军挥刀乱砍,逃窜的人群在恐怖和垂死之中挣扎。铁木真放心不下孛儿帖,他钻进逃散的人流中,绝望地大喊:“孛儿帖,孛儿帖,孛儿帖!”

苍天有眼!孛儿帖正在逃难的人流当中。

她和老奴仆豁阿黑臣正夹杂在人流里,忽然听到有人喊自己的名字,声音如此熟悉亲切,这是谁啊?她急忙四下张望,寻找喊叫自己的人。孛儿帖看到营地突遭袭击,以为是部落之间

成吉思汗与孛儿帖及四个儿子的画像。孛儿帖生有四个儿子与五个女儿，儿子分别是术赤、察合台、窝阔台、拖雷，其中窝阔台后来是元朝的太宗皇帝，拖雷是睿宗皇帝；女儿分别是豁真别乞、扯扯亦坚、阿剌海别吉、秃满伦、阿儿答鲁黑。

相互攻伐，哪里料到是铁木真请来四万联军救自己！豁阿黑臣也听到了喊叫声，她那聪智的耳朵立刻辨别出这是铁木真的声音。她激动地说："夫人，是国主来救我们了！"

主仆二人热血沸腾，逆着逃难人流往回走，远远地，在亮如白昼的火把的映照下，她们看见焦急万分的铁木真了。孛儿帖奋力拨开人群，不顾一切地朝铁木真奔去。她一把抓住铁木真的马缰绳，激动地浑身发抖。铁木真也看到了孛儿帖，滚鞍落马，一把抱住孛儿帖，两人拥抱在一起，失声痛哭。这对少年夫妻新婚不久就离散了，可是他们情真意切，彼此挂念，而几个月的生离死别，让他们更加珍视这份感情。此后，他们再也没有分离过，而且互敬互爱，共同进步，直至生命的终结。

铁木真终于夺回了妻子。他无心恋战，带着孛儿帖来到札木合面前，高兴地说："孛儿帖已经找到了，我看不要再追杀了，就在这里暂且安营吧！"

札木合点头应允。他下令，全军不再追杀脱脱等人，就地安营。联军出兵夺妻，取得了完全胜利。他们掠获了无数财物，俘虏了蔑儿乞惕部许多部众,并占领了他们的驻地。

　　这时,人们从脱脱大营内发现一个五岁左右的小男孩,只见他头戴貂皮帽,足蹬鹿皮靴,身穿鞣鹿羔皮衣,目光精灵,神情可爱。孛儿帖上前抱着孩子,一脸慈爱地说:"可怜的孩子,你几岁了?"

　　小男孩精灵异常,面对众多将领,一点也不畏惧。他面带微笑,大声说道:"我叫阔阔出,今年五岁了,我长大了要成为大将军。"

　　札木合闻此,不由得皱眉说:"这个孩子肯定是脱脱的儿子,趁早杀了,免除后患。"

　　孛儿帖忙说:"小孩子并没有过错,还是饶恕他吧! 再说他也不一定是脱脱的后人。"

　　小男孩张望左右,奇怪地问:"脱脱是谁?"

　　铁木真见孛儿帖喜欢这个孩子,也上前求情说:"看来他不是脱脱的后人。我们收养了他,说不定他还能为我们效力呢!"

　　札木合不再言语,他挥挥手,让孛儿帖把孩子抱走了。后来,孛儿帖带回孩子,把他交给了斡额仑夫人。斡额仑夫人二话不说,就认养了阔阔出,把他当作自己的亲生儿子。阔阔出长大后,成为铁木真手下大将军,征战四方,为铁木真统一草原立下了汗马功劳。斡额仑夫人胸怀宽广,据说她曾经先后认养了四个这样的孩子,这些孩子都和阔阔出一样,长大后成为铁木真的左膀右臂、忠实臣属。

　　再说铁木真,他亲自摆好酒宴,感谢札木合和赫王相救之恩。赫王笑呵呵地看着孛儿帖,说道:"不要说客气话,如今你就是我的儿子,孛儿帖就是我的儿媳妇,我能不出手相救吗?"札木合指挥得力,赢得了众人尊崇,心里也无比高兴。他握着铁木真的手说:"多亏你提议联兵,我才借机报了世代仇怨,应该感谢你啊!"众人一阵开怀大笑。

联军驻扎下来,札木合清点俘获的财物,他将财物一分为三,三方各取一份。铁木真连忙说:"多谢你们出手相救,我岂敢贪恋财物? 请你们两国平分。"他坚决不接受。于是,赫王与札木合分取了所获财物。

# 第五节　水煮俘兵

　　分完财物以后，札木合提议严惩俘虏，他说："蔑儿乞惕人多，实力雄厚，这次遭到我们突袭惨遭失败，他们一定不会善罢甘休。脱脱肯定会联合其他两个部落，前去讨伐我们。留着这些俘虏的蔑儿乞惕人，将来就是我们的敌人，不如趁现在把他们全部杀了。"

　　铁木真对蔑儿乞惕人充满仇恨，他也坚定地说："杀，把蔑儿乞惕男人全部杀完。"

　　赫王知道铁木真恨透了蔑儿乞惕人，也点头说："应该严厉惩罚他们，以示警戒，免得他们再去滋扰我们。"

　　三方统帅计议已决，札木合命人架起大锅，煮沸开水，大声下令："把蔑儿乞惕所有男人扔进沸水里。"

　　俘兵降众一听，顿时吓得面如土色，魂不附体。沸水煮人，这可是极其残暴的处死手段啊！

　　联军之内也一阵搔乱，大家交头接耳，议论纷纷。赫利特兵将说："札木合真是太残忍了，杀人不过头点地，杀了就算了，竟然要水煮俘兵。"乞颜部兵将说："国主怎么会同意这么残忍的办法？"札答剌兵将说："我们国主历来惩罚俘兵都很严厉，你们哪里见过？真是少见多怪！有一次，我们打败了一个部落，把他们部族的男人全部活埋了。"两国兵将听了,无不目瞪口呆,摇头不已。

铁木真和赫王听闻札木合要水煮俘兵,也是大吃一惊。铁木真忙说:"蔑儿乞惕人罪不可赦,可是水煮他们是不是太过分了? 完全可以把他们杀掉算了。"赫王随声附和。

札木合笑着说:"我一贯主张严惩俘兵,警示活着的人,提醒他们不要与我为敌。没有想到赫王和铁木真安答还如此仁慈,竟然为他们求情!"

铁木真摇头说:"多年来,我遭受了无数艰辛灾难,怎会不痛恨那些迫害我的人? 如今,这些手无寸铁的蔑儿乞惕人也是我的仇人,我不会放过他们! 只是皇天后土保佑,让我们掠尽了他们的财宝,抢夺了他们的民众,因此我们不能触怒神灵。"他记起自己跪拜肯特山,请求神灵护佑之事,想到能够顺利夺回妻子,一定是山神和长生天显灵,所以有这样的想法和说辞。

札木合眼见自己的处罚命令不能执行,心中不乐,他想了想说:"依你之见,该如何处理这些俘兵呢?"

铁木真巡视俘虏兵卒,想起妻子被俘,家园被毁,自己仓皇逃走的一幕幕,于是怒火中烧,拍打着弯刀,大声说:"你们烧杀我的家园,抢夺我的子民,此仇不共戴天,我要将你们赶尽杀绝! 凡是高过马肚腹的男子,你们就是当日抢掠的凶手。你们站出来,接受应该得到的惩罚。"

极度愤怒之下,铁木真仍然用理智战胜了感情。他知道老弱妇幼是无辜的,受到惩罚的应该是蔑儿乞惕的成年男子。此话一出,俘兵内渐渐平静下来,陆陆续续走出来一个个成年男子,他们告别妻儿双亲,来到阵前。联军内又是一阵议论,赫利

成吉思汗威名远播，征服欧亚大陆，蒙古骑兵所向无敌。此图描绘的是蒙古军与条顿骑士团、波兰联军在奥德河畔大战的场景，蒙古军大胜，联军大败，得脱者不足十人

特兵卒说："这样还差不多，杀了成年男子，俘获儿童、妇女，让他们为我们开门闭户，不错！"乞颜部兵卒说："国主处理问题公正廉明，恩威并重，有说服力。"札答剌兵卒不解地说："铁木真与俘兵有刻骨铭心的仇恨，怎么会这么处罚他们呢？"

　　不管怎么说，札木合和赫王同意了铁木真的提议，他们决定处死蔑儿乞惕的成年男子。一时间，高过马肚腹的蔑儿乞惕的男子一个个被拉出来砍头剖腹，都被处决了。营地内，血流满地，惨不忍睹。部族仇杀就是这么无情和残酷，不是你死就是我亡，充满了血腥和野蛮的气息。

　　这次联兵，是铁木真人生当中第一次作战取胜。从此战开始，他的名声更加响亮，他的理智和沉着连赫王和札木合也深深地佩服,他的宽广胸怀和恩威并重也给各路兵将留下了深刻印象。

　　为了笼络人心,札木合提议与铁木真三度结拜,以稳固自己的地位,壮大自己的势力。铁木真来到新的部落,击败塔塔儿人,活捉杀父仇人,受到越来越多人的支持和敬重。同时,铁木真部众屡屡受到札木合部众欺凌,双方关系紧张。札木合嫉恨铁木真的才能,两人关系也大不如前。铁木真再次陷入险境,他看清面临的危险了吗?他又该如何解决当下危机呢?

第十五章　报仇雪恨

# 第一节　三度结拜

　　几日下来,联军将蔑儿乞惕部营地洗劫一空,"尽空其怀,尽残其肝"。这天早晨,旭日照常升起在深蓝的高空,深秋季节,天高云淡,辽阔的草原上草深叶繁。天空中,大雁成群结队,高飞远翔,飞向遥远的南方,寻找理想的乐土度过严寒。千百年来,草原上的牧民、猎户放牧牛马,狩猎度日,过着朴实简陋的生活,又时刻面临着部落之间的仇怨厮杀,所以每个人都期待过上安宁和乐的日子。

　　札木合坐在大帐内,左右分别坐着赫王和铁木真,他们已经处理完蔑儿乞惕部所有事务,正在商量联军分手的事。札木合看看铁木真说:"不知道分手之后,安答将去何处安营?"铁木真为了给赫王让路,原先营帐已经全部撤走,不管去哪里,都要重新安营扎寨。赫王也说:"铁木真,你不如随同我先回赫利特吧!暂时修整,再做打算。"

　　铁木真想想说:"我部习惯在斡难河畔驻扎,我还是回到斡难河去。"他心里清楚,虽然赫王诚心挽留自己,可是伊拉固能容得下自己吗? 不能再去加深矛盾了。

　　札木合猜到铁木真的心思,他听说铁木真要回斡难河,立刻说:"那就跟随我走吧! 我们一起去我的驻地,在那里共图发展。"札木合驻地在斡难河中游的豁儿豁纳黑川，是一块丰盛的草原牧地。

铁木真推辞道："我怎么好带着这么多人去打扰你呢？恐怕不妥吧！"

"怎么是打扰呢？"札木合反驳说，"你手下兵将神勇，部众能干，去了正好辅助我建国立业，共同开创宏伟的未来，你说对不对？"

铁木真点点头，说："那就听从安答之意，我们共同开创蒙古的未来！"

"恭贺你们，"赫王不失时机地说，"两位少年俊杰一定会前途无量。"

札木合意气风发，站立起身，邀请铁木真说："我们曾经两度结拜，成为至亲安答，不过那时我们都还年幼。如今你我都是部落首领，掌管一方国土，今天你又同意去我的营地驻扎，这份情义实在是千年难求。赫王在此，让他为我们作证，我们再行结拜，你看如何？"

铁木真身陷危难，得到赫王和札木合如此看重，心情激动，他拉着札木合的手说："安答情深恩重，我能不从命吗？我愿意再次与你结拜，永结友好！"

在赫王的主持下，铁木真和札木合隆重地举行了三度结拜仪式。他们焚香祝祷，再次宣誓永不离弃、永不背叛，然后，互相赠送信物。与前两次不同，他们已经是国主，赠送的礼物不再是儿时的玩具，而是刚刚俘获的战利品。铁木真亲手将掠获的脱脱的一条金丝带给札木合系在腰上，并将脱脱的一匹马送给札木合；札木合呢，也赠给了铁木真一条金丝带，送给他一匹纯白色的宝马。两人赠完礼物，相视而笑。这种三度结拜可谓世间少有，看来他们确实彼此欣赏，把对方看作知心的朋友。在场的人无不为他们的情义所感动，纷纷上前祝贺。谁也没有料到，这深刻的情义很快就会瓦解，而且最终导致了蒙古草原上一场持续二十年之久的战争。

结拜完毕，三路兵马分手告别。赫王带着赫利特兵卒回到了黑林驻地。札木合与铁木真兵合一处，转回斡难河畔。路过蔑儿乞惕另一个部落的时候，札木合与铁木真再次突袭，将这个部落掠获殆尽。这样一来，札木合带领两万兵马出兵，回到驻地时，掠获财物无限，部众上万，加上铁木真的兵马，已经有三四万人之多。

铁木真的军队驻扎以后，立即派人到肯特山麓，接来了斡额仑夫人和其他部众。他们在丰饶的豁儿豁纳黑川安营扎寨，住了下来。

札木合盛情招待铁木真，两个少年国主每日饮酒高谈，夜夜同帐共枕。两个人愉快地交谈儿时的情义，激动地设计着蒙古未来。铁木真自知投身札木合帐下，做事认真谨慎，尽职尽责。札木合看在眼里，心中喜悦。他想，人人都说铁木真是草原上未来的君主，今天还不是臣服在我的帐下？我才是独一无二的霸主。札木合野心勃勃，一心想称霸草原。

铁木真在豁儿豁纳黑川度过了一段美好的时光。此时，他家族团聚，部众安宁，札木合尽心关照他，他一时陷入这种美妙的生活之中，似乎忘记了身上的许多重任。他是不是就这样安闲地生活下去呢？

转眼间，冬天来临了。草原上冬天来得早，八九月份，北风一吹，雪花就飘来了。札木合邀请铁木真观赏雪景，他们来到陡峭的山崖前的一棵高大的松树下,札木合指着松树说:"这棵树非比寻常,当年,忽图剌汗就是在这里宣誓就职的。"

自从公元 1219 年成吉思汗征讨花剌子模开始的第一次西征以后,历经拔都、蒙哥和旭烈兀三次大的军事讨伐,连下今日的中亚、东欧、西亚、东亚、南亚、外高加索等地。最远越过了蓝色多瑙河,攻占了莫斯科、基辅,来到了维也纳城下(这是蒙古人到达的最西点),在整个欧洲都引起了恐慌。

"是吗?"铁木真望着挺拔的松树,满怀敬意地说,"自从忽图剌汗去世,蒙古四分五裂,真是国将不国啊!"

札木合一边应和,一边试探地问:"草原盛传,安答异人天相,有朝一日会重新统一蒙古,你有这个想法吗?"

铁木真苦笑一下,头也没回,淡淡地说:"你还取笑我吗? 我能够安身立命就不错了,哪里还敢有此奢望。"

札木合见他说得从容,语气沉稳,满意地点点头说:"其实你有满腹才智,只要好好发挥,一定会出人头地。"他劝铁木真安心为他效忠,做一个本分的臣民。

奇怪的是,铁木真什么也没有说,没有像平时一样与札木合交流想法。他突然拿起弓箭,射向一只匆匆逃窜的灰兔。

# 第二节　打猎遇敌

　　夏牧冬猎，一直是靠近大山的蒙古民族的生活习惯。铁木真来到豁儿豁纳黑川后，过着安闲自在的日子。隆冬到了，闲来无事，这天，他请示札木合，决定进山狩猎。札木合点头应允，并且笑呵呵地说："祝你狩猎成功。"铁木真辞别札木合，准备弓箭刀枪，收拾齐备，就带领一班人，深入大山，开始巡山打猎。寒冬的大山里，到处白雪皑皑，银装素裹。那些不落叶的青松，枝叶上还铺着厚厚的雪花，像穿着暖和的棉袍。走在雪地里，听着踩踏积雪的咯吱咯吱声，感受着大山安宁静谧的气氛，心中就有了一种说不出的兴奋。在这静穆中，突然跑出一只梅花鹿或者獐子、狍子，那心情，又是另一番滋味；惊喜、激动、打马狂追、弯弓搭箭，猎物应声倒地；抑或目标眨眼间不见踪影，带来些许失望，些许沮丧，然后又是些许振奋。

　　一连串的动作，怎不让人倍感惬意。没有打过猎的人，当然体会不到一个猎手的快乐心情。

　　正在深山里寻觅的铁木真他们，突然发现一只体型硕大、毛皮光亮、健美英俊的麋鹿站在一棵松树下向他们张望。他们喜出望外，忙向麋鹿冲去，但麋鹿也发现了他们，突然撒开四蹄，奔跑如飞，转眼就冲向了下面的山谷。铁木真他们怎么会错过这

么好的猎物？众人纷纷快马加鞭，向山谷追了过去。只见一群
快马在雪地上像闪电一样飞驰，伴随着男人雄壮有力的吼声，静
穆的山林立即沸腾起来。

《蒙古人狩猎图》

　　来到山谷深处，麋鹿突然不见了，连一向清晰的蹄印，也在
一条小溪前不见了踪影。铁木真他们下马步行，沿着小溪进入
山谷腹地。虽然到处白雪皑皑，冰天雪地，可是山谷里的清泉却
冒着迷蒙的白雾，温润清澈，热气腾腾。铁木真见这里四面环
山，幽深僻静，地势险要，避风抗寒，就对众人说："这几天鞍马劳
顿，人困马乏，这里安全温暖，我们不妨在此歇息几日，养足精
神，再行狩猎不迟。"众人纷纷点头称是。于是铁木真命令随从

择地支帐,点起篝火,饮酒弹琴,烤肉进食,安歇休息。

　　此地虽然隐蔽,但他们的行踪还是被敌人发现了。第二天天刚亮,铁木真因为身体不适,早早地就起来了,众人也跟着纷纷起来,穿衣生火,准备饭后再寻找那只麋鹿的行踪。他们刚备鞍上马,准备分头就近搜寻,却听到山谷尽头响起一阵号角,山口霎时涌出几百名士兵,一齐呐喊着冲了过来。铁木真急忙命令众人拔刀迎敌。大将布古尔吉一马当先,从箭袋里抽出利箭,弯弓搭箭,冲向敌阵。众人紧随其后,一起呐喊着向敌人发起了进攻。

　　原来铁木真等人中了仇人塔塔儿人的埋伏。当初,铁木真从泰赤乌营地逃走后,熬日古拉也奉命回国。他回去后,念念不忘铁木真杀死他全家的仇恨,时刻寻找机会报仇,可是铁木真等人搬走了,一直没有音信。他着急地四处打探,最近终于探听到铁木真就住在豁儿豁纳黑川。他立即请示国主,带人先来打探,并买通札答剌部一个侍卫,很快摸清了铁木真的行踪,于是,埋下伏兵,企图擒获铁木真,为家人报仇。

　　铁木真不清楚敌人的情况,急忙命令随从飞马赶回驻地报信,命人火速前来接应。

　　一时间,山谷里喊杀声大作。马蹄翻飞,刀起剑落,你来我往,人仰马翻,早晨静悄悄的山谷,变成了一口沸腾的大锅。

　　护卫在铁木真身边的大将楚鲁,认出了冲在最前面的敌人是塔塔儿部的莫格金色格尔,仇人相见,格外眼红,当然要有一阵猛杀。楚鲁抡起利斧,不顾一切地向莫格金色格尔冲去。莫格金色格尔见势不妙,急忙调转马头,让侍卫挡住了楚鲁锐利的进攻,自己则退到众人后面,隐蔽指挥,不敢冒险上前。铁木真这边,布古尔吉挥动大刀,者勒篾、札布手挺长矛也纷纷拍马冲向敌阵。

莫格金色格尔一看偷袭难以得手,双方交战很难占到便宜,便急忙命令士兵后撤,向铁木真的人马放箭远攻。一时间万箭齐发,如蝗过顶。合撒儿一边把大刀舞得车轮般旋转,抵挡利箭,一边用马鞍鞯护住身体不适的铁木真,不让利箭伤害到他。铁木真他们看到敌人弓箭厉害,急忙后撤。神射手朝穆尔更边撤边取出箭来,百发百中,一连射杀几十个敌人。敌人的弓箭手见有如此厉害的弓箭手与他们对射,吓得不敢前进半步,于是站在原地,更加疯狂地向铁木真他们射来。

突然大将布古尔吉头部中箭,他叫了一声,翻身落马。铁木真等人刚要上前救助,就见布古尔吉挂着大刀从地上站了起来,咬着牙从头上用力拔掉插着的箭簇,不顾疼痛,撕下袍子的一角,缠住汩汩流淌的鲜血,呼地一声跃起,重新跳上马背,举起黑色的鞍鞯,抵挡着向铁木真射来的箭簇。众人见了无不称奇叫好,肃然起敬。

战斗还在激烈地进行,突然铁木真发现了敌阵里有杀父仇人的身影,他大叫一声,从战马上立起身来。铁木真看到的杀父仇人是谁?他又会怎样面对仇人?他们会发生怎样的战斗?铁木真身体不适,会不会亲自与仇人厮杀?

## 第三节 活捉敖日古拉

　　双方激战正酣,箭簇飞舞,刀光剑影。铁木真突然发现了杀父仇敌——当年采用诡计诱使他父亲中毒身亡的塔塔儿人敖日古拉!此刻敖日古拉正在和楚鲁捉对厮杀,二人正杀得难分难解。

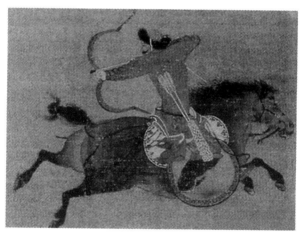

《蒙古人骑射图》

　　铁木真在马上站直身子,大叫一声,从自己的箭袋里取出一支镶金星的赤色箭递给朝穆尔更,用鞭子一指敖日古拉,命令道:"朝穆尔更,金箭上弓,把他给我一箭射死,只准成功,不许失败!"铁木真的眼里冒着怒火,恨不得自己亲手弯弓搭箭射死这个卑鄙的小人，为父报仇雪恨。只可惜自己身体不适，无法拉动弓箭。

朝穆尔更得令，接过金星箭头，金箭上弦，飞马冲向敖日古拉，距敖日古拉不远处，斜身一箭。正可谓暗箭难防，敖日古拉杀性正起，正与楚鲁斗得你死我活，不料一箭飞来，正中咽喉，翻身从马上跌下。楚鲁趁势挥动长柄月牙刀砍断了他的右臂，将他生擒，押到铁木真马前。

塔塔儿人首领莫格金色格尔眼看这样打下去很难取胜，心中焦急，想出更狠的一招。他命令帅旗手挥舞黑色帅旗，指挥所有弓箭手集中目标，只对准铁木真的红色伞盖，万箭齐发，妄图先射杀铁木真，让他们群龙无首，不战而败。铁木真虽然有布古尔吉挥刀护卫，但布古尔吉已经中箭受伤，虽然在顽强地支撑，但形势非常危急，铁木真的处境非常危险。

者勒篾看出了敌人的险恶用心，勃然大怒，催动战马旋风似地冲向帅旗手所在的高地，冒着被箭雨射杀的危险，挥刀把帅旗手劈作两半，夺下黑色的帅旗，打马赶回自己的阵地。塔塔儿人失去了帅旗的指挥，顿时乱作一团，不知该进攻还是后退。纷乱之中，大将札布拦住了莫格金色格尔的去路，二人大战起来。莫格金色格尔早就听说过札布的厉害，他见队伍已乱了阵脚，恐怕自己打不过札布，再赔上一条性命不值，于是不敢恋战，只招架了两个回合，就拍马逃走了。札布没有追赶，毕竟保护国主要紧，他又回到铁木真身边，继续杀敌。

众敌见首领莫格金色格尔落荒而逃，保命要紧，哪里还有心战斗，立即纷纷夺路逃窜，结果被铁木真的部下杀了个人仰马翻，鬼哭狼嚎，活命者无几。那些侥幸逃脱的，更是不分东西南北,只管挑隐蔽处,抱头鼠窜,跑得离战场越远越好。

本来是趁机偷袭铁木真他们,妄图来个出其不意,一举消灭这个强大的对手,没想到偷鸡不成反蚀把米,让区区几人的铁木真部打得落花流水、狼狈不堪。莫格金色格尔越想越窝囊,越想越生气,不敢也没脸再回塔塔儿部,慌不择路地打马向南逃窜,准备投靠大金国,寻找东山再起的机会。

铁木真传令收兵,打扫战场,清点战利品。由于身体不适,又加之活捉了杀父仇敌敖日古拉,铁木真归国心切,他要到父亲的坟墓前,为父祭奠,用仇人的头颅告慰父亲的在天之灵。这样,他决定结束这次狩猎活动,立即命令众人收拾行囊,一面准备回本国祭父,一面派人回驻地,告诉札木合自己来不及告辞就回国了。

一想起仇人被擒,父仇得报,铁木真的心情就百感交集。这么多年来,自己含辛茹苦,历尽艰辛,忍辱负重,颠簸流离,结交豪杰,操练兵马,富民强兵,壮大国家,不就是为了这一天吗?这一天终于到来了,自己却没有更多的惊喜。父亲在他兄弟们还没有长大成人懂事明理的关键时刻,就撇下他们含恨归天,使他们孤儿寡母无依无靠,尝尽人间悲苦炎凉。而今自己已经成为顶天立地的男子汉,不仅掌管一国兵马、一族人口,而且声威远震大草原,内有精兵强将,外得各部支持。如今父仇已报,还应该驰骋天下,打下自己的一片江山,完成先祖们想都没有想过的宏图大业,那才是对父亲在天之灵最好的报答,是父亲最希望看到的远景。铁木真想到此,心情好了起来,身体也好了大半。他挥鞭催马,撒欢似地向国土飞奔而去。

他们乘着大败塔塔儿人的余威,一路兴高采烈、浩浩荡荡地向家乡归去。在半途上，他们远远看见一队人马向自己疾驰而来，以为又是敌人反扑。铁木真急忙命令众人列队排开，搭箭上弓，严阵以待，准备再次给敌人迎头痛击。

不知所来何人，是敌是友？众人呼吸凝重，翘首以待。

## 第四节 剜心割首祭父

　　正当铁木真他们心存疑惑的当口,那群人马已经冲到眼前,原来不是别人,正是毛浩来和陶尔根希拉率军迎接他们。铁木真看到是他们,心里松了一口气,暗暗称赞他俩虑事周全。毛浩来和陶尔根希拉知道他们深入大山,路途凶险,怕有什么意外,特意领兵来接应。当知道在山谷里遭到塔塔儿人的袭击后,二人后悔不迭,一再说:"我们早一步来就好了,不致使国主受到惊吓。"铁木真说:"没有那么严重,我告诉你们一个好消息,敖日古拉被捉住了。""真的?"毛浩来惊喜地大叫,他知道铁木真一直在寻找杀父仇人,没有想到敖日古拉竟然自动送上门来了,真是大快人心。他来到后面,看到敖日古拉被死死地捆绑着,一副垂死的样子,朝他冷笑几声:"早知如此,何必当初。你设计害人,今天你的死期也到了。"敖日古拉低垂着头颅,一言不发。

　　两队人马合在一处,实力大增,又有军师毛浩来在,就不再害怕半路遇敌了。铁木真命令部队直接开到肯特山,先父也速该巴特尔就埋葬在一面向阳的山坡上。铁木真下马,缓步来到父亲的坟墓前。坟墓的四周苍松翠柏掩映,庄严肃穆,宁静安详。

　　铁木真召集四个弟弟,兄弟五人一起跪倒在父亲的坟墓前,一再叩拜,然后他传令士兵把仇人敖日古拉绑在祭坛前的木桩

在当时世界各国的军队里,最为犀利恐怖的武器当属蒙古人的投石机,为成吉思汗南征北战立下了赫赫战功。此图为波斯古画,由波斯画师志费尼所作,画作的左下角就是投石机。

上。敖日古拉已经吓得面无血色,浑身发抖,几乎魂飞魄散。

铁木真拔出尖刀,在自己的马靴上蹭了蹭,又用手指捋了一下刃口,来到敖日古拉的面前,猛一用力,把尖刀插进了敖日古拉的胸膛,然后手腕一个翻转,把敖日古拉的胸膛划开。敖日古拉一声惨叫,鲜血喷涌而出,气绝身亡。铁木真剜出敖日古拉的心肝,割下他的首级,供在父亲墓前的祭桌上。

铁木真跪倒在地,叩首九拜,对父亲在天之灵祷告说:"父王,杀害您的仇人,像草原的恶狼一样得到了报应。现在把仇人的心、肝、首级供奉在您的面前,让您亲眼看看仇人遭受惩罚的下场,让仇人用生命来为您祭奠。父王,如今大仇已报,愿您的灵魂安息吧!"

　　报了杀父之仇,铁木真的心里感到莫大的安慰。他要把这个消息告诉斡额仑夫人,让夫人放下心中郁积多年的石头,让夫人高高兴兴地生活,心情放松地生活。一想起母亲的心愿终于实现,铁木真不禁加快了脚步,他要尽快把这一大快人心的事情告诉母亲和妻子,让她们一起来分享这全家为之奋斗多年的喜悦。

　　铁木真带领将士们赶回豁儿豁纳黑川,首先来到母亲的营帐,将杀敌报仇的经过详细讲述一遍。斡额仑夫人听了,眼含热泪,不住地点头,最后说道:"你父亲终于可以瞑目了,他如果在天有知,一定会保佑我们。孩子,你现在寄居他人帐下,有什么打算?"

　　听此一问,铁木真黯然垂头,刚刚为父报仇的豪气顿时消失了。

　　"难道就这样度过一生?"他在心底轻轻问自己,札木合邀请自己前来,说是共图发展,实际上却等于把他软禁了,不是吗?自从上次观赏雪景后,札木合似乎比以前冷淡了,除了讨论情义之外,很少与他讨论国事,至于发展蒙古,更成了一句空话。铁木真只好打猎散心,恰好活捉了杀父仇人,心中更是百感交集,不知道该如何应对当下局势。

　　再说札木合,听说铁木真打猎遇敌,刚想派兵解围,又传来消息说,铁木真击退了伏兵,还抓获了杀父仇人,而且他不辞而别,回国祭父去了。听到这一连串的消息,札木合有些吃惊:铁木真虽然在我帐下,手里仍有勇猛将才,区区几人就能击退塔塔儿伏兵,不简单! 可是他回国却不跟我言说一下,是不是不把我放在眼里？

正在他思虑的时候，侍卫又报："铁木真带人回来了，直接去了斡额仑夫人的营帐。"

"什么？"札木合有些坐不住了，"铁木真来去也太自由了，我本想派兵去救他，哪曾想眨眼间他去而复回，真是神速！"他在心里暗暗猜测，铁木真究竟有什么心事，为什么不来见我？也罢，不来见我，我去见他。想到这里，他带着几个随从也赶往斡额仑夫人的营帐。

斡额仑夫人、孛儿帖等人见札木合来了，急忙起身施礼。札木合摆手说："我们都是一家人，不要客气。我听说铁木真安答手刃仇人，报了大仇，特地来祝贺。"

铁木真忙说："让你牵挂了，我心情激动，没有告辞就擅自回国了，你不会见怪吧！"

"当然不会，"札木合哈哈笑着说，"你的仇人就是我的仇人，你的心情我能理解，我还担心你受伤呢！"

斡额仑夫人也上前说："你对我们的恩德真是无法言报啊！铁木真虽然是你的安答，可是你们地位不同，你要多多担待。"

札木合高兴地说："老夫人真是多虑了，我会以情义为重的。"

几人寒暄半天，札木合告辞而出。他纳闷地想，似乎一切正常，也没看出铁木真有什么异样，会不会是我多虑了？

## 第五节　伊拉固来访

事隔不久，另一个喜讯又传遍驻地。这天，当铁木真回到营帐，见白色的大帐前挂着虎皮撒袋，上面系着用五色绫缎包裹的弓箭，又见众人前来道贺，他即刻明白，夫人给他生儿子了。他心中一阵大喜，快步走进大帐，与众人还礼同贺。他兴冲冲地来到夫人身旁，说道："孛儿帖，你为我生了儿子，立了大功了。"孛儿帖看到丈夫高兴的样子，娇嗔地对他说："快别只顾着高兴了，快给我们的儿子取个名字吧。"铁木真说："孛儿帖，我要让儿子像珍珠一样熠熠生辉，创造奇迹，征服整个蒙古大草原。就让他叫术赤吧！"孛儿帖高兴地说道："你给儿子取的名字太好了！"铁木真从夫人手中接过儿子仔细地看了又看，心中越发喜不自胜。

铁木真添子，乞颜部众特别高兴，他们杀牛宰羊，举宴庆贺，整个豁儿豁纳黑川成了一片欢腾的海洋。札木合见铁木真比自己提早得子，心里有种说不出的感觉，却又无法言说，只好满面堆笑，一边送礼祝贺铁木真，一边命人摆宴祝贺。

铁木真派人给远在黑林的赫王送信，告诉他自己有了儿子。赫王闻讯后，非常高兴，即刻派遣伊拉固带着礼物前来祝贺。临行前，赫王叮嘱伊拉固："铁木真的儿子也是你的晚辈，你现在不是小孩子了，做事要有分寸，不可鲁莽焦躁。"

**成吉思汗陵内的塑像**

伊拉固含糊地答应，带着人马和礼物赶往豁儿豁纳黑川。

铁木真、札木合、伊拉固三人分别一年，再次相见已有很大变化。伊拉固送上礼物，与铁木真简单客套几句，就与札木合走到一起。

札木合设宴款待伊拉固，以尽地主之宜。席间，铁木真举杯说："感谢太子不辞辛苦，远道而来相贺。太子回国后，一定对王汗转达我的感激之情。"

伊拉固随口应付着说："父王觉得你给他生孙子了，他还要感谢你呢！"

话里带着火药味，札木合害怕出事，急忙用话岔开："太子，去年你练虎步拳，有进展吗？等一会我们过过招如何？"

伊拉固顿时瞪大眼睛，神采飞扬地说："好啊，我正想与你们札答刺勇士比试一下呢！你这里如果有武功高强的人，可千万别藏着掖着。"两人边说边哈哈大笑，把铁木真冷落一旁。

　　铁木真知道伊拉固对自己有成见,不便多言,坐了一会儿就出去了。他前脚离开,伊拉固随后就问札木合:"你为什么把他养在身边? 这叫养虎为患,你懂吗?"

　　札木合先是一愣,接着一笑:"太子怎么能这么说呢? 我与铁木真是安答,难道不能同患难共幸福? 再说,他在这里帮我有什么不好?"

　　"你可真是聪明一世,糊涂一时。铁木真岂肯久居人下? 你忘了我父亲都被他迷惑了,说出传位给他的醉话? 他在你这里,放牧牛羊啃食你的牧场,离散人心拉拢你的部众,长久下去,这块地盘就是他的了!"

　　札木合隐约也有这种担忧,只是没有证据也不好胡乱猜测,况且铁木真俯首听命,也没有过激表现,怎么赶他走呢? 他想想说:"太子你想的太多了,我部众人都夸赞铁木真呢! 文臣武将们也没人提出这样的疑问。"

　　"这就是问题所在,为什么他们不说? 一是因为他们惧怕你,唯恐你怪罪他们破坏你们安答的关系;二是他们也被铁木真迷惑了,恐怕内心已经倾向于他了。只有我,离得远看得清,也不害怕你惩罚我,所以才敢说出真相。"

　　札木合沉默了。多日来,他内心激烈地挣扎着,一会儿想着情义为重,不能擅自怀疑铁木真;一会想着权力为重,应该及早除掉铁木真,免除后患。两种想法错综交织,让他理不出个头绪。今天,听伊拉固一言,他似乎全明白了,铁木真确实不宜留在身边。

　　没等札木合说话,伊拉固又说开了:"还有,铁木真有儿子了。你别小看这件事,儿子是继承人,能够保证江山永固,谁不愿意为一个稳固的国家效力？对不对？"

　　这话也戳到了札木合的痛处，他比铁木真大两岁，已经20岁了，早就纳娶了两位夫人。可是三四年了，她们肚腹平平，毫无孕子成胎的迹象。

　　伊拉固越喝越多，越说越兴奋，一直喝到半夜，才醉醺醺地被人搀入营帐。他睡了，札木合却翻来覆去难以成眠，他仔细思索，心想，我本来想把铁木真召到我的帐下，听命于我，难道我做错了？我会被他吞食掉？如果这样的话，可真是得不偿失，到时肯定悔之晚矣。月色微微，初春的夜晚还很寒冷，札木合打了个寒噤，拽拽袍领，走出营帐。他观望着星星灯火，层层营帐，心里一阵阵慌乱。

　　札木合猜忌心日重，有人趁机行刺，离间他与铁木真的关系。他不知是计，对于铁木真采取防范措施。铁木真智退金国使者，连强大的金国也对他表示敬佩，札木合因此更加怨恨。究竟是去是留，成了摆在铁木真面前最大的难题。孛儿帖机智劝夫，坚定了铁木真的决心。就在他们连夜脱离札木合部的时候，一群部众尾随而来，他们是敌是友？

第十六章　分道扬镳

# 第一节　札木合遇刺

札木合还没有考虑好如何处理与铁木真的关系，紧接着出了一件大事。

这天深夜，札木合独自沿着斡难河漫步，河水还没有解冻，到处冷冰冰的，他穿着厚厚的金色蒙袍，边走边不停地搓手取暖。突然，河边土丘旁跃起几个人，他们冲上来一阵狂杀乱砍。札木合闪身躲避，一边拔出弯刀与敌厮杀，一边大声呼救。不远处的兵卒听到喊叫，一拥而上围住了偷袭的敌人。经过一场拼杀，偷袭的三个人中，两个死了，一个被活捉。

札木合恼怒万分，亲自审问偷袭敌人。原来他是塔塔儿人，探听到铁木真的下落，前来偷袭，错把札木合当成铁木真了。

正在气头上的札木合迁怒铁木真，心中恨恨地想，你招惹了敌人，我却差点成了替死鬼。看来这是天意不让我留你啊！

又过了一段时间，驻地又发生了一件事情。

这天，札木合正坐在帐内接见大臣。突然一个探马慌慌张张地闯进帐来，报告说塔塔儿人莫格金色格朝这边来了，后头跟着大批金兵，已接近国境。札木合听了，大吃一惊。他向探马询问其中的详细情况，他知道莫格金色格与铁木真有仇，他带着大批金兵来了，肯定不怀好意。

原来,从战场上逃走的莫格金色格和他的兄弟带着残兵败将投奔大金国,路遇宋孝宗的使者正押送几十车金银财宝、丝绸古董到金国给金世宗完颜雍庆贺生日。莫格金兄弟见财起意,杀死了使者,抢了财宝。押送财宝的人向金世宗完颜雍报告了被劫经过,这才引来金国巡视边境的士兵追赶莫格金色格,领兵的正是大金左丞相完颜寿。

**泥人张彩塑——金世宗完颜雍**

札木合的探马哪里了解其中隐情,只报说敌兵来势汹汹,莫格金色格一马当先,其他的就不知道了。札木合急忙调集军队,准备应战来犯敌兵。

大军未动,就见毛浩来从外面走进来,他见过札木合和铁木真,胸有成竹地说:"请国主放心,我已经派人探听清楚了,莫格金色格抢夺了宋朝使臣的礼物,所以金兵追杀他,并非他带领金兵来袭击我们。请国主给我一万人马,我安排队伍迎击他们,保证让莫格金色格有来无回,让大金国使者无话可说。"

札木合早就听说毛浩来熟悉兵法,出奇制胜,是铁木真手下第一大军师,见他主动请命,高兴地说:"军师请命,好,拨给你一万人马,速去迎敌。"

毛浩来调集一万人马,亲自率队为先锋,沿着斡难河埋伏设防,张开口袋,专等莫格金色格来投罗网。

毛浩来率一万先锋部队在斡难河岸设伏,铁木真统领大军从正面直接拦截莫格金色格。

莫格金色格正在慌忙逃窜,突然被迎面赶来的铁木真拦住。他知道难以逃脱,在走投无路的情况下,孤注一掷,决定与铁木真决一死战。莫格金色格挺起长矛,拍马向铁木真猛扑过来。不等莫格金色格接近铁木真,铁木真帐下的札布、楚鲁两员大将从斜刺里杀出,一左一右,像一把铁钳钳住莫格金色格,勇猛厮杀。三人走马灯般你来我往,苦战十几个回合,难分胜负。

战斗正酣,金国完颜寿的追兵也已赶到,将莫格金色格团团围在当中。莫格金色格腹背受敌,神情开始紧张,他一边交战,一边左右张望,伺机逃出包围圈。莫格金色格精神分散,无法集中精力作战,枪法渐渐杂乱起来。正当他出神之际,楚鲁冷不防大喝一声:"身后有人!"莫格金色格猛一惊,急忙回头。楚鲁趁机挺矛向他的后背刺去,莫格金色格未来得及反应,就惨叫一声,中矛落马。札布拍马赶上,一刀砍下了莫格金色格的首级。铁木真挥鞭一指,大军向塔塔儿部冲杀过去,群龙无首的塔塔儿人魂飞魄散,纷纷跪地求降。

金人看到铁木真率军打败了莫格金色格,两军战斗疲惫,正欲修整,就想趁机收渔翁之利。完颜寿指挥兵马来到铁木真队伍前,这时忽听两边马蹄声急,各自闪出一支队伍,分列铁木真部队两翼,对完颜寿的金军形成了包夹之势。两支队伍冲出后只是冷眼旁观,不动声色,并没有对金军发动进攻。完颜寿一看形势不妙,知道是铁木真留下了后手,来硬的显然不行。于是他急忙笑脸相迎,上前抱拳施礼,祝贺铁木真大获全胜,帮助自己消灭了莫格金色格,并说回去后一定禀报皇上,给予封赏。

　　铁木真看穿了金人的把戏，将计就计，忙把莫格金色格的首级献给完颜寿，只字不提宋人贡品的事，好像压根儿就没这回事。完颜寿看到铁木真的部队威严整齐，纪律严明，勇猛威武，也不敢提及，哑巴吃黄莲，有苦说不出，也只好装聋作哑，就坡下驴，答谢铁木真后，带着莫格金色格的首级班师回朝，向皇帝复命述职。

　　皇帝听了完颜寿的汇报，气得七窍生烟，咬牙切齿，恨不得抓来铁木真咬上几口。但听了完颜寿说铁木真的部队日益强大，今非昔比，恐怕不是一般的部队所能消灭得了的，虽心有不甘，也无可奈何，只好作罢。

　　虽然夺取了金国的财物，却得罪了金朝，札木合一面看着成车的财宝，一面考虑下一步该怎么做。

# 第二节　智退金国使团

再说金朝，一些大臣听说财宝被蒙古人抢了，不由得忧虑起来，他们联名上书，要求皇上采取对策，出兵讨伐铁木真，以免纵虎为患，反为所伤。金国皇帝也深以为然，但不敢贸然发兵出击，怕一旦打不过铁木真，那时如果南宋人再趁机发兵，前后夹击，金国可就危险了。

于是经过众大臣商议，皇帝决定派出使团，假意慰问铁木真，表彰其消灭莫格金色格的功绩，实际是为了探听虚实，收买人心，稳住铁木真等人。

使团带着大量的金银珠宝、美酒佳蔬，大摇大摆地向铁木真他们的驻地走来。札木合亲自率领文臣武将，迎出驻地欢迎金国使臣。哪想到，金国使臣只听说过铁木真，不知道札木合是何许人。他们左一声皇帝如何，右一句铁木真怎样，完全把这里当成了铁木真的国土，还振振有词地说："我们皇帝说了，铁木真英勇盖世，拔刀相助，真是草原上的勇士，皇帝准备册封你。"

铁木真忙说："皇帝过奖了，我实在不敢当。"

使臣说："你也是一国之主，我们皇帝不想委屈你，想听听你的意见，你说吧！想做什么官？"

见他们如此傲慢无礼，札木合恼怒地甩着袖子说道："你们究竟意欲何为？侮辱还是赏赐？中原大地上难道就是这样的礼仪吗？"

使臣这才注意到札木合，一人不解地问道："你是谁？我们和你的国主说话，你敢插嘴乱讲！"

札木合气得满脸通红，恼羞成怒，拂袖离去。铁木真当然知道使团的来意，看札木合大怒而离去，只好独自应付。他回头跟毛浩来商议："你看该如何处理？"毛浩来悄声献计，铁木真连连称奇，命他速去办理。

铁木真派人设下酒宴，盛情款待金国来使。此时，毛浩来发动所有臣民，在驻地四周建了几座高大的军营，军营上面插满了飘扬的旗帜。然后让臣民分别躲在军营里面的大帐中，生火做饭，又把放养的马匹圈在大营中，于是人喊马嘶，热热闹闹。军营外面派出一队一队士兵，骑马巡逻。

迎接使团的驻地大营，与四周新建的假军营遥相呼应，看上去此地好像驻扎着成千上万的人马。

使团人员酒足饭饱，在铁木真的带领下，到营地四周巡视。所到之处，只听军营里人声鼎沸，马嘶蹄响，仿佛有无数的大军在操练；又看到军营威严，旗帜飘扬，巡逻的士兵精神饱满，知道铁木真的部队已非常强大，远远超乎了他们的想象。铁木真率领众大臣将军，夹道欢迎，只见武将各个威武雄壮，文臣人人精神抖擞。金国使臣不禁心生怯意，万幸皇帝英明，没有贸然用兵。他们只好虚情假意地言好示和，驻留几日后，带上铁木真赠送的礼品，回朝去向他们的皇帝大谈草原上的雄鹰是多么矫健神勇去了。

臣民们看到大金国的使臣已被自己国家的军威所震慑，低

成吉思汗与蒙古四杰图。蒙古四杰是指善于用兵的木华黎、铁木
真的好友博尔术、拖雷的师父博尔忽、救过铁木真性命的赤老温。
这四人是后来蒙古开国的四大功臣。

三下四，不敢妄言来侵，于是个个扬眉吐气，齐呼国主英明，国主
万岁。

　　阵阵呼喊震怒了一个人，他就是躲在后面的札木合。几日
来，他眼见铁木真取代自己与金国交往，早就无法忍受。一开
始，他想，事情是铁木真捅了漏子，惹怒了金朝，让他去应付也
好。后来，他见铁木真用计震慑了使臣，得到金国的威服，部众

的拥戴，再也坐不住了。他怒容满面地走出营帐，站在众人面前，厉声问道："哪个国主英明？哪个国主万岁？"

众人一哄而散，悄悄溜走了，只剩下铁木真和札木合。铁木真忙说："事情紧迫，不愿意我部受到金朝威胁，所以没有请示就采取了这些措施，希望你能理解。不管怎么说，我擅作主张就是我错了，请你处罚我吧！"

札木合细想整个事情的经过，不明白怎么一步步走到今天这个样子，难道铁木真真的比自己强？他阴沉着脸，强压怒火，勉强说道："金朝是我们的仇敌，我与他势不两立。你也要记住，不能对他们客气，不要被他们迷惑！"

铁木真忙说："安答说得太对了，我一定谨记在心，与金朝势不两立。"

札木合皱着眉头朝四周望了望，而后转身进了营帐，丢下铁木真孤零零地站在那里。

## 第三节 白骨头黑骨头

接二连三的事情，让铁木真和札木合越来越生疏，关系不似从前那般亲密。铁木真做事不得不小心谨慎，唯恐再次得罪札木合，带来不必要的麻烦和矛盾。两人关系微妙的变化引起一些人的注意，随着时间的推移，各自的手下之间也不断出现摩擦。

阿勒坛和忽察儿本是乞颜部贵族，也速该去世后，他们撺掇也速该的弟弟答里台一起投靠了札答剌部，成为札木合的臣属。如今，他们眼见铁木真已经长大成人，成为很有才干的俊杰英豪，心里又喜又忧。喜的是乞颜部有了希望，忧的是铁木真一旦掌握更大的权力，会不会对他们的背叛行为采取报复呢？毕竟，在铁木真一家陷入困境时，他们无情地抛弃了这群孤儿寡母！

身为铁木真的亲叔叔，答里台更是日夜惦记，寝食不安。他多次来到斡额仑夫人的帐前，打算走进去向嫂子请安问好，却始终没有勇气。他不知道该如何开口，也不知道嫂子会怎么辱骂自己。不管怎么说，当初是自己做错了，让铁木真母子身陷绝境，差点遭受了灭顶之灾。

这天，他又来到斡额仑夫人帐外，凝神望了一会儿门口，深深地长叹一声："哎……"正巧，老奴仆豁阿黑臣走出营帐。她看到一个人远远地站在那里,似有心事,便疑惑着走了过去。越走越近,越看越清,忠实的老女仆认出来了,站着的正是先主也速该的弟弟,亲王答里台! 多年不见,她脚下迟疑,心里思索,他来做什么?

答里台也看见了豁阿黑臣,多年了,她看上去明显地老了,腿脚迟缓,身材弯曲,可是她的精神却很好。

两人互相打量多时,豁阿黑臣开口说:"王爷,您一向可好?"

"王爷?"答里台重复一声,这个称呼已经离他很远了,他现在不过是札木合手下的一员普通臣将而已,哪里有人记得他曾经贵为亲王?"豁阿黑臣,多年来,你不计贫困险阻,衷心护主,先主有知,也会安心的。"

"这是我的责任,"豁阿黑臣从容而言,"我会一直忠心不二的,请王爷放心。"

答里台面露愧色,心中无限感慨,喟然说道:"一个普通女仆,比我们这些贵族王卿还要值得信赖!"说完这句肺腑之言,他毅然地走进斡额仑夫人的营帐,准备接受嫂子的责骂。

令他无法想象的是,斡额仑夫人见到他后,不但没有责备他,还命人摆上酒肉,热情招待他。答里台受宠若惊,惶然跪倒,失声而泣:"嫂子,当年都是我年幼无知,狠心地丢下您和孩子们不管,您骂我也好,打我也罢,我都悉心听从,不敢有丝毫反抗。"

斡额仑夫人扶起答里台,笑着说:"都是过去多年的事了,还提它干嘛? 你能来看我,我就很高兴了。"

两人边说边坐在毡毯上,斡额仑夫人端起一碗马奶酒,递给答里台说:"喝下这碗自家的美酒吧! 它一定会别有一番味道。"

答里台顺从地接过酒碗,一饮而尽,擦擦嘴角说:"还是跟从前一样好喝啊!"

斡额仑夫人笑呵呵地说:"听说不日就要迁往新牧场了,我正在带人收拾帐包和车辆,到时候我们两家一起行动。"

"这样最好了,"答里台连忙回答,"这次我一定要好好照顾你们。"

"不用了,孩子们都大了,铁木仑都十岁了,能帮我干不少活了。"

两人正在闲聊,豁阿黑臣走了进来,脸色紧张,气喘吁吁,走进斡额仑夫人身边,不安地说:"夫人,不好了,合撒儿与人打起来了。"

"打架?"斡额仑夫人不解地看看豁阿黑臣,又看看答里台,"这有什么奇怪的?他们大了,已经是顶天立地的男子汉,驰骋疆场的勇士,还需我们关心他打架的事情吗?"草原人们豪爽好斗,自小就是在打闹之中长大的,尤其是男孩子,更是把摔角、打斗当作是家常便饭、娱乐项目。铁木真兄弟从小到大,不知道与人打了多少架呢!所以斡额仑夫人不以为是,看到豁阿黑臣紧张兮兮的样子有些不解。

"夫人,合撒儿与给察儿打起来了。"豁阿黑臣继续紧张地说。

"给察儿?"斡额仑夫人和答里台一起叫了一声。

这个给察儿不是别人,正是札木合的亲弟弟。

斡额仑夫人忙问:"究竟是为什么?他们为什么打架?是不是玩耍而已?"她一连问了好几个问题,因为给察儿地位尊贵,他们寄人篱下,怎么能轻易得罪札木合兄弟呢!

豁阿黑臣摇头说:"我也不知道为什么,国主和札木合国主出去狩猎了，无人敢去劝架，都动了刀枪了。"

答里台察觉出事情不妙，站起来说道："我去看看。"然后疾步走出帐外。

札木合议事的大营帐外，里里外外围着几圈人，他们正在指指点点，议论纷纷。答里台过去一看，见里面有乞颜部人，也有札答剌人，有贵族臣将，也有一般部众。答里台分开人群，进去一看，合撒儿与给察儿各持弯刀，拉开架势，怒目而视，互不相让，看样子，两人打算拼个你死我活。

答里台上前申斥合撒儿："你要干什么？还不快放下手中弯刀！"

合撒儿见到叔叔，并不理会，依然兜着圈子，盯视给察儿，随时准备出击。答里台回头看看给察儿，只见他臂膀上的衣服破了，露出半个肩膀，气色慌乱，勉强应战。见到此，答里台知道，给察儿打不过合撒儿，刚才一定被打倒在地了。他上前施礼说："王爷，请您暂息雷霆之怒，勿发虎豹之威，把合撒儿交给我，我去处置他，您去休息吧！"

给察儿自知打不过合撒儿，见有台阶可下，忙趁机说："这个叛逆之人，就交给你去处置，一定要严厉惩罚，不要袒护包庇！"说着，扭转身，走出人群。

合撒儿气得大叫："谁是叛逆的人？我合撒儿是贵族子弟，国主的弟弟，哪里不如你高贵？为什么要听从你的指令，凭什么惩罚我？"

答里台一把拽住合撒儿，低声呵斥："还不快回去，在这里丢人现眼吗？小心铁木真回来惩处你！"

听到哥哥的名字，合撒儿安静下来，他看看叔叔答里台，满脸愤慨地说:"你们就知道在这里做奴称臣吧! 早晚有一天会被他们收拾了。"说完,头也不回,大步流星地走出人群。

答里台望着合撒儿的身影,长叹一声,摇摇头转身回帐。他的身后跟上来两个人,一个是忽察儿,一个是阿勒坛。两个人都是乞颜部贵族,一个是铁木真的堂兄,一个是他的堂叔。他们跟随答里台,来到了他家帐包内。三人坐下来,答里台紧皱眉头问道:"究竟怎么回事? 合撒儿为什么跟给察儿打起来了? 合撒儿说的那些话又是什么意思?"

忽察儿忙说:"叔叔,合撒儿说得有道理,我看我们在这里不可久留。"

答里台抬头望望忽察儿,沉思着说:"说说看,你们到底怎么想的。"

忽察儿和阿勒坛对望一眼,详细地述说了合撒儿与给察儿纷争的前后经过。札木合和铁木真出外狩猎,安排弟弟给察儿管理营内事务。这天,巴阿邻部派遣巫师豁儿赤前来进贡。巴阿邻是札答剌的附属部落,归属札答剌多年了。他们人员比较少,势力弱小,归附札木合后,纳贡称臣,谨小慎微,不敢有丝毫越礼之举。今年,他们照例送来了牛羊和皮毛,献给札木合。

给察儿接待了豁儿赤,收下他的献礼,安排酒宴招待他。

斡难河畔,草嫩花香,初春的阳光像个撒娇的孩子,直扑进人的胸怀。札木合大帐内,摆下丰盛的酒宴,坐满贵臣勇将,人们举杯欢饮,高歌劲舞,不亦乐乎。按照惯例,属部奉送的礼品要分封给各个贵族和功臣,要么论功行赏,要么依照个人的身份依次分配礼品。蒙古人重视血缘关系,这里说的身份就是从各家的家谱中推论的。与国主血缘关系近了,自然地位尊崇,领的

蒙古汗国萨满巫师法服。"一代天骄"的成吉思汗崇信萨
满,无论是战争还是遇到重大问题时,他都极重视萨满的
意见

财物就会多,反之,领的财物就少。根据血缘关系的远近,他们
习惯上将贵族阶层划分为两部分:一部分是国主的近亲,统称为
白骨头,地位最高;另一部分是国主的远亲,称为黑骨头,地位就
低了,可以说可有可无,在部落中微不足道。

　　给察儿率领众人吃喝玩乐,大大庆祝了一番。接下来,他开
始分赏巴阿邻人的贡品。他首先给自己家族的人分了大部分礼
品,又封赏了札答剌部众多臣将,把所有贡品全部分完了。

　　合撒儿看到给察儿分完了贡品,却一件也没有留给自己一
家,也没有赏赐乞颜部任何人,不由得生气地站了出来。他大声
质问:"王爷,为什么不分给我们贡品,难道我们不应该得到贡

品吗？"

他一站出来说话，铁木真许多手下将领也站了出来，不满地问道："为什么没有我们的份？"

给察儿睨视合撒儿，突然嘿嘿冷笑："你们想要什么？贡品？请问你们是什么人？功臣还是贵卿？你们来到我部，分食我们的牧场，侵占我们的国土，还不够吗？想要贡品，门都没有！"

合撒儿怒火燃烧，喝问道："是札木合国主请我们来的，你凭什么说出这样的话？我们部众来到这里，壮大你们的国家，增强你们的势力，放牧狩猎，样样超强；冲锋陷阵，杀退金兵，立下了战功，这些还不够吗？我们乞颜部身份尊贵，是海都汗的直系子孙，怎么不是贵族？"

听了合撒儿的话，许多人点头不已。他们议论着说："说得有理，不能小瞧乞颜部众，他们应该受到尊重。""铁木真当世豪杰，素有英名，不能这样对待他。"

给察儿酒意正浓，对于合撒儿的话毫不放在心上。他巡视帐内众人，脱口说："他们连黑骨头都不是，要什么贡品，真是笑话，把他赶出去！"可谓酒后吐真言，此言一出，满座皆惊，大家面面相觑，不敢言语。

说起来，铁木真家族和札木合家族也有血缘关系。前面说过，祖先孛端察儿曾经纳娶了一位寡妇，这个女子嫁给孛端察儿之前已经生育了一个男孩，这个男孩就是札木合的祖先；这个女子与孛端察儿生的儿子就是铁木真的祖先，所以他们有一胞同源之亲。

今天，给察儿酒后说出黑骨头、白骨头的话，显然是说铁木真家族与自己家族关系甚远，不配与他们相提并论。其实，铁木真家族是海都汗直系后人,论出身比札木合家族要高贵。可是当时,札木合势力较大,部落强盛。铁木真依附于他,自然引起他手下人瞧不起铁木真家族,致使他弟弟给察儿不肯分给铁木真家族贡品。

合撒儿怒不可遏,面对给察儿的嚣张气焰,毫不畏惧。他疾步上前,一把抓住给察儿,两人在酒宴上扭打起来。两位国主都不在家,他们的两个弟弟因为贡品分配而打起来,谁敢上前劝架?

答里台听完事情的前后经过,沉默不语。忽察儿再次进言:"铁木真长大了,威名远播,我们可以拥立他统帅乞颜部,可以拥立他做蒙古可汗,不能继续臣服札木合了。"

阿勒坛也说:"札木合诡计多端,心机颇重,我们在这里待下去,凶多吉少。"

三人商量多时,最后答里台说:"此事关系重大,需要先与铁木真商量才能决定。明天,铁木真狩猎归来,我就去跟他商讨这件事。"

## 第四节　识破离间计

树欲静而风不止。铁木真在札答剌部生活了一段时间,眼看着两部之间矛盾渐深,他努力修复与札木合的情义,无奈人心惶惶,无能为力。合撒儿与给察儿的纷争进一步激化了这种矛盾。

答里台见过铁木真,与他商量乞颜部众的意见,希望他带着他们离开此地。铁木真深沉地说:"我受札木合安答恩德,怎么能够背叛他呢?"

他否定了众人的想法,打算诚心对待札木合。这天,他与札木合坐在大帐内,接见札鲁特部使臣。使臣呈上檄文,言说要来讨伐札答剌部,抓获铁木真。铁木真迷惑地问使臣:"我与你部远来无怨,近来无仇,你们为什么要抓获我?"

一连问了几次,才发现来使是个哑巴,一问三摇头,比比划划,不知所云。铁木真心里更加疑惑,觉得来使有问题,他请示札木合说:"两国交往,怎么单单派个哑巴来使呢? 其中必有缘故,还要细细详查。"

札木合看看来使,问计群臣:"札鲁特部如果真的来袭,我们如何应对?"

有人说:"札鲁特国力强盛,恐怕我们难以取胜。"

有人说:"我们与他们无怨无恨,他们究竟为什么突然来袭?"

给察儿站在帐下,嘟囔一句:"不是说得很明白吗?要来抓拿某人。"

臣将们一起转向铁木真,对呀,檄文上说得明白,要来抓获铁木真。

铁木真面对诸人,沉着地说:"如果真是为我铁木真而来,我一定想办法打退敌兵,不劳诸位操心。"他转向札木合说:"请把来使交给我,我先查清他的来历。"

札木合点头表示同意道:"也好,你去办理吧!"

铁木真思忖一下,带走了来使,他决定继续想办法试探来使,搞清事情原委。于是铁木真命令者勒篾、陶尔根希拉设宴款待来使,并要求一定要好好招待,以尽地主之宜。

者勒篾等人在大帐内摆设宴席款待来使,只见满桌肥牛嫩羊,熊掌山鸡,美味佳肴,数不胜数,美酒佳酿更是芳香扑鼻,令人垂涎。者勒篾、楚鲁等人又邀来众多文臣武将把盏作陪,以示隆重和气派。席间又招来很多艺人歌妓,弹琴奏乐,载歌载舞,助兴添欢。

来使哪里受过这么高的待遇,受宠若惊,心中感叹不已,随即开怀畅饮,接受众臣轮流把盏敬酒,尽享受人尊崇的体面。不一会儿,他已酒醉难支,得意忘形起来,哪里还记得什么自己是个哑巴的事,更把来使的身分抛到九霄云外。酒至高兴处,竟然起身离席,手舞足蹈,与歌妓们一起,敞开歌喉,高歌起来。

者勒篾、陶尔根希拉等众文武大臣,见状不禁哈哈大笑起来:"哈哈哈,佳酒、美人也是一剂良药啊!能治疗哑巴顽疾。哈哈哈。"笑话这个来使见识短浅，几杯美酒、几个美人，就令他神魂颠倒，现出了原形。来使羞愧满面，差点钻到酒宴席下。

者勒篾突然收住笑声，一声大喝："来人，把这个逆贼给我拿下！"

左右立即闪出几个侍卫，不费吹灰之力，就把喝得酩酊大醉的来使摁倒在地。

陶尔根希拉厉声喝问："你到底是什么人？是谁派你冒充札鲁特部来使来此挑起事端？你们到底还有什么阴谋？你要从实招来，如有半句假话，定将你碎尸万段，抛尸荒野！"

来使突然被摁倒在地，早已吓得魂飞魄散，酒也吓醒了大半，抖如筛糠，屁滚尿流，磕头如捣蒜，唯求饶一条小命，哪里还敢有半点隐瞒，只得一一交代。

者勒篾、陶尔根希拉把来使押到铁木真大帐，交由铁木真亲自审问。来使但求活命，哭哭啼啼地向铁木真交代说，他是泰赤乌人，是"肥可汗"塔儿忽台听说铁木真投靠札木合，贼心不死，与塔塔儿人使用奸计，派他冒充札鲁特部使者来下檄文，试图挑起札答剌和札鲁特部之间的战争，激起札木合对铁木真的怨恨。他们好趁机坐收渔翁之利，消灭札木合和铁木真。

铁木真了解真相后，义愤填膺，没想到敌人会采取这么卑鄙的伎俩，多亏早日识破敌人的诡计，否则后果不堪设想。

铁木真和众臣商议后，立即采取了果断措施。一面派使臣到札鲁特部去说明情况；一面禀告札木合，消除误解，不要上了敌人的当。

札木合得知事情的真实情况后，表面上不再说什么，叮嘱铁木真严加防范，注意安全，内心里却越来越觉得不安。他想，铁

**成吉思汗统一漠北图**

木真仇人很多,泰赤乌人和塔塔儿人都想消灭他,住在这里,早晚都会牵连我。他正在沉思,弟弟给察儿走进来,满脸不悦地说:"国主哥哥,铁木真部众不服管教,不能再纵容他们了。让他们快快滚蛋!"

"不要吵!"札木合低声怒吼,阻止给察儿胡言乱语,他手里握着一柄尖锐的小刀,掂来覆去,一双略微呈现蓝色的眼睛冷冰冰的。过了半天,他抬头看看给察儿,慢慢问道:"我派你去泰赤乌部,你办得怎么样了?"

"塔儿忽台说了,他会与我们一如既往地交往。不过他提醒你千万要防备铁木真,不能再收留他了。"

"塔塔儿人呢?"

"他们说只要除掉铁木真,一切都好办!"

原来,经过这次离间计后,札木合暗地派人与泰赤乌部和塔塔儿人勾结。他想探听他们的虚实,了解铁木真对自己到底有多大危害。两人的纯真情义消失了,那些美好的日子已经成为永久的过去。他会采取什么行动对付三度结拜的铁木真呢?

# 第五节　残忍的札木合

孟春时节,牧民们都要赶着牛羊,乘着马车去新的牧场放牧。今年,札木合早就命人做了准备,要迁往斡难河下游的草原放牧。这片草原紧挨山林,草地丰茂,水源充沛,是一块理想的天然牧场。

人们紧张地准备着,收拾帐包、车辆、储备的粮食,安置妇女、孩子。札木合传下令去,明天清晨就要迁徙了。

铁木真的营帐内,他的臣属部下聚集在一起,他们在等待去札木合营帐议事未归的铁木真。一早,铁木真就被召去了,说是陪同札木合祭祖告天,祈祷他们一路平安。

几日来,铁木真察觉出札木合有些异样,他心里也是一阵不安,担心出现什么不测。他来到札木合大营,札木合笑着迎上去,拉着铁木真的手说:"明天就要迁徙了,我们一起祭天告祖,祈求保佑我们一路平安。"

"悉听安答安排。"

札木合命人摆上桌案,焚香而燃,气氛庄严隆重。他和铁木真跪倒在地,祷告完毕,端起酒杯,洒洒祭天。札木合一边洒酒,一边漫不经心地问道:"铁木真安答,你我结下深情厚意,共同生活也有一年的时间了。我觉得你慷慨大度,智勇双全,有能力领导一方臣民。如今,札答剌部就要迁徙了,我有意让你代替我领导我的部众,你意下如何?"

听到这番言论,铁木真不安地脸色骤变,急忙说道:"安答怎么说出这样的话?让我铁木真如何安然度日?我在这里是因为我们的情义,我希望诚心诚意与你一同发展进步,死也没有想夺取你的权位的心!"说着,以手指天,表示长生天可以作证,他所说属实。

成吉思汗的第三子元太宗窝阔台,在任内继续父亲的遗志扩张领土,主要是继续西征和南下中原。他在位期间完全征服中亚和华北。

札木合当然无心让位于铁木真,只不过借此试探他而已。见他如此惶恐,又说出这么坚决的话语,心怀释然,高兴地笑起来:"铁木真安答言重了,对你我来说,谁做君主都是一样的,你说呢?"

铁木真忙回答："安答治理国家多年，很有经验，我哪里敢比。"

札木合不再言语，拉着铁木真的手站起来，他们踱步到斡难河畔，一边欣赏河岸景色，一边你一言我一语地交谈着。春色已深，河岸边三五成群的牛羊在吃草，偶尔有一匹骆驼走过。有些儿童手握套马竿边跑边嬉闹，也有半大的男孩子围成一圈摔角打斗；再远处，一座座帐包已经被拆卸，能干的妇女们打理着就要起程的车辆，也有一两个人忙着挤牛奶，接生羔仔，真是忙碌热闹啊！突然，几声嘹亮的歌声穿越苍穹，古老的民歌伴随着阵阵微风，荡漾人的胸怀。

两人走了一阵，看见几个汉子坐在一座车辆前，一边喝酒，一边醉醺醺地哼着小曲。他们显然没有注意到札木合和铁木真，而是神情自得，自顾自地饮酒高论。铁木真二人走过来了，只听一人说："国主正在祭天呢！听说要惩处铁木真。""别胡说了，他们是安答，哪会做出那样的事。""合撒儿打了给察儿就这么算了，国主历来处事严厉，能放过他才怪呢！""哼，别说了，上次答儿马刺不过偷喝了他几杯酒，结果怎么样？不是被拖在马屁股上拖死了，真残忍！"

札木合脸上一阵青一阵白，气得浑身发抖，跳上去揪住一个人，不由分说，将他掼倒在地，拔出弯刀向他刺去。铁木真紧随其后，一把拦住札木合说："酒后失言，不可当真，不能杀他。"札木合哪里听得进去，手起刀落，一颗血淋淋的人头滚落在地。众人瞠目结舌，纷纷躲到铁木真身后。铁木真见札木合杀了一个人，指责他说："无故杀人，实在不可取。他有什么罪？不过是妄自议论了几句，就惨遭杀害，你确实有些残忍。"

"什么?"怒气冲冲的札木合大声叫道,"这是我的臣民,我爱怎么样就怎么样,你不要插嘴了。"他见其他几个人躲到铁木真身后,阴笑着说:"不要躲了,这里我说了算,你们出来,我饶你们不死。"

几个人战战兢兢,哆哆嗦嗦地走出来,札木合问:"你们妄自菲薄,擅论国主,罪该当死。不过今天我给你们赎罪的机会,你们说,你们从哪里听来的这些小道消息? 什么人指使你们这么说?"

消息? 指使? 几个人吓得跪在地上,磕头不止:"国主圣明,我们不过瞎说罢了,哪里有人指使? 一切都是酒后失言,请国主饶命。"

"不说? 好,"札木合指着一匹漫步的骆驼说,"你们谁能追上那匹骆驼,谁就无罪了。"

几个人奇怪地看看骆驼,万分不解,骆驼走得那么慢,谁追不上? 他们再看看札木合,满腹疑虑。札木合嘿嘿笑道:"怎么,不相信我?"

"不敢,不敢。"几个人说完,拔腿朝骆驼跑去。

身后,札木合捡起地上的弓箭,捻弓搭箭,向奔跑的几人射去。只听一声惨叫,一个人应声倒地。其他几人刚想逃走,声响箭到,一个个倒下去了。眨眼间,札木合杀死了五个人,铁木真呆立一边,震惊无措。

札木合杀完了人,拍拍双手,对铁木真说:"对待属下,就要有铁一样的手腕。不然他们就会心怀二意,不服管教。"然后,他又拉着铁木真的手,若无其事地走回营帐。

铁木真回到自己营帐时,看见众人都在,想起刚刚残忍的一幕,不免摇头唏嘘,跟他们简略地谈了谈事情的经过。毛浩来上前说:"我们不放心国主,所以都赶过来了,你能安全回来,我们也就放心了。"

答里台说:"我跟你说的事情,你再考虑考虑吧!不要再犹豫了。"

铁木真摆手制止他们,喝了一口马奶酒,慢慢地说:"不要说了,等到迁徙完毕再说吧!"

众人只好作罢。他们又商讨多时,深夜时分,各自才回归家中,等待明日搬迁。

## 第六节　孛儿帖劝夫

第二天天未亮,营地内的人们就开始了行动,年轻人驱赶着牛羊和马车,车上装着拆卸的帐包、各种家当、剩余的粮食和猎物以及值钱的皮毛。当然,妇女、儿童和老人也坐在车上,他们看护着车上的物品,喜滋滋、乐呵呵地聊天谈地。老年人抓住时机,给孩子们讲述本族的历史和勇士们的故事,教育他们记住自己的出身,学习勇士的精神。

车队绵延数十里,缓缓行进在广袤无边的草地上。春日里的草色绿盈盈的,鲜活无比,各种野花盛开其间,像漫天璀璨的星斗,闪烁动人。札木合和铁木真骑着各自的宝马,一前一后,走在队伍的最前面。

昨夜,铁木真一夜未眠,他的眼前不断出现那几个人惨死的身影,脑中不断出现毛浩来等人劝谏的话语。他翻来覆去,思索着究竟该如何做,难道就这样离开札木合吗?札木合是不是真的要赶自己走呢?千头万绪,思绪纷呈,面对眼前大局,铁木真无论如何都要谨慎行事,不可焦躁,更不能意气用事。他不停地辗转反侧,惊动了身边的孛儿帖。孛儿帖看到丈夫心事重重,已经猜到他为何操心,打起火镰,柔声安慰说:"先歇息吧!明日迁徙,任务还很重呢!"说着,她拍拍身边熟睡的婴儿,脸上露出幸福的神色。铁木真看看火光下婴儿甜甜的脸蛋,心里荡起无限暖意。霎时,他的心里产生了一种听天由命的想法,不是吗?守着妻子、家人安然度日,也是一种生活,可是上天会给他这样的机会吗?他又能听从命运的安排吗?

铁木真走在札木合身后,思绪万千,什么话也不说;走在前面的札木合呢,心里更是想法无数,所以也不说话。两人带领队伍顺斡难河前行,他们渴了,饮用泉水;饿了,扎下营帐休息。日近中午,阳光温暖地照射着,队伍中有人开始吃饭了。坐在车上的孩子抓起烤熟的羊腿,端起纯白的牛奶,又吃又喝,又吵又闹。大人们含笑制止着,任由他们放肆地吃喝玩乐。

有人过来请示札木合:"国主,是不是该停下来歇息了?"

札木合回头望望,下令说:"暂做休息,时间不要太长,不要耽误了行程。"

令声一下,人们停下脚步,有人坐在车上,有人蹲在地上,有人架起火堆,烧水煮饭。一时间,叫声、笑声、吃饭声、打闹声,连成一片,好不热闹。

铁木真照顾母亲、家人吃饭后,来到前面与札木合同饮。他们避开众人,来到了河边,铺上毡毯,取酒共饮。草地软软的,阳光暖暖的,河水静静的,远处,青山隐约可见。两个年少的国主、三度结拜的安答,虽然面对面坐着,却彼此感觉心是那么遥远,两人的话语很少,只是不停地喝酒、吃肉。

吃喝了一会儿,札木合望着柔和的河水和远方的青山,突然开口说道:"如果依水建营,有利于放牧牛羊;如果傍山安营,就会有利于放牧马匹。"

铁木真静静地听他说完,随口应和道:"安答说得很对,这是多年来我们牧人总结出的经验,只能合理安营,才有助于民众生活。"

札木合好像没有听到铁木真的话。他依然遥望青山,近看河水,又重复了一遍刚才的话:"如果依水建营,有利于放牧牛羊;如果傍山安营,就会有利于放牧马匹。"

铁木真奇怪地看着札木合,见他并没有看自己,而是一副凝神细思的样子,不再言语,心里琢磨着,这是简单的道理,札木合为什么一个劲地说呢?难道他在考虑迁徙后如何安营扎寨?不对呀,这些道理连小孩子都懂,还用他如此深虑?

"如果依水建营,有利于放牧牛羊;如果傍山安营,就会有利于放牧马匹。"札木合又重复了一遍。

铁木真不免心生疑虑,他看看札木合,见他对自己不冷不热,于是胡乱吃了几口饭,辞别札木合,转身回到母亲的车辆前。斡额仑夫人和孛儿帖等人也吃饱了,她们正在逗弄婴儿玩耍,一家人乐融融的样子。铁木真无心享受天伦之乐,想了想,觉得有必要把札木合的话说给母亲听听,看看她对此事有何看法,于是说道:"母亲,我有一件事情不理解,希望听听您的意见。"

斡额仑夫人见铁木真庄重的神情,料想出了大事,忙问:"究竟是什么事?"

铁木真说:"刚才我与札木合安答吃饭,他眼望远山和河水,不停地重复一句话,'如果依水建营,有利于放牧牛羊;如果傍山安营,就会有利于放牧马匹。'我觉得这是一般的道理,他却不理睬我,只是重复说这句话,究竟是因为什么呢?"

他的话音刚落,车帐内的孛儿帖即刻说道:"人人都说札木合喜新厌旧,反复无常,今天听他这么说,足以看出他讨厌我们了。他在暗示你离开他，找块有山有水的地方另立营帐。我看我们不能再与他合营了，趁今夜就离开他，另外寻找地方安营吧！"孛儿帖激动地一气说完，眼望斡额仑夫人，听候她的意见。

斡额仑夫人拍拍孛儿帖的肩膀，笑呵呵地说："好孩子，能有你这样聪慧的儿媳是我家的骄傲，也是铁木真的福气。铁木真，我和孛儿帖的意见一致，我认为我们应该离开札木合，另立营帐，单独发展。"在铁木真的一生当中，母亲斡额仑夫人和妻子孛儿帖发挥了重大作用。她们都是聪明睿智、胸怀博大的女人，每到关键时刻，总会帮助铁木真做出正确又实际的决定，进而让他一步步到达了人生的顶峰。

铁木真听了妻子和母亲的话，恍然大悟，他清楚了札木合的表现，一举一动都是在劝自己离开啊！作为三度结拜的安答，札木合也不好直言赶他，所以用了这种隐晦曲折的办法。哎，铁木真轻轻叹气，事已至此，他倒觉得心里轻松了不少，看来离去是人心所向。铁木真急忙招呼弟弟们，让他们分头寻找乞颜部臣将，到他的车帐前议事。

很快，毛浩来等人都到齐了，铁木真简明扼要地说了说札木合刚才的话语，而后坚决地说："大家一直劝我离开，今天札木合安答也表明此意，我看我们就此与他作别，各奔前程，你们看如何？"

众人早就有这种想法和打算，见铁木真终于下了决心，无不欢欣鼓舞，高兴地连声说好。毛浩来说："札木合突然做出这种决定，我害怕其中有诈。为防万一，我们撤走时，要悄悄行动，不要惊动他们。"

"怕什么？"合撒儿不服地说，"他们赶我们走，我们走就是了,为什么还要偷偷摸摸的?"

铁木真也说:"不跟札木合安答说一声,就这样悄然离去,恐怕不妥吧?"

毛浩来摇头说:"国主和合撒儿将军都错了。多日来,我部与札答剌多有冲突,互不服气,札木合一定是受到他臣属的撺掇才下此决心的。如今纵然他无意加害我们,可是他的臣属未必没有此意。还有,我听说札木合与泰赤乌人、塔塔儿人还有瓜葛。他要是与他们串通一气,暗地里将我们的行踪告诉了他们,他们在路上埋伏阻截,我们部众甚多,这么多老弱妇孺、牛羊马匹、财宝粮食,怎么与他们交战?"

铁木真点头说:"军师所虑真是周到,依你看该怎么办呢?"

太师国王木华黎金印。他是成吉思汗麾下著名的"四杰"之一。他曾经只是个卑贱的奴隶,却因自己的才智得到了成吉思汗的赏识,成为成吉思汗最为信任的军事统帅

毛浩来说:"既然我们决定离去,一,就要行动迅速,就在今夜驻营休息时,我们趁着夜色率众悄然离去,不要让札木合等人知道;二,兵分两路,我带领老弱妇孺沿斡难河向上游转移,国主带领将士们沿原路返回,穿越豁儿豁纳黑川与我们会合;三,现

在的营地内,有许多人佩服国主,愿意跟随国主打天下,我们不妨趁机带领他们离去,扩充我们的队伍。你们看怎么样?"

"好!"答里台首先说道,"我建议,毛浩来的队伍中适当增加将士,以确保安全;愿意追随铁木真的人很多,我们必须把这件事告诉蒙克力。他是先主旧臣,曾经有过托孤之恩,日夜打算回归本国,这次走,不能落下他。"

众人又激烈地讨论多时,最后订下离去的时间、具体的方案,然后各自行动不提。

铁木真安排完毕,派别勒古台请来了蒙克力,和母亲斡额仑夫人一起接见了他。蒙克力听说今夜他们就要离去,紧张地说:"你们怎么不早告诉我? 我也提前做做准备。"

铁木真说:"一匹马、一张弓、一把刀足够了,还要带什么东西?"蒙克力讪讪地说:"国主说得对,我太贪财了。"

夜晚来临,大队人马停靠在斡难河畔,准备安下临时营帐暂做休息。铁木真传下令去,他属下部众不得安营,听从命令,分头行动。

早就做好准备的乞颜部众,驱赶车辆,扶老携幼,踏上了新的路程。毛浩来等人精心组织,把队伍分成两部分。强兵勇将们跟随在铁木真身后,另一部分军队保护家属们随着毛浩来和答里台。他们马不停蹄,离札木合的队伍而去。


黄牛预言:"天地相商立铁木真为国主,令我前来传言。"许多部众追随铁木真,离开了札木合,铁木真在众人的拥护之下,建立国度——斡儿朵国,开始了崭新的岁月。

第十七章　另立营帐

# 第一节　者勒篾探营

铁木真率众星夜赶路，他们很快绕过豁儿豁纳黑川，时值半夜，他们趁着月色，发现前方不远处有不少营帐。铁木真奇怪地想，白天这里还没有人，怎么突然多出这么多帐包？他们是哪里人？

者勒篾自告奋勇，说："前方营帐来得蹊跷，我去探个究竟。"

"好，你要多加小心。"

者勒篾跳下马背，脱了外衣，皮靴里藏着一把尖刀，辞别铁木真，只身前往营帐。铁木真知道，他这么做是为了麻痹对方。在莽莽草原上，夜晚驻扎的部落都会严加防范，派兵卒保护营地，一旦发现异情，会毫不犹豫地进行攻击。者勒篾脱了衣服，赤裸着上身，进入对方营地，一旦被兵卒发现，可以谎称是夜里起来方便的部众，不会引起太大纠葛。要不然，一定会被他们捕获，如果真是敌人，那就惨了。

再说者勒篾，他光着上身，迅速摸进了驻扎营地。果然，营地四周分布着流动岗哨，士卒们打着哈欠，握着酒葫，醉醺醺地说着笑话。者勒篾藏在一辆马车后面，细心地观察着。过了一会儿，一个士卒摇摇晃晃地走了过来，他哼着小曲，转到马车后面方便。者勒篾手疾眼快，上前一把勒住了他的脖子，低声说：

"别出声，我问你，你们是哪个部落的人？停驻在这里要干什么？"

士卒吓得酒都醒了，一个劲地点头不已。

者勒篾拖着这个士卒，来到一处土坡下，松开他的脖子，拿尖刀抵在他的胸前，再次问："说，你们是干什么的？"

士卒不敢隐瞒，说了实话，原来他们正是铁木真的宿敌泰赤乌人。他们与札木合串通后，得知札木合要赶走铁木真，所以派出兵将沿路堵截铁木真，准备趁其不备，将他一举消灭。

者勒篾听了事情的真相，怒从心起，稍一用力，尖刀刺穿了士卒的胸脯。他杀了士卒，又观看了一下敌营的情况，估计敌人大约有一万左右，不敢怠慢，赶紧回去禀告铁木真。

铁木真听说泰赤乌人就在前面，急忙召集布古尔吉、楚鲁、合撒儿等大将商量对策。布古尔吉说："看来敌人还不知道我们的行踪，我们也有几千兵马，可以趁夜深敌人酣睡之时，突然袭击，一定能够取得胜利。"

楚鲁和合撒儿等人也表示同意。铁木真传令，兵分四路，从东、西、南、北四方包围敌营，听从号令，统一行动，打他们个措手不及。

队伍很快围住了泰赤乌军营。铁木真亲自率领一队人马，他命令兵卒们擂动战鼓，吹响号角。顿时，幽静的草原上一片震天动地的喊杀声响起来，泰赤乌营地四周人欢马跃，一个个奋勇向前，不甘落后。

泰赤乌人正在酣睡，忽听四周鼓号齐鸣，人喊马嘶，慌乱地起身穿衣，摸刀拿枪，糊里糊涂地跑出营帐，寻找马匹坐骑。一时间，营地内混乱不堪，人来人往，完全失去了控制。

成吉思汗与将士们的群雕，表现崛起于马背上的一代天骄成吉思汗，不怕难险，骁勇善战，以狂飙万里的气势，驰骋疆场，百战不殆，为民族的统一建立了不朽的功绩，成为中华民族自强不息、永不言败的象征。

　　铁木真的军队趁机冲杀上来，他们挥舞刀枪，很快就把泰赤乌人打得落花流水，哭爹喊娘，一个个抱头鼠窜，落荒而逃。

　　布古尔吉挺枪刺杀，一路杀伤敌人无数，他的神勇震慑了所有人，泰赤乌兵将无人敢上前应战。泰赤乌人四散逃走，铁木真与布古尔吉等人会师一处，他们清点战利品，收获了许多兵器盔甲、车帐用具。众人非常高兴，合撒儿说："要不要乘胜追击，捉住他们的首领？"铁木真摇头说："算了，穷寇莫追，他们不战而败，估计逃到札木合那里去了。我们再去追赶，反而不利。"

果如铁木真所料，这群惨败的泰赤乌人一路逃亡，追上了札木合。札木合听说他们遭到铁木真突袭，便收留了他们。

铁木真传令，军队暂做修整，整理俘获的物品，处置俘虏，然后说："军师还在前面等我们，我们不可耽误过久，应该速速前行与他们会合。"

于是，他们继续赶路，天将放亮的时候，他们终于与毛浩来带领的人马相遇了。铁木真夸赞毛浩来说："多亏你提前计划，兵分两路，要不然，昨夜突袭就没有这么迅捷成功了。"毛浩来笑着说："还是国主你英明决断，者勒篾神勇探营，才会取得这么大的胜利啊！"者勒篾一听，想起昨夜光着身子探营的经过，摸摸脑袋，也呵呵地笑起来。

已经顺利地脱离了札木合的队伍，铁木真望望跟随自己前来的部众，黑压压一大片，人员众多，辎重也不少，不禁脱口而出："这么多人！"他下令，清点部众人员，查看一下，都是哪些人跟自己来了。

出乎铁木真意料，跟随他兼夜而行的不只是他原有的部众，许多其他部落的人也跟着他来了。其中原本投靠札木合的乞颜部贵族一个没剩全数回归，还有许多札木合属下的部落也全体投靠他了，真是众心所向啊！铁木真高兴地看着这么多人，心情激动。他传令，所有跟随来的人员都是他的部众，享受同样的待遇，人们不得相互欺诈。

接下来，他与陶尔根希拉等臣将商议，决定把大队人马迁往肯特山下的克鲁伦河上游谷地。后来，他们扎营于阔阔纳语儿（当地人称为"兰湖"）附近，古连勒古山山坡，桑沽儿溪（克鲁伦河左边第一条支流)畔合剌主鲁格之地。

就在铁木真率众迁徙的时候,人群中走出一个人。他面见铁木真,说出了一番惊天动地的预言,令许多人称奇不已,感慨万千。

## 第二节　黄牛预言

　　这个人上前施礼,高声而言:"尊敬的国主铁木真陛下,我是豁儿赤,今天有幸跟随了您,心里无比激动。"

　　铁木真打量着这个人,见他身材不高,脸色苍白,一双细长的眼睛似乎充满了机智,也好像充满了虔诚。他是谁?

　　还没等铁木真开口询问,他身边的合撒儿就站出来,厉声喝问:"豁儿赤,你不是札木合忠实的走狗吗?跑这里来干什么?"

　　他正是前番巴阿邻部派遣进攻的巫师豁儿赤。合撒儿曾经因为贡品分配不均与给察儿大打出手,造成两部结怨。

　　豁儿赤不慌不忙,不理睬合撒儿,继续面对铁木真说:"国主,我是巫师,昨夜投靠您,是因为我清楚地看到了一副奇异的景象。"

　　当时的蒙古人信仰萨满教,萨满教巫师地位尊崇,受到百姓拥戴。铁木真听说豁儿赤是巫师,赶紧回礼说:"刚才失礼了,请问你看见了什么预兆?"

　　传言巫师能够洞悉未来,预知祸福,他们是架设在神灵与人类之间的桥梁。

　　豁儿赤慷慨而言:"神灵显圣,让我看到神奇的一幕:一头黄色母牛冲撞札木合的车帐，顷刻间，牛角折断了，黄母牛愤怒狂吼：'还我犄角，还我犄角。'它一边狂叫一边不停地用蹄子扒刨地上的土地，尘土扬起，遮盖了札木合的车帐。这时，一头黄色犍牛从后面跑过来，它拉着一辆大车帐，紧紧跟随在铁木真的身后，边跑边喊：'天地相商立铁木真为国主，令我前来传言'。"

巫师的预言是最有说服力的，人们听了豁儿赤的话，无不露出惊奇的神色。斡额仑夫人走出车帐，来到豁儿赤面前说："多谢巫师吉言，如果铁木真真的成就大业，一定会重重赏赐你的。"

豁儿赤并不隐瞒个人的私欲，他面对铁木真，直截了当地问："我预言了如此重要的天下大事，您将怎么赏赐我呢？"

铁木真当即郑重地说："如果真的如你所言，我能统一蒙古，必定封你做万户长。"

哪曾想豁儿赤并不满足，他接着说："区区万户长算得了什么？如果您真的信任我，就答应让我从天下最美的女人当中挑选三十人做我的妻子。"

**蒙古民族信奉的萨满图腾**

　　此言一出，所有人又惊又喜，惊的是他竟然提出这样的要求；喜的是他能这么说，看来预言确实不虚妄。

　　铁木真哈哈一笑："就如你所言，如果真的统一蒙古，赏赐你三十位美女。"

　　在众人的欢笑声中，豁儿赤坦然地回到队伍中。后来，他的预言果然实现了，他也成为铁木真的亲信随从。在铁木真建立国家后，他成为第一位萨满——国家宗教的最高权力者，帮助铁木真治理天下。

# 第三节　母亲的祝福

黄牛预言,让人们更加确信铁木真必将成为一代英明的国主,他们驾车驱马,跟随铁木真,浩浩荡荡地向克鲁伦河上游迁徙。

经过长途跋涉,他们来到一片丰美的谷地驻扎下来。

这天,铁木真来到母亲的营帐。原来,斡额仑夫人的生日快要到了,铁木真时时记挂此事,准备为母亲隆重探办。斡额仑夫人见儿子如此孝顺,宽心地微笑,因为独立营帐后,部众安乐,家族兴旺,确实值得庆贺。于是她与铁木真联合传下旨令,所有部众一同庆贺,祝贺部落永远安定,祝贺斡额仑夫人长命百岁。

转眼间,斡额仑夫人的生日来到了。这天,风和日丽,天朗气清,空中不时飞过几只百灵,啁啾鸣叫,它们似乎也知道今天是个喜庆的日子,忙着赶过来凑热闹。天刚放亮,铁木真就匆匆起床,身着盛装,来到母亲的营帐请安问好。斡额仑夫人慈祥地扶起儿子,然后母子一同走出营帐,接受文臣武将的祝贺。

大帐内,铁木真的四个弟弟、各位将领和臣属亲族都赶来了。他们跪倒在地,纷纷献上贺礼,祝贺斡额仑夫人万寿无疆。斡额仑夫人笑呵呵地看着众人,吩咐说,一切富裕安乐都是长生天的恩赐,今天你们聚集一起,应该举办仪式,感谢长生天。铁木真忙说："母亲，您放心吧！我已经命令他们做好准备了。"

随后，铁木真率领弟弟们和众多臣属来到帐外草地上，他们焚香祷告，向天跪拜。铁木真诚心诚意地对天而语："我幼年丧父，继承祖业以来，历经艰险终于独自立营安帐，并且得到众多将才良臣辅佐，这都是长生天的护佑。如今我一定敬兄弟爱亲人，明是非行正道，请长生天保佑国祚昌盛！"众臣听罢，也纷纷叩头不止，以显示对长生天的恭敬。

《化铁出山图》，描述了蒙古族先祖孛儿帖赤那带领众人砍倒排排大树，剥下牛马皮，做成风箱，燃起大火。数年之后，终于烧裂山谷，流出铁水，开通了道路，迁出了大山。

接着，铁木真的弟弟们上前焚香宣誓，表示兄弟一心，合谋一致，共同辅佐兄长创立大业，一定要尽忠良，无二心，受天地爱护。

其他臣属也按序焚香祷告宣誓，纷纷表明一心为国、不怀偏邪的真心诚意。

拜天仪式结束，众人拥戴铁木真回归大帐。铁木真回到上座，臣属分列两旁，大家欢聚一堂，高谈阔论，展望美好前景。

斡额仑夫人见铁木真君臣行完大礼，非常满意，她下令全部落臣民同乐，共享这一美好时刻。顿时，驻地变成了一片欢乐的海洋。到处彩旗飞扬，人人欢声笑语。人们宰牛杀羊，捧出精心酿造的美酒，举杯相庆，开怀畅饮。

　　斡额仑夫人接受了铁木真等人的祝酒，心情激动。她对在座的众人谈论蒙古的历史，祖先创业的艰难，特别提到先王也速该去世后，十年来，铁木真勇敢地担负起部族、家庭重任，一步步走到今天。她越说越激动，手捧一杯斟满美酒的金杯，递到铁木真面前说道："亲爱的儿子，当初我梦见了天上的神灵才把你怀上，你是上天派来的使者，天之骄子。孩子，从你的祖先创业开始，直到你父王时代，蒙古经历了无数动荡。如今，你是部族的希望，更是蒙古国家的希望。我们外有强敌，内有忧患，你要勇敢地承担起国家重任，带领诸人开创新的未来。孩子，你具备着仁、智、勇，你是真正的草原英雄，是你父王乃至你祖先的骄傲。"说着，斡额仑夫人记起丧夫后被驱逐的艰难岁月，记起儿子遭到追杀的惊险时刻，记起孛儿帖被掳的灾难日子，再看看眼前威武英俊的儿子已经少年成才，不由得流下两行热泪。铁木真听完母亲的祝福，替母亲擦干眼泪，跪倒在她身边，接过美酒，一饮而尽。

　　铁木真饮罢母亲的祝酒，取来酒盅，一一斟满，亲手端给在座的四个弟弟和众多臣属亲族，感谢他们多年来的尽心辅助，鞠躬尽瘁，诚心归附，拥立自己。他说，蒙古的明天仍然需要诸位的辅助，希望大家团结一心，同心同德，创建大业。

　　众位臣相将士接过赐酒，叩谢主恩，饮酒同乐。

　　答里台斟满酒杯，端到斡额仑夫人面前说："当初，我们从札木合部离开时，曾经提议由铁木真暂摄首领之位。今天，我看他英武异常，神灵护佑，不如我们推举他为蒙古可汗，继承祖先统一大业，不要再让兄弟仇杀、部族分崩离析了。"

　　斡额仑夫人笑着接过美酒，对答里台说："亲族之中，能够继承汗位的人不少，如果推举铁木真，他们会同意吗？"

　　答里台回答："嫂子多虑了，亲族中谁能比得上铁木真？他的威名已经传遍草原了，只有他才能继承大业，为族人开创更美好的明天。"

　　斡额仑夫人点头说："我也是这么想的，只要亲族中无人抗议，你就提议这么做吧！"

　　答里台准备提议推举铁木真为汗，他的这一想法能否实现呢？铁木真能不能顺利继承汗位呢？

# 第四节 公推为汗

答里台提议铁木真为汗，引起众人关注，特别是蒙古各亲王贵族，因为他们都是海都汗的后人，说起来都有资格继承汗位。特别是阿勒坛，他是前可汗忽图剌的儿子。

公元 1161 年，也就是铁木真出生的前一年，忽图剌在与塔塔儿人的交战中不幸身亡。从此，蒙古国遭到毁灭性的打击，部族纷争，兄弟仇杀，整个蒙古分裂为数个派别。其中势力最大、竞争最激烈的就是乞颜部与泰赤乌部。也速该惨遭毒害后，乞颜部也分裂了，并被泰赤乌部趁机掠夺殆尽。而泰赤乌部首领塔儿忽台则私自称汗，人称"肥可汗"。

二十年过去了，铁木真长大了，他的属众超过几万人，他的手下团结了一批文武奇才和谋士。他为人稳重温和、慷慨仁慈，他处事井然有序、严格又宽容，并且善于接纳各方部众，收为属下。当时，人们流传这样一句话："铁木真老爷能衣人以己衣，乘人以己马，真乃善治国、善待下、善理家之主人也。"可见他的名声和威望已经非同一般。

铁木真听说叔叔答里台倡议推举自己为汗，谦虚地说："我年幼无知，怎么能够担当这么重要的责任呢？还是请几位长辈慎重考虑。"

　　论起来,阿勒坛也是铁木真的叔叔,他一度投靠札木合,企图通过札木合重振蒙古雄风。可是,事实证明,札木合具有许多不可承大统的缺点。所以他与忽察儿转而拥戴铁木真,正是他们最早提议铁木真脱离札木合部,另立营帐的。

　　阿勒坛见铁木真推辞,上前说道:"我们蒙古遭受了二十年的内乱,如果不尽早结束这些灾难,仍然部族仇杀,兄弟纷争,那么我们就要面临被他人吞并的危险了。东部塔塔儿人是我们的世代仇敌,他们对我们虎视眈眈;西部乃蛮国也意欲霸占我们的草地和牛羊。如果我们还不统一对外,恐怕来日不多了。想想祖先艰苦创业,开创了蒙古国,不能毁灭在你我的手上。"说着,热泪盈眶。

　　忽察儿也说:"铁木真,你就不要推辞了,我和阿勒坛叔叔建议你离开札木合,正是想推举你为汗。当初,我们屈尊投靠札木合,也是希望他能统一蒙古国。哪曾想,他为人反复无常,虚伪狡诈,残酷成性,这样的人怎么能够领导好一个国家呢?"

　　面对众人的热切希冀,铁木真也是热血沸腾。几年来,他心里也是时刻思考这个问题,他就是部族仇杀的受害者。泰赤乌人对他的多次追杀历历在目;部落弱小,受人欺负凌辱,孛儿帖被掳就是活生生的例子……还有数不尽的磨难和险阻,还有那么多部众期待的眼神,铁木真不能再想下去了,他毅然地站起身,走到众人中间,坚决地说:"铁木真听从大家的意见,我们一起建立国家,创造蒙古的新历史!"

　　公元12世纪80年代初期,一个晚春的早晨,这一天,虽然没有确切的日期记载,却完成了蒙古历史甚至世界历史上的一件重大事情。这一天,在克鲁伦河上游谷地,一块绿草如茵、风光秀丽的草地上,众人拥戴铁木真称汗,建立斡儿朵国。

人们铺上华丽的毡毯,摆上丰盛的酒肉,把铁木真拥立中央,一致高呼王汗万岁。铁木真端坐在毡毯上,望着朝拜的人们,宣布说:"感谢大家的信任,推举我继承新的汗位。如今我们人少势微,还不能统帅伟大的蒙古国,就暂时称为斡儿朵国吧!只要我们勤奋努力,不久的将来,一定能够真正地统一蒙古,建立更加强大的国家。"人们听罢,载歌载舞,欢呼庆贺,庆贺新的国家政权正式成立。

据说,当时铁木真就被称为成吉思汗,"成吉思"意思是"力量",意味着坚不可摧,不可动摇,强大无比。看来,人们对铁木真给予了强烈的信任和希望,希望他带领大家建立一个真正统一强大的国家,不再遭受磨难,不再遭受仇杀,从此过上美满安宁的日子。

庆祝活动结束,铁木真接见文武群臣。他们跪倒在地,行九叩九拜大礼,推举陶尔根希拉上前献辞。陶尔根希拉位列众臣之首,他上前奏道:"我们商定要立您为汗,为您冲锋陷阵不惜生命!掳来美女夺其宫帐,献给可汗铁木真您;袭击征服外族百姓,献给可汗铁木真您。在猎杀狡兽的时候,将其追来供您射杀;在捕杀野熊的时候,将其赶来供您射杀。沙场鏖战时如违号令,请您灭我的家门九族,使我的头颅滚落荒野;安稳平和时如违您的派遣,请您掳我的属民与妻女,使我流亡他乡无家可归!"

年轻的铁木真正式称汗,建立斡儿朵国。建立政权后,他开始认真地管理自己的王国。他不满足于一般首领所做的指挥战争和狩猎,他隐隐觉得一个国家更需要正规体制和完善的系统。于是,铁木真建立斡儿朵国后,即刻对文臣武将分派了任务。

铁木真安排者勒篾、布古尔吉、楚鲁、毛浩来四人为近卫，让他们带上弓箭，统领一批弓箭手，称为"箭筒士"。满足汪古儿、雪亦客秃、合答安答勒都儿汗三人之"让我们为你备早饭、晚餐不怠慢"的请求，安排他们当厨师。又专门安排人员负责修造车帐，管理国家的马车帐包工作。

铁木真还详细地安排其他工作，命令合撒儿、忽必来、赤剌温、合儿孩脱忽剌温四人为带刀护卫，交由合撒儿指挥。命别勒古台、合剌勒脱忽剌温二人为骟马饲养官；忽图、抹里赤、木勒合勒忽三人为牧马官；阿儿孩合撒儿、塔该、速客该、察兀儿罕四人为通信联络官。

经过分工安置，每个人都有了专职任务，一方面加强了国家安全，另一方面也提高了大家的积极性。这些最初追随铁木真的人，后来都成为能征善战的大将军，成为蒙古国的开国功臣。

铁木真还很重视另一项工作，那就是锻造兵器。战乱纷争的年代，缺少兵器就只有被动挨打，所以必须有充足的兵器供应。这时，有一个人再次引起铁木真的关注，他就是者勒篾的父亲扎尔其古岱。扎尔其古岱不仅擅长相术，还是锻造兵器的高手。他从中原汉人手里学会了精湛的锻造手艺，打造的兵器在草原上首屈一指，深受草原勇士们喜爱。

铁木真分派任务后，立刻派人把扎尔其古岱老人请来了，委以他重任，任命他负责国家兵器的打造任务。扎尔其古岱不负众望，在他的带领下，斡儿朵国有了第一批自己锻造出的兵器。这些兵器交到将士们手中，为他们杀敌建功，立下了很大的功劳。

铁木真逐一安排妥当后，看到充满生机的新国家，对着大家说道："苍天施恩，大地相济！你们大家离开札木合，前来与我为友，所以，大家都是值得敬重的、充满吉祥之意的好朋友。因此，我一一委付你们适当的事务。"

斡儿朵国建立了，铁木真没有忘记

蒙古汗国第一能臣——耶律楚材。他曾经跟随成吉思汗西征，常晓以征伐、治国、安民之道，屡建奇功，备受器重。

对自己有恩的赫王。他派使臣前去赫利特，通报赫王自己称汗的消息。赫王见过使臣，高兴地说："你们推举我的儿子铁木真为汗，做得很好，蒙古人怎么能够没有自己的首领呢？希望你们牢牢记住共同的约定，维护相互之间的情义，遵守立下的约定，相辅相助直到永远！"

铁木真听了赫王对自己的祝贺和教导，对着赫利特方向深深施礼："尊敬的父汗，我一定谨尊您的教导，带领部众们一心向前，取得辉煌的业绩。"

至此，斡儿朵国内外事务都走上了正规。可是还有一件事让铁木真非常头疼，他不知道该如何处理。

　　铁木真另立国度,引起札木合的强烈不满。这对三度结拜的兄弟反目成仇,开始了历时数十年的争斗。札木合反复无常,先后勾结赫王、乃蛮国太阳汗以及诸多部落,与铁木真展开殊死搏斗。战争一波三折,异常残酷,札木合的结局如何?

　　铁木真在与札木合的争斗中日益强大,统一了蒙古各部。公元1206年,蒙古国正式建立,铁木真被尊为成吉思汗。他以卓越的才能、大无畏的英雄气概、百折不挠的奋斗精神,被后人盛赞为"一代天骄"。让我们走进历史,去探究一下他成功的秘密吧。

第十八章　成吉思汗

# 第一节　虚情假意

　　这件事就是与札木合的关系该如何处理。铁木真离开札木合后，自立为汗，建立斡儿朵国，该不该告诉札木合呢？

　　铁木真左想右想，决定还是派使臣通报札木合。他召集文臣武将，说了自己的想法："建立国家一事，已经通报了赫王，也应该通报札木合。"

　　答里台说："札木合狡诈多疑，不告诉他也罢。"

　　毛浩来摇头说："如果不告诉他，必定引起他更大的怀疑，而且这是正常的国家交往，怎么能不告诉他呢？"

　　阿勒坛皱眉说道："当初我们不辞而别，还带走了他不少部众，他会不会怀恨在心呢？我跟随他好几年，知道他为人残酷，睚眦必报，不好招惹，不如暂且不去通报。"

　　铁木真一时也拿不定主意，他看看一言不发的蒙克力，问道："依你之见呢？你看我们该怎么办？"

　　蒙克力上前答话："可汗，虽然我们与札木合恩怨颇多，可是我们之间并没有发生正面冲突。当初，可汗还是听从他的隐晦之语才决定离去的。这样来看，他没有把我们当成敌人，如果不通报他，反而让他觉得我们心胸狭小、胆略不足。老臣以为，应该去通报他，一来，显示我们的诚心和力量；二来，也可以修好两国的关系。"

铁木真听了，满意地点点头，巡视帐内众人，再次说："蒙克力说得有理，我认为应该通报札木合，与他继续交往。"

接着，他与臣属们商量派何人出使札木合部。一般臣将去了，显得不够尊重；王亲贵族呢，大多是从他那里离去的，去了会不会有危险呢？

陶尔根希拉上前说："前番通报赫利特，是两位亲王去的，这次出使札木合部，最好也是派亲王前去。"

答里台唏嘘一声："国内亲王大多是从札木合部离开的，去了会不会有危险呢？"

大帐内一时安静下来，无人应话。

突然，帐门高挑，一个少年虎虎生风走进来，大家一看，来人正是合撒儿。他身穿青色蒙袍，头戴毡帽，足蹬一双雕花的鹿皮靴，看上去英姿飒爽，精神抖擞。他进帐后，施礼见过铁木真，乐呵呵地说："兄长，你看我这副装扮能否出使札木合部？"

铁木真注意到合撒儿不穿习武装束，而是打扮整齐一新，猜想有原因，却没有料到他主动请示出使札木合部，不免有些奇怪："打扮得倒是有模有样，不知道心里准备得如何？"他担心合撒儿与给察儿有怨仇，怕他们再次打起来，更担心札木合怀恨在心，对合撒儿不利。

合撒儿认真回答："我现在贵为亲王，代表国家出使，还会跟以前一样与人打斗吗？兄长交给我的任务，我一定完成。"合撒儿已经18岁了，多年来，跟随母亲和兄长铁木真历尽苦难，终于盼来了今日的成就，他自然十分珍惜。

帐内的人听到合撒儿请求出使，也开始低声议论。有人赞成，有人反对，一时间，莫衷一是，难以决断。

合撒儿清楚铁木真担忧自己的安危，再次请示说："请兄长放心，我请求毛浩来和我一同出使，确保万无一失。"

大家都知道毛浩来足智多谋，处事周全，有他陪伴出谋划策，定会减少不少麻烦。毛浩来听合撒儿点到自己的名字，立即站出来："可汗，我愿意陪同合撒儿亲王一同前往。我曾经说过，愿意以我老鼠

成吉思汗分封诸子图。成吉思汗时代分封四大汗国，分别为"术赤汗国"、"察合台汗国"、"窝阔台汗国"、"拖雷汗国"。

一样的警觉守护您的财产，愿意像乌鸦一样勤奋地为您聚敛财富，愿意做一块毡褥护卫您的身体。今日有机会报效国家，为明君出力，我定当誓死效力，不辱使命。"

二人请命前行，铁木真满意地点头应允。答里台等亲王站出来，满含羞愧地说："可汗培养出这么能干勇敢的人才，我们无地自容，愧不能为国分忧。"

他们觉得自己不如合撒儿和毛浩来，所以说出这样的话。也难怪，他们一个个畏首畏尾，瞻前顾后，只考虑个人安危得失，哪里有这样的勇气和能力？

铁木真并不怪罪他们，请答里台坐到身边说："叔叔，你过谦

了，每个人都有自己的长处，不能妄自菲薄。你看，多日来，你兼管的兵器制造就很有成效，锻造了不少利刃，这是你的功劳。"

答里台忙说："都是扎尔其古岱的功劳，我哪里帮什么忙了？"

"是你们两人的功劳，也是诸多锻造师傅的功劳，我代表斡儿朵国感激你们。你看着吧，这些精良的武器很快就要派上用场了。"

第二天，合撒儿和毛浩来辞别众人，带着随从侍卫出发了。他们沿着不久前走过的道路前行，回到札答剌部晋见札木合。物是人非，上次他们走过时，不过是一群寻找家园的部众，前途渺茫；今日，他们返回时，却是斡儿朵国的亲王和重臣了，身份显贵，信心十足，前景无可限量。

没用多久，他们就来到了札答剌部。此时，札木合已经率众回到了豁儿豁纳黑川，经过春夏季节的放牧，牛羊肥壮了，部众也得到了很好的休养生息。札木合一副志得意满的神情，接见了合撒儿和毛浩来。

他看到合撒儿一身文弱打扮，笑着说："合撒儿贵为亲王，这副打扮我差点认不出来了。当初，铁木真安答不辞而别，让我伤心难过了很久，要知道我们三度结拜，情义深重。我一直纳闷他到底听了什么人的鬼话，才那么绝情离去的？"

合撒儿见他虚情假意，得了便宜还卖乖，心中怒气渐增。毛浩来看到合撒儿生气，担心发生意外，忙上前说："尊敬的国主陛下，我主成吉思汗由于担心部众过多，新的牧场难以养活那么多的部众和牲畜，所以才决定离去的，并非他人指使。还有，我主知道您热情大度，害怕您不让他离去，只好悄悄走了。几个月来,我主带领我们克服险阻,迁徙到了克鲁伦河上游谷地,幸运地寻找到了一块天然牧场,就在那里驻扎下来。现在,蒙古各亲王大都在斡儿朵,他们一致推举我主为汗,希望他能够重振家族雄风。"

这一番话,入情入理,严密恰当,不失尊严,又充分说明了铁木真是得到蒙古各部推举才称为汗。

札木合闷闷地应了一声,不好发作,只得命人安排酒宴,欢迎两位使臣。

豁儿豁纳黑川营地内,嫉恨合撒儿的给察儿暗地埋下伏兵。他要暗中行事,对付两使臣,报复合撒儿。

酒宴开始了,仆人们摆好了美酒、鲜肉。札木合请合撒儿和毛浩来入座,众位大臣随从也各就各位,坐在了酒宴上。这时,给察儿急忙递给札木合一杯酒,对他说:"这是敬给使臣的酒。"札木合手捧酒杯,递给合撒儿说:"你不辞辛苦,来到我部,告诉我铁木真安答称汗的好消息,来,我敬你一杯。"合撒儿接过酒杯,刚想饮用,就见毛浩来拦住说:"合撒儿亲王,不可失礼。我们来的时候,可汗有交代,为札木合国主带来了美酒金杯,嘱托我们一定要先敬敖包和山神,你忘了吗?"

合撒儿莫名其妙地看看毛浩来,不明白他在说什么,可是想到自己身处险境,一切还是谨慎为好,于是打哈哈说:"瞧我这记性,看见美酒什么都忘了,对,我应该先敬札木合国主,怎么好让您敬我呢? 实在该打。"

他边说边让随从拿出一个纯金的酒杯,递给札木合说:"这是我兄长用来祭天的物品,他嘱托我转交给您。"

札木合接过金酒杯,拿在手里左右观看。毛浩来见机说道:

"两国修好,造福部众黎民,是一件大事。我主嘱托我们一定要把第一杯酒献给敖包和山神,表示两国诚心相待,敬奉天地。"札木合听了,望着手中的金杯,点头称许。

札木合和合撒儿各自端着酒杯,来到帐前对着敖包洒祭三下。然后他们转过身去,向着草地远处的青山同样洒祭三下。洒祭完毕,众人顿时大惊失色。但见合撒儿洒过酒的地方,石头裂开了,绿绿的青草变红了,光滑的树皮脱落了。而札木合洒过酒的地方,依然如故,并无半点变化。众人哑口无言,心知肚明:合撒儿的酒中有毒!

合撒儿怒容满面,盯视札木合说:"这是怎么回事,为什么你递给我的酒中有毒?"

给察儿见此,惊慌失措。札木合面对此景,也吃惊不已,面如土色,无法言语。

毛浩来哈哈笑道:"合撒儿亲王不要动怒,札木合国主也不要慌张。我们祭拜已毕,还是先进帐吧。"

回到大帐,局面仍然十分尴尬,无人说话。毛浩来略一思索,再次站出来说:"我想大家不必紧张,我认为刚才的事纯属误会。札木合国主大人大量,一定不会做出这种事情,我们不要再深究了。"

一场毒酒风波就此悄无声息地结束了。合撒儿显然不服,他多次想站出来表示不满,都让毛浩来以眼神制止了。

札木合渐渐恢复常态,他说:"这件事情我一定会调查清楚,给你们满意的答复,你们尽可以放心。"然后,重新设宴招待合撒儿二人。

酒宴上,札木合多次提到阿勒坛和忽察儿,他气愤地说:"这两个人诡计多端,妄图破坏我和铁木真安答的关系。我不听从他们的主张,他们就转而投靠了铁木真安答。你们回去后,一定要转告铁木真安答,这两个人不可重用。"

合撒儿见他说得真切,满口答应:"多谢国主提醒,我一定转告兄长。"

一会儿,札木合喝得略显醉意,他抓着合撒儿的手说:"你们拥立铁木真为汗,就一定要遵守自己的诺言,永远忠诚于他,不要轻易背叛他,不要让他受到伤害,懂吗?"

合撒儿被弄糊涂了,心想,看来札木合还记挂旧时情义,盼望兄长能够有个美好的未来,他并不打算与我们为敌啊!想到这里,他真诚地望着札木合,郑重地说:"如果兄长听到您的话,一定会非常感激的。您放心,我们永远不会背叛兄长。"

除了毛浩来外,满座的人都敬佩地看着札木合,他们低声议论:"国主真是宽宏大度,不但原谅了铁木真擅自离去,还容忍他称汗建国,还嘱咐他的臣属拥戴他,让他的地位永固。国主是多么仁慈,而铁木真是多么卑鄙可恶。"

那一刻,合撒儿也被迷惑了。他甚至想,也许不该离开札答刺部,不该远离札木合。

可是,毛浩来却看清了札木合的真实用心。他心底笑道:"用这样的伎俩收拢人心,用这样的手段破坏斡儿朵的君臣关系,才是真正的卑鄙。"原来,札木合多次提到阿勒坛和忽察儿,意在告诉合撒儿这两个人不可留。如果铁木真听信了这些话,真的赶走了他俩,那么,斡儿朵的势力就弱小了。他看到札木合一心破坏新建立的斡儿朵,不敢在豁儿豁纳黑川久留,完成出使任务后,和合撒儿一起辞别札木合。

　　札木合亲自送他们走出营地数里远,他再次拉着合撒儿的手说:"阿勒坛和忽察儿在我和铁木真安答共同居住时,不曾提议立安答为汗。后来,他二人使用诡计,离散我们二人。这个时候,他们推举铁木真安答为汗,一定是心怀叵测。"

　　交代完毕,合撒儿与札木合挥手而别,他眼含泪水,激动地说:"国主真是太令人感动了,我一定把这番话原封不动地告诉兄长。"毛浩来冷静地站在边上,他见合撒儿告别了札木合,拍打马匹,和他一起向斡儿朵国奔去。

## 第二节　十三翼之战

铁木真见合撒儿和毛浩来安全归来,高兴地迎出大帐,亲自牵过他们的马匹,问讯一路的辛苦。合撒儿把出使经过详细地禀告给铁木真,心里仍然十分兴奋,说道:"前番我们错怪札木合了,我看他对你情真意切,没有二心。"

铁木真转回身看看毛浩来,问:"军师以为如何? 札木合为什么这么做呢? 难道我们当真错怪他了?"

毛浩来微微轻笑:"可汗,札木合素来心机颇重,非常人可以猜透。这次我看他表面上祝贺您称汗,内心却另有想法。他多次提到阿勒坛和忽察儿等亲王,非常明显,是在离间你们的关系。照我看,不久他就会发动对我们的战争。"

"什么? 战争?"合撒儿瞪大了眼睛,"难道札木合说的都是假的?"

铁木真点点头,多年交往,让他熟悉札木合的为人。他知道札木合如此做,一是显示自己的宽容大度,收拢人心;二是麻痹铁木真,让他放松警戒。这么看来,双方的关系更加微妙了。情义不再,猜忌丛生,下一步究竟会发生什么呢?

事隔不久,双方彻底决裂了。

事情的起因是这样的:一天,斡儿朵国的部众拙赤答儿马刺带领仆从驱赶马群沿河放牧。此时,给察儿恰好带领部分牧民在斡难河上游安营。斡难河和克鲁伦河同源于肯特山,两条河流的上游距离较近。拙赤答儿马刺很快赶着马匹离开斡儿朵国营地,来到了远处的一块丰美草地。这里是雄驼草原的边缘地带,水草丰盛,便于马匹牧草。由于远离营地,拙赤答儿马刺便命令仆从们安营下寨,决定在这里过一段时间再赶回去。正当他们兴高采烈地驻扎营帐时,突然,背后窜上来一群持刀拿枪的兵卒。他们二话不说,趁拙赤答儿马刺他们毫无防备之际,驱赶着成群的马匹离去了。

马匹被盗,拙赤答儿马刺急忙带人追赶,他们一直追到半夜,终于看到了敌人的营帐。被盗的马匹被圈在营帐外的草地上。他们迅速地解开缰绳,准备赶着马群回去。

可是,敌人哪里肯轻易放他们走?只听一声喊叫,一名年轻的将领冲了出来,他挥舞长枪,直奔拙赤答儿马刺。拙赤答儿马刺策马就走,在马上转回身来,弯弓搭箭,瞄准来敌就是一箭,正射中敌人的前胸。来敌应声落马,拙赤答儿马刺不敢停留,带着仆从,驱赶着马群快速离开了。他没有想到,射死的这个人非比寻常,他就是札木合的弟弟给察儿。

原来,札木合对斡儿朵国心怀嫉恨,却又不好表露。他暗地派遣给察儿到斡儿朵国附近安营驻扎,探听消息,伺机而动。所以给察儿才恰好遇上了牧马的拙赤答儿马刺,并且趁机抢夺他的马匹,招来杀身之祸。

札木合一计不成,反而赔上了弟弟的性命,于是恼羞成怒,他不能容忍铁木真了,战争因此爆发了。

札木合集合本部十三部落的三万人马,亲自率领大军,翻越

十三翼之战是铁木真统一蒙古高原草原各部时的一次重要战役,虽然失败却赢得了民心。

阿剌帆惕士山,悄悄地逼近了斡儿朵国营地。

斡儿朵国内,铁木真听说札木合亲率大军来袭,急忙组织人马迎敌。毛浩来说:"时间仓促,备战不够充分,我们不能与敌硬拼,可以将国内十三部落的兵马集合一处,扎下稳固的营帐,待敌而动。"

双方各率十三个部落的三万军队,会战于答兰版朱思之野,这就是蒙古历史上著名的"十三翼之战"。

札木合富有战争经验,他的三万铁骑如下山猛虎,突袭而至,迅速冲入了斡儿朵国营地。营地内,斡儿朵国兵马来不及与敌对战,就被三万铁骑冲散了。铁木真亲率军队突围,经过一天一夜的拼杀,终于杀出重围,保护着老弱妇孺,退到了哲列涅峡谷之内。

峡谷幽深，札木合不敢深入，回过头来收拾没有逃走的斡儿朵国兵将。他命人把所有财物掠获殆尽，把所有俘虏抓起来。札木合残忍的本性爆发了，他揪出几个蒙古贵族，恶狠狠地说："你们背叛了我，反过来拥戴铁木真，还推举他为汗，我要让你们知道这样做的下场！"

札木合采取极端的刑罚，让人架起铁锅，煮沸开水，他要水煮俘兵。前次，消灭篾儿乞惕人时，他曾经打算用这个方法处罚俘兵，在铁木真的劝说之下才放弃了。这次，无人敢上前劝说，他终于实现了这种严酷无情的刑罚。火焰汹汹，七十口大锅沸水滚滚，一个个手无寸铁的俘兵被扔进去了，哀嚎鸣叫之声一浪高过一浪，撕裂了草原大地，撕裂了长空白云。那一刻，众人的心肝也被撕碎了，真是心神俱惊，惨不忍睹。

札木合望着沸水中挣扎的俘兵，得意地狂笑不止，对手下人说："看到了吗？背叛就是这样的下场！"

他妄想用这种办法控制部众，可是人心向背，哪里是残酷的手段能掌控得了的。札木合手下将士们面对如此惨状，一个个面如灰土，心如刀割。他们似乎觉得沸水中挣扎的不是俘兵，而是自己。活生生的血肉之躯啊，就这样成了一堆堆模糊的腐肉残骨。

札木合水煮俘兵，仍没有解除心中怨恨。他在俘兵中发现了察合安兀阿，察合安兀阿原是他的臣属，在铁木真离去时，他跟随了铁木真。札木合狞笑着剁下他的头颅，拴挂在马尾巴上。而后，带着掠获财物，骑着拖着察合安兀阿人头的骏马，班师回国。

　　他没有想到,拖在马屁股后的人头醒目地刺激了他身后的众位将士。他们跟在血淋淋的人头后面,联想起水煮俘兵的凄惨一幕,不敢前行了。他们悄悄商议,从队伍中逃走了,转回身去,投奔到斡儿朵国去了。

　　十三翼之战,铁木真虽然失败了,却没有失去人心。他并不气馁,积极收集部众,积聚力量,准备卷土重来。相反,札木合凶残的做法激怒了众人,造成部众再次分离。此战之后,两人的势力出现逆转,铁木真势力大大加强,札木合部却渐渐削弱了。

## 第三节　同饮班朱尼河水

　　力量削弱的札木合并没有死心。他又纠合塔塔儿、泰赤乌、朵儿边等十一部首领,并且离间赫王与铁木真的关系,在今根河自立为汗,人称"古儿合汗",打算秘密袭击铁木真。结果,多次战争之后,札木合的联盟被彻底摧垮。铁木真带领将士们取得了一个个胜利,他不但收服了泰赤乌等蒙古各部,还消灭了宿敌塔塔儿。这样,西起斡难河上源,东到兴安岭森林,蒙古高原的东部地区,都归并到铁木真的管理之下。

　　贼心不死的札木合又采用离间计,妄图凭借赫利特的势力对付铁木真。伊拉固听信札木合的离间计,与他狼狈为奸,骗取赫王的信任,对铁木真展开了疯狂的杀害和消灭活动,然而屡屡设计,屡屡失败,终于导致双方不可挽回的仇杀敌对,从此在蒙古草原掀起了一场场血雨腥风。

　　面对赫王,铁木真怀有敬重之心。可是如今,赫王听信了札木合和伊拉固两人的诡计,意欲除掉自己,如何应对才好呢?

　　铁木真召集群臣问计,大家说:"赫王虽有龙凤之姿,却是个自私自利的人,所以容易受人摆布。如今,他设计害可汗,我们不能坐以待毙,应该与他决一雌雄。"

　　当日,毛浩来率军从西路进攻,铁木真亲自率领北部边境将士准备从南路迎击敌人。铁木真率军一路前行,遇到了札木合。札木合兵分三路迎战铁木真,战场上,两人相见,分外仇视。铁木真早就对札木合的做法深感不满,今日一战,他决定亲手俘获这个作恶多端、挑起长期战乱的祸首。

　　札木合诡计多端,设下了圈套,他先是迎战铁木真,然后又假意败走,引铁木真上当。铁木真手下将士知道札木合素来多行诡计,劝阻铁木真不要上当。铁木真哪会不清楚札木合的为人,他追赶片刻,便停下观察两军阵势。札木合见铁木真不再追赶,也停下马回头狂叫乱骂。他大声辱骂铁木真胆小如鼠,不敢单独出战对决,并且恶意挑战说,如果铁木真不敢单挑,就不是也速该巴特尔的儿子。铁木真怒不可遏,不听众将劝阻,拍马冲杀过去,与札木合交战在一处。

　　札木合哪里是铁木真的对手?他慌乱招架几下,拨转马头就逃。铁木真挥军掩杀,不肯放过他。两军一前一后朝山谷奔杀而去。

　　铁木真追杀一阵,刚想停下来,札木合便掉头辱骂起来,再次引铁木真追杀。这样追来追去,追到一处河谷,札木合拐了几个弯就不见了。铁木真率军搜索,还是不见札木合的踪影,他猛然清醒,明白中了札木合的奸计,急忙引兵返回,打算撤出河谷地带。

　　可是札木合费尽心思,做了充分准备,设下如此恶毒的埋伏,哪会轻易放走铁木真?铁木真率军几次突围都被挡了回来,斡儿朵军进退两难,陷入危境当中。这时,札木合单枪匹马站立在西面山脊之上。他面露得色,踌躇满志,用最恶毒的话语大骂铁木真是无能之辈,中了他的圈套,只有死路一条了。铁木真哪里受过这样的侮辱,他怒火中烧,呐喊一声,打马向山上冲来。谁知狡猾的札木合是故意激怒铁木真,让他单独冲杀上山。眼看铁木真快要到半山腰了,就听轰隆隆巨响声声,两块牛犊般大小的巨石从山顶直朝他滚落下来。身后众将士吓得高声大叫:"可汗留神!"铁木真躲闪不及,只好挺戟迎向巨石。

情况万分危急,众人吓出一身冷汗,谁也没有想到,铁木真吉人天相,自有上天相助,长生天再次帮助铁木真度过了一劫。巨石在铁木真前方不远处与山坡上一块突兀的石棱相撞,蹦跳了一下,拐了弯,擦着铁木真的身边骨碌碌滚下山谷去了。铁木真和众将松了一口气,他们不再停留,跃马奔向山顶。站在山顶的札木合眼见巨石与铁木真擦身而过,不禁愕然变色,他心中胆怯,思忖难道铁木真真有天神相助吗?他匆忙逃走,退回营地,在谷口增兵,死死地困住斡儿朵军兵,不让一人逃脱。

铁木真率众冲上山顶,札木合的兵马早不见了。他站在山顶眺望,只见四处悬崖峭壁,根本无法走出去。要想脱离险境,看来只有谷口一条路了。可是,谷口已被札木合牢牢封锁,连只鸟都无法飞过,这可如何是好?铁木真后悔自己一时大意,中了札木合的圈套。谷口封锁多时,札木合下令截断水源,打算将铁木真困死在无水山谷里。

内无粮草饮水,外无救兵援助,铁木真眼看众将士干渴难耐、疲乏异常,却无计可施,只盼敌人早日进攻,他们好趁机突围。

札木合将铁木真等人困在山谷里,仍然不敢轻易攻打,只等援军到来一举围歼。这天,他远远望见派出的信使归来,忙迎上去询问送信经过。三个信使说:"赫王和太子已经起兵了,不日就会赶来援助。"札木合喜不自禁,狂笑不止:"看来铁木真必死无疑了。"他命人点起火堆做信号,迎接援军到来。

困在谷内的铁木真知道拖延日久,必定带来更多麻烦,弄不好会全军覆没。他决定不再等下去,而是率军突围。

铁木真将兵卒分成十批,每批都有大将亲自带领,轮流向谷口冲撞。经过多次冲杀,铁木真终于带领部分兵将冲出来了,他们且战且走,打算撤离此地。就在这时,赫利特援兵赶来了,他们围困住只有几百人的斡儿朵将士,一阵猛杀。布古尔吉和者勒篾保护铁木真,奋勇突围,向远处的沼泽地狂奔而逃。

跟随铁木真逃出来的只有 19 人,他们逃到沼泽地——班朱尼河(又名黑河,意思是沼泽地),暂时躲避了敌人的追击。

札木合紧紧追随而来,发现前方是一望无际的沼泽地,料想他们难以逃出去,于是安排兵卒守住出路,打算困死铁木真等人。

19 个人被困在沼泽地里,无水无粮,一天下来,饥渴难耐。突然,布古尔吉低声叫道:"前方有一匹野马。"众人顺着他的手望去,果然,一匹体态轻盈的黑马漫步走来。它似乎没有看到远处的铁木真等人,自顾自饮水、撒蹄、嘶鸣玩乐。铁木真摸起弓箭,对准野马射击,箭响处,野马猝然倒地。者勒篾跑过去,双手抱住野马,对着众人大喊道:"有东西吃了。"

他们寻找干柴草,将野马烤熟充饥;手捧污浊的河水,饮用解渴。铁木真看着这些誓死追随自己的臣将,思绪起伏,心情激荡。他仰望苍天,举起双臂发誓说:"如果我成就大业,定与你们共富贵。违背此话,犹如河水!"

这就是蒙古历史上有名的班朱尼河之誓。后来凡是"同饮

班朱尼河之盟

班朱尼河水者"，均封为功臣。

铁木真毫不灰心，相反，他从班朱尼河脱险后，重新组织人马，趁札木合、赫王等人由于取胜而放松警戒时，发动突然袭击，经过三天三夜的苦战，反而彻底击败了赫利特。赫王和札木合只好向西部败逃，投靠乃蛮国去了。

# 第四节 统一蒙古

击败赫利特,是铁木真有史以来取得的最大胜利。至此,蒙古草原的三分之二,已经归铁木真所有了。

他决定乘胜西进,消灭乃蛮国,统一蒙古大草原。

大军胜利班师后,来到克鲁伦河边。铁木真命令大军摆酒开宴,欢庆胜利。大缸盛酒,大锅煮肉,赛马斗羊,摔角比武,篝火连天,通宵达旦。一直庆贺了三天,将士尽兴,百姓知足,才算作罢。

铁木真召集群臣,提出继续西进的主张,众人齐声赞好,积极备战。

再看乃蛮国,他的首领太阳汗自恃势力强大,向来瞧不起乞颜部人,他觉得他才是蒙古草原真正的霸主。如今,铁木真反而占领了偌大草原的一大半,心中不服,盛气凌人地说道:"天上只有一个日月,地上怎么容得下两个主人?"

这时,赫王和札木合逃到了乃蛮国,见到了太阳汗,恳求太阳汗收留他们,并且表示愿意与乃蛮国一起对付铁木真。

太阳汗高兴地大笑着说:"铁木真小辈,有什么能耐把你们打得惨败? 我将率领全国大军亲征斡儿朵,将他们生得好的妇女掳来为妾,将他们的弓箭夺来己用。你们看着吧,这一切易如反掌，没什么困难的！"

赫王和札木合见太阳汗如此狂妄，不敢轻言。太阳汗心想，赫王是赫利特国主，一旦我打败铁木真，收服赫利特，难道还要将其归还赫王吗？不如趁早把他杀了，到时候赫利特就是我的了。

于是，他命人秘密杀害了赫王。

赫王死后，札木合胆颤心惊，小心地应付太阳汗，害怕自己也遭到诛杀。太阳汗并没有对他下手，而是让他参与对付铁木真的计划当中。札木合得到重用，喜出望外，积极策划征讨斡儿朵的方略。他进言说："我们可以与南边的汪古部联络，与他们两面夹击，共同制服铁木真。"

太阳汗点头称好，派使臣出使汪古部，联盟征讨铁木真。

汪古部首领一直敬重铁木真，两国关系交好，他坚决不同意出兵，还派人把乃蛮国的计划告诉了铁木真。

铁木真早就命人积极准备收服乃蛮国了，今见时机成熟，决定主动出兵。

公元 1204 年春天，铁木真抽调四万精锐铁骑，一声令下，长途奔袭乃蛮国。乃蛮国也派兵应战。两军疾行，前锋在康合儿罕山下相遇，不由分说，大战起来。战不多时，斡儿朵军内，一匹马受了惊吓，嘶鸣咆哮，冲出阵去。乃蛮国前锋看见这匹马瘦骨嶙峋，不禁心生一计。他想，如果我佯装战败，全力退兵，他们必会拼死追赶，那样就会耗尽他们战马的力气，那时再战，一定不费吹灰之力。想罢禀报主公，引军后退，但斡儿朵人并未追赶，而是后撤几十里，安营下寨。

太阳汗对此大感不解，当夜，他决定亲自前往斡儿朵大营附近，查看究竟。

太阳汗带领少量随从，人不知鬼不觉地来到铁木真部队扎营的草原，却见到另一番景象，着实吓了一跳。只见铁木真的军营像棋子一样散落在大草原上，绵延几十里，处处篝火燃烧，整个草原仿佛一片火海。人影耸动于其间，似有千军万马驻扎于此。

原来，这是铁木真的计策，他命令军马散开驻扎，让每人点燃五堆篝火，以此虚张声势，恐吓敌人。结果取得了很好的效果。当时，乃蛮军中就流传一句话："铁木真的军马已经塞满了萨里川地面，想必是每日增添，只见夜里烧的火，已如星星一般多了。"

太阳汗见铁木真拥有如此之多的大军，又听说斡儿朵人个个凶猛异常，刀架脖子上眼睛都不眨一下，肠子流出塞回去再战，断胳膊掉腿也绝不后退半步，于是心生胆寒，急令随从，打马回营。

恰巧次日早晨，国师达达顿嘎、大臣蒙格勒吉牵着两头牛，赶着一群用绳子拴在一起的羊，来到太阳汗的大帐前，要求晋见太阳汗。众人见状，不解其意，纷纷前来围观。太阳汗也走出大帐，询问二人有什么事情要禀报。

二人并不说话，蒙格勒吉挥鞭驱赶那群羊，达达顿嘎赶着牛，左右排开，开始表演，只见那群羊你挤我拽，兜圈乱转，哮喘吁吁，行动迟缓。而两头牛行动自如，气定神闲。达达顿嘎突然把两头牛赶进羊群，羊群顿时大乱，你牵我扯，互为掣肘，动弹不得，一会儿工夫，就有七八头羊被踩踏至死。

这时，达达顿嘎、蒙格勒吉二人扑通跪倒在太阳汗面前启奏道："很多部落联军进攻斡儿朵，就像这一群羊对这两头牛一样。羊虽多，却各怀心事，互相牵绊，不能心往一处想，劲往一处使，最后遭到惨败是再自然不过的事。今听说大汗要攻打斡儿朵，就像这羊牛之争啊，望大汗三思。"

太阳汗本来就被铁木真的火营所震慑，今又听二臣如此一说，不由得心存犹疑，打算放弃进攻斡儿朵。札木合一看太阳汗要打退堂鼓，急忙跳出来，大骂达达顿嘎、蒙格勒吉二人贪生怕死，胆小如鼠，难成大器。

太阳汗听到札木合的骂声，激起了他的虚荣心。他想，我不能在众臣面前露怯打怵，显示出害怕铁木真，那以后会被群臣看不起，有辱威望。于是还是坚定地发布命令攻打斡儿朵。

达达顿嘎、蒙格勒吉见太阳汗心意已决，不可挽回，便拔刀割发，对天明志，大哭弃官而去。

乃蛮国太阳汗拜祖祭旗，挥师向铁木真大营开拔。铁木真身先士卒，带领前锋布古尔吉冲上前来，两军对垒，拼死厮杀，你来我往，好不热闹。只几个回合，铁木真调转马头，打马就走，领兵诈败而逃。太阳汗不知铁木真使诈，不想放过这么好的消灭铁木真的机会，传令大军乘胜追击。追至一片树林前，转眼不见了铁木真的踪影。太阳汗正在犹疑，忽见另一方向有一队斡儿朵溃败的人马，队伍当中，铁木真的帅旗飘展，黄色冠盖鲜艳夺目，冠盖下的铁木真骑在马上神采飞扬。太阳汗甚觉惊讶，忙指挥大军围杀过去。

还没有真刀真枪地厮杀起来，斡儿朵军就沿着河岸顺流逃走，直入山谷深处。太阳汗正拿不定主意是否追杀，却又见河谷上的山梁上闯出一队人马，帅旗下铁木真勒马而立，威风凛凛。

　　太阳汗揉揉眼睛,真以为自己活见鬼了。但他确认那就是铁木真时,也顾不了太多了,急令大军杀敌。他们还没有跑到梁下,忽见斡儿朵一群将领各率一队虎狼之师从山梁两侧冲杀出来,把太阳汗的人马夹在了当中。

　　这时太阳汗才发觉中计,急忙分兵迎敌,边战边退,哪知山侧冲出的人马已经合围,掐断了太阳汗的退路。而山梁上的勃特国部队,在铁木真的指挥下,从山顶俯冲而下,喊声震天,如饿虎下山,猛扑太阳汗的阵地。

公元 1204 年夏,铁木真率军与乃蛮军会战于纳忽昆山,杀死太阳汗。

　　乃蛮国士兵哪见过这阵势,被冲得七零八落,顾头顾不得尾。太阳汗紧张得大汗淋漓,正不知如何是好,却又雪上加霜,左右两翼又有斡儿朵大将比勒古岱、敖伊图敖其格各领一支兵马包抄而来,气势凶猛,锐不可挡。乃蛮国左路大军将领苏尔勒克未战先怯,慌乱中被比勒古岱挥刀斩于马下。群龙无首,左路军立即溃败四散。

太阳汗见势不妙,顾不得指挥大军抵抗,更顾不得天子威仪,于是引一路侍卫随从,拼着老命向伊贺部勒河谷逃窜,一路丢盔弃甲,好不狼狈。太阳汗还没来得及喘口气、稳稳神,铁木真、毛浩来、楚鲁等率领的勃特军就从四面八方涌出,如同从地下冒出一般,铺天盖地向他们扑来。乃蛮军哪里还有还手之力,四散逃奔,顿作鸟兽散。

铁木真下令勃特国的神箭手们,专门寻找太阳汗的金黄色宝盖猛射。一时箭如雨飞,射得太阳汗四处躲避,慌乱不堪。

太阳汗自知陷入绝境,大呼一声:"虎落平阳,这里真是我的葬身之地吗?"说罢挥刀冲向敌阵。太阳汗使尽最后一丝力气,战死沙场。

战斗全面结束,打扫战场的时候,一群被俘的乃蛮国将领被押到铁木真面前听后发落。他们见了铁木真纷纷跪地叩首求饶,唯独大将敏干丹和伊德尔道布表情庄重,昂首挺胸,岿然不动。铁木真心生敬意,忙走过去喝问道:"你们被俘获了,为何不跪地求饶?"

二人斩钉截铁地说:"大丈夫顶天立地,死又何惧? 今日战败,无话可说,要杀便杀,何必多言!"

铁木真听后,不仅不怒,反而大喜,他上前亲自为二人松绑,好言相劝二人归降,如不归降,愿送金银、马匹,安顿二人的生活。

敏干丹和伊德尔道布终被铁木真的真诚打动,心悦诚服,一齐伏地称臣,归降为民。铁木真忙将二人扶起,相邀入账叙谈。

铁木真暗自庆幸自己又收了两员虎将。

这时，乃蛮国太子阿拉坦沙嘎又来归降。铁木真大喜，忙唤进帐来好言抚慰，并称不削他的太子之位。阿拉坦沙嘎喜出望外，感激涕零，长时间跪地不起，感激之情，难以言表。

再说札木合，他见大势已去，在夜色的掩护下逃跑，结果被斡儿朵士兵抓获了，押到铁木真帐前。昔日安答，今天仇敌，两人相对无语。帐内诸人深恨札木合施展诡计，挑起多方战乱，纷纷叫嚷："杀了他，杀了他。"

铁木真挥手制止众人，来到札木合面前，扶起他来，叹息说："我始终不敢忘却昔日情义，这么多年来，你屡屡与我作对，欲置我于死地而后快，难道你忘了结拜时的誓言吗？我不杀你，你如果还记得当初约定，就洗心革面，与我一起创建蒙古国。"

札木合听罢，哈哈笑起来："我输给了你，可是我不会臣服于你之下，你不杀我，我只有自杀身亡了。"说罢，札木合拔出弯刀，自刎而死。

一代枭雄札木合，就这样死在铁木真安答钢铁般的意志之下。此时，西起阿尔泰山，东到兴安岭的整个蒙古高原各部落，全部成了铁木真的属部。

# 第五节　称汗立国

　　经过几年的征战,铁木真领导的勃特国逐步消灭、降服了蒙古大草原的各个部落,并且模仿宋金建立完善的国家体制,定号称汗的时机已经成熟。

**蒙古汗国建国大典**

　　公元 1204 年 12 月 1 日,铁木真身穿天子龙袍,头戴皇冠,在金顶大帐内登上皇帝宝座,定皇号为"成吉思汗",改国号为"上青蒙古国"。中华民族历史上第一个真正统一的蒙古国建立了,铁木真就是历史上赫赫有名的一代天骄——成吉思汗。

　　铁木真称汗后,并没有贪图一时之功,满足于在大草原上称王称霸,他的目光已经看到了北边的斡罗思，中原大地的大金，富饶江南的南宋。看到了整个中华大地，甚至遥远的西部世界。

他秣马厉兵，建章立制，模仿金宋建立了完善统一的领导系统，很快便在中华大地上崛起。这为他的后代挥师南下，十万铁骑征服后金和南宋，统一华夏大地，打下了坚实的基础。不仅如此，成吉思汗的出现改变了整个世界历史的命运，他的子孙们的铁蹄踏遍了整个欧亚大陆，惊醒了沉睡已久的世界。

成吉思汗帝国的建立，结束了蒙古民族内部多年来的混乱状态，建立了蒙古社会新的秩序，给蒙古社会带来了前所未有的安宁，促进了蒙古社会的发展，并为后来摆脱金朝的统治和压迫，奠定了坚实的基础。

成吉思汗帝国的建立，促进了蒙古草原各部落的融合，为形成今天统一的蒙古民族奠定了基础。此前，整个蒙古地区部落林立，各自为政，混乱不堪，而蒙古只不过是其中很小的部落之一。他们没有共同的名称，没有共同的语言，也没有共同的经济生活和社会生活，人们的思想意识和生活态度有着很大的差别。成吉思汗帝国建立后，广大的蒙古地区在一个政权的统治之下，结束了以前部落纷争、分裂混战的局面；千户、百户编制制度的建立，使各部落之间的联系加强了。他们互相接近，互相融合，增进了团结和交流；对外统一用兵，征战四方，更增进了整个蒙古人民休戚与共的感情。实行统一的经济政策，在促进生产力发展的同时，也使各部落地区间互通有无，取长补短，进一步增强了部落间的融合和进步；蒙古文字的采用，不但便于推行政令、巩固统治，提高文化水平，也使得蒙古语逐渐成为蒙古地区通用的标准语，这更有利于把整个地区的人民融合在一起。蒙古从此不再是一个部落的称呼,而是广大的蒙古地区各部落共同的族名。蒙古民族从此形成,发展到今天,已成为华夏大地上最重要的民族之一。

成吉思汗以其卓越的政治军事才能,大无畏的英雄气概,百折不挠的奋斗精神,成为中国历史上杰出的政治家、军事家,蒙古族第一伟人,被后人盛赞为"一代天骄"。他战略上重视远交近攻,力避树敌过多;用兵注重详探敌情,善于运用分割包围、远程奇袭、佯退诱敌、运动中歼敌等战法,史称"深沉有大略,用兵如神"。他知人善任,不拘一格,曾起用一大批杰出的军事、政治人才,为后世所称道和敬仰。

成吉思汗统一蒙古各部,对蒙古民族的形成有巨大意义;攻金灭夏,为全中国一统王朝——元朝的建立奠定了基础;建立横跨欧亚的大帝国,打开了东西方的大通道,推动了东西方经济文化的交流,促进了整个世界文明的融合。

如今提起成吉思汗,我们都肃然起敬,追思良久。一代伟人,必将屹立千秋。

# 元太祖　大事年表

**公元 1170 年（宋乾道六年，金大定十年），9 岁。**

铁木真与孛儿帖订亲，也速该死，所部离去。

**公元 1171 年—公元 1188 年（宋乾道七年、金大定十一年，至宋淳熙十五年、金大定二十八年），10—27 岁。**

铁木真被泰赤乌人掳走，遇救脱险，迁居不儿罕山前的古连勒古山中，追盗马贼，结识博尔术，与孛儿帖结婚。

初见王汗，得到第一个仆人者勒篾。蔑儿乞惕人来袭，掳走孛儿帖。王汗、札木合连手大破蔑儿乞惕人，救回孛儿帖，术赤出生。与札木合安答共处一年半，脱离札木合安答，各族纷纷来归。

**公元 1189 年（宋淳熙十六年、金大定二十九年），28 岁。**

蒙古各氏族共立铁木真为汗。

**公元 1190 年（宋淳熙十七年、金明昌元年），29 岁。**

"十三翼之战"爆发。

**公元 1194 年（宋绍熙五年、金明昌五年），33 岁。**

铁木真联合克烈部与金共同征讨塔塔儿部。

**公元 1196 年（宋庆元二年、金承安元年），35 岁。**

讨伐塔塔儿，受金封为"札兀惕忽里"，灭主儿勒氏。

**公元 1197 年（宋庆元三年、金承安二年），36 岁。**

克烈族王汗失国，铁木真协助其复位。

**公元 1198 年（宋庆元四年、金承安三年），37 岁。**

与王汗联兵讨蔑儿乞惕人，脱脱逃，巴儿忽真缒。

**公元 1199 年（宋庆元五年、金承安四年），38 岁。**

与王汗联兵远征乃蛮，其首领杯禄汗败走谦谦洲。

**公元 1200 年（宋庆元六年、金承安五年），39 岁。**

泰赤乌等来犯，与王汗联兵击败之；与王汗联兵击破朵儿边、弘吉刺、塔塔儿等联军。

**公元 1201 年（宋嘉泰元年、金泰和元年），40 岁。**

帖尼河之战，与王汗联兵击败札木合集团。

**公元 1202 年（宋嘉泰二年、金泰和二年），41 岁。**

阔亦田之战，确定了铁木真在蒙古本族的领导权。

**公元 1203 年（宋嘉泰三年、金泰和三年），42 岁。**

春，王汗之子来袭，汗山之战。夏，巴泐渚纳之盟。秋，灭王汗，并克烈。

**公元 1204 年（宋嘉泰四年、金泰和四年），43 岁。**

春，与汪古部结盟，四月十六日出师，讨伐乃蛮。秋，击灭南部乃蛮，太阳汗死。得忽兰皇后，札木合自杀。

**公元 1205 年（宋开禧元年、金泰和五年），44 岁。**

击灭北部乃蛮，俘塔塔通阿，采用畏吾儿字母，创制蒙古文字，遣兵征西夏。

**公元 1206 年（元太祖元年、宋开禧二年、金泰和六年），45 岁。**

在斡难河源头即大位，称"成吉思汗"，大封功臣为九十五千户,以护卫(怯薛)万人为大中军。

**公元 1207 年(元太祖二年、宋开禧三年、金泰和七年),46 岁。**

亲征西夏,术赤征服林中百姓。

**公元 1209 年(元太祖四年、宋嘉定二年、金大安元年),48 岁。**

畏吾儿人归附。

**公元 1210 年(元太祖五年、宋嘉定三年、金大安二年),49 岁。**

亲征西夏,围中兴府,夏主李安全纳女求和。

**公元 1211 年(元太祖六年、宋嘉定四年、金大安三年),50 岁。**

春,西域哈剌鲁部主阿昔兰可汗,及畏吾儿亦都护皆至怯绿连河朝见。二月,誓师伐金。三月,度大漠,至阴山附近休兵度夏。七月,会河堡之战,取居庸关,围中都。一部攻西京,不克。耶律留哥起兵隆安。阿勒赤徇辽东,与留哥会盟。

**公元 1212 年(元太祖七年、宋嘉定五年、金崇庆元年),51 岁。**

春正月,耶律留哥遣使归附。秋,围西京,不克。九月,赤古(察罕)附马克德兴府。十二月,哲别一度袭取东京。

**公元 1213 年(元太祖八年、宋嘉定六年、金贞佑元年),52 岁。**

蒙古大军发动强大攻势,蒙古军三路进军,大掠冀、鲁、晋三省及辽西地区。耶律留哥迪古颜儿之战,击败完颜承裕的金军。

**公元 1214 年**（元太祖九年、宋嘉定七年、金贞佑二年），**53 岁。**

春，与金议和退兵，娶金之歧国公主（公主皇后）。五月，金主迁南京（开封）。契丹军叛变，归降蒙古。耶律留哥归仁之战，大破薄鲜万奴的金军。秋，命撒木合围中都，命木华黎征辽西。

**公元 1215 年**（元太祖十年、宋嘉定八年、金贞佑三年），**54 岁。**

春，木华黎取北京。金军援中都，被明安大破之。薄鲜万奴称号，建大真国（后改东夏）。未几兵败，东走曷懒路，又取上京。耶律留哥取东京。四月，取西京（金守军兵变，弃城而去）。五月，取中都（金军守弃城南撤）。蔑儿乞惕人回窜金山附近。林中百姓秃马惕人叛。秋，回驻怯绿连河行宫。耶律留哥朝觐，其所部契丹叛变。

**公元 1216 年**（元太祖十一年、宋嘉定九年、金贞佑四年），**55 岁。**

木华黎平辽西乱，并助留哥定辽东。撒木合自陕西入河南，兵至开封附近，大掠而回。孛罗兀勒讨秃马惕人，中伏死。命朵儿伯朵黑申绩征之。命速不台追讨蔑儿乞惕人。命哲别征辽西。命术赤为速不台后援。契丹叛军突袭高丽。蒲鲜万奴降。

**公元 1217 年**（元太祖十二年、宋嘉定十年、金兴定元年），**56 岁。**

国王木华黎伐金，朵儿伯朵黑申讨平朵马惕人之乱。速不台至垂河，破蔑儿乞惕人。

**公元 1218 年**（元太祖十三年、宋嘉定十一年、金兴定二年），**57 岁。**

五月，哲别平西辽，擒斩屈出律。九月，木华黎取太原及平阳。九月，命哈真八高丽讨契丹叛众。蒲鲜万奴亦出兵两万助阵。术赤、速不台等与刺子模国王战于锡尔河下游地区。花剌子模杀蒙古商人。

**公元 1219 年**（元太祖十四年、宋嘉定十二年、金兴定三年），**58 岁。**

高丽称臣纳贡。木华黎取晋南诸州。西征花剌子模，夏六月出师，九月命术赤等三军攻击锡尔河沿岩诸城。蒲鲜万奴复叛。

**公元 1220 年**（元太祖十五年、宋嘉定十三年、金兴定四年），**59 岁。**

三月取布哈拉、五月取撒乌罕。速不台、哲别渡河阿姆河追击，转战波斯各地。秋，命拖雷扫荡呼罗珊诸城。木华黎承制以史天倪为河北西路都元帅，金降将武仙副之。木华黎围东平，不克。十二月（公历翌年一月十一日），花剌子模国王穆罕默德死于里海一小岛上，传位于札兰丁。

**公元 1221 年**（元太祖十六年、宋嘉定十四年、金兴定五年），**60 岁。**

巴米安之战，忽突忽一军为札兰丁所败。印度河之战，札兰丁逃往德里。

**公元 1222 年**（元太祖十七年、宋嘉定十五年、金元光元年），**61 岁。**

速不台等越高加索北上。帖雷克河之战，大破高加索联军。

复破钦察人，渡顿河西进。听长春真人讲道。九月，车驾回至撒马罕。冬，木华黎取河中(山西永济)。木华黎攻京兆(长安)、凤翔，皆不克。

**公元 1223 年(元太祖十八年、宋嘉定十六年、金元光二年)，62 岁。**

成吉思汗东归蒙古。哲别、速不台在加迦勒迦河大败斡罗思和钦察联军，进掠斡罗思南部，然后东归与成吉思汗会师。木华黎病死，其子孛鲁继续攻打金国。

**公元 1224 年(元太祖十九年、宋嘉定十七年、金正大元年)，63 岁。**

速不台等征服撒克辛人等。成吉思汗流锡尔河班师回国。召速不台，哲别班师。哲别死于归途中。七月，嗣国王孛鲁伐西夏，取银州。

**公元 1225 年(元太祖二十年、宋宝庆元年年、金正大二年)，64 岁。**

车驾回土兀剌河行宫。武仙叛，杀其主帅史天倪。史天泽等复真定。高丽杀蒙古使者，两国关系断绝。金将忽宵扰山后(察哈尔南部)，对黑马大破之，斩忽察忽。遣使诘责西夏。

**公元 1226 年(元太祖二十一年、宋宝庆二年、金正大三年)，65 岁。**

正月，自将伐西夏。先取河西各州，十一月围灵州，大破西夏援军，遂围中都。撒里台、王荣祖等击灭辽东的金人残余势力。

公元 1227 年（元太祖二十二年、宋宝庆三年、金正大四年），66 岁。

移师攻西夏军，分兵略秦陇，取河湟。闰五月，避暑六盘山。西夏降，金主遣使求和。七月，成吉思汗崩于清水。同年，长子术赤死，幼子拖雷监国。